江藤淳
終わる平成から昭和の保守を問う

●未公開

江藤淳
単行本未収録作品コレクション

対談

論考・エッセイ

最新論考

インタビュー

撮影（2頁、22～25頁、127頁、158～159頁）高見知香
デザイン　市川衣梨

江藤淳

終わる平成から昭和の保守を問う

入門対談

中島岳志×平山周吉

平成が終わった今、江藤淳から何を受け取るか

終わらない「ごっこ」の世界と死者の声

平山　今年は江藤淳没後二〇年です。私は、二〇年前の一九九九年（平成一一年）七月二一日、自死をする直前の江藤さんから遺稿となる原稿をもらった編集者でした。今年、四年がかりで書いた江藤さんの評伝『江藤淳は甦える』（新潮社、以下「評伝」）を出版します。

この五月一日で、平成から次の元号になりますが、昭和から平成になった年、江藤さんは本を一〇冊出しているんです。そのうちの一冊に、『天皇とその時代』（文春学藝ライブラリー）という本がありました。そこには、「戦後」という時代が終わる前に、「昭和」が終わってしまった、「平成」の世になり、むしろ「戦後」が強化されてしまったという危機感がありました。その後には、江藤さんの親戚である小和田雅子さん（新皇后）が皇室に入るということまで起きました。没後二〇年、もはや江藤さんの言論や文学は、顧みる余地がないのか。私は、読めば読むほど、江藤さんの批評は力を失っていないと思っているんです。

後世の影響ということでは、意外なことに文芸批評の仕事よりも戦後批判が大きな比重を占めています。憲法の成り立ちと占領下のGHQによる検閲という二つを自分で原史料にさかのぼり、クローズアップした仕事ですね。

中島　僕は江藤淳のいい読者ではありません。十代の頃から思想書を読み始め、最初に感化されたのは西部邁さんで、そこから福田恆存などを好んで読むようになりましたが、一方で江藤さんの作品には行間から漂ってくるものに非常に抵抗があって、身を許す感じにはなれなかった。死別した母親への恋慕の念や自意識の問題から日本を論じるというのが、当時の僕にとってはものすごく飛躍して見えていました。

ですが、一〇年くらい前、自分自身が論壇に出始めてから、再びいくつか主要な作品を読み、改めて最近やはり江藤さんが問うたことは重要だと感じ直しています。その最たるものが、「『ごっこ』の世界が終ったとき」という、沖縄返還直前、一九七〇年の文章です。日本が自分の運命の主人公になっていないという意識があったが、ようやく沖縄が返ってくることになり、アメリカの支配が終わって自分たちの足で立てる、そういう感覚を持って、ごっこの世界というのが終わるんだと、江藤さんはそこで言っています。

僕が最初にこの文章を読んだのは二〇〇〇年代で、書かれてから三十数年経っていましたが、これが一つも終わっていないわけです。特に、左派の人たちが言うような絶対平和主義の非現実性という問題だけではなくて、自衛隊の活動や、さらには三島由紀夫の楯の会のようなものまでもが全て「ごっこ」であり、全てはアメリカの手のひらの上で泳がされていると。自分たちは主権を獲得しているのかという問いですよね。これは非常に私にズンと、文体とともに響いてきたんです。江藤淳って一体何を考えているのだろうか、と。

平山　「ごっこ」の世界が終ったとき」は高校生の時に、たまたま雑誌で読みました（「諸君!」一九七〇年一月号）。いわゆる論壇の評論とも違う感触があるし、といって、文学者が書くものともちょっと違う。一番心に残ったのは、戦後の問題とか、防衛の問題とか、アメリカの問題以上に、最後のほうで、今の街の風景が全部消えて、戦災と敗戦の風景が立ち現れ、死者たちの鬼哭啾々とした声が聞こえてくるという部分。背筋がゾクッとしたことを覚えています。

江藤さんの重要なキーワードは、相当ここに出ているんですね。不在、禁忌、拘束、共犯、アイデンティフィケーション（自己同一化）。この時代の江藤さんは、一九七〇年代のうちに、日本の拘束された戦後が終わるだろうという希望を持っていた。

中島　そうですよね。江藤淳は、死者という問題に非常に強い主体的な関心を持っている。死者に促されるように書くというか、本当に死者と対話をしてしまうような場面というのが出てくる。僕は三・一一以降、死者の政治学というのを考えはじめたのですが、そのときに改めて読んでいくと、江藤に繰り返しぶつかるようになってきたんです。

死者とともに生きているという感覚が、たぶん江藤にとっては歴史との連続性であり、それが戦後で断ち切られていることへの反発につながっていく。江藤さんは何を死者たちと語ろうとしているのか。

平山　江藤さんにとっての一番の大きな死者は、四歳半のときに亡くなったお母さん。でも、お母さんだけではない。たとえば、「生者と死者」（『落葉の掃き寄せ』所収）に、アメリカに検閲研究に行く直前に、皇居と国会議事堂と九段というトライアングルの空間で死者たちが充満している静けさを感受したと書いている。江藤さんは三〇〇万人の死者の誰をも特権化しない。戦死者も、戦争が嫌で、軍隊を逃げ出そうとして死んだ人間も。それから、広島、長崎だけでなく、名もない街で、たまたま空襲で亡くなった人も含めて三〇〇万人としている。死を、政治的な言葉に還元しようとしないんです。

中島　そうですね。死者の声を簡単に代弁したり所有したりすることはできないという感覚が強い。突然やってくるものとして不可避的にあるものが死者という存在で、それに江藤さんは逃げずに向き合い、そこから何かを生み出せる人なんだと思う。

自死という問題——西部邁と江藤淳

中島　平山さんは、江藤の死の数時間前の様子をご覧になられているわけですが、その死は、改めて思い出すとどういうものだったんですか?

平山　当初は、全然気がつかなかった自分をうかつだと思うと同時に、江藤さんはかねがね、みんなから嫌がられる意地悪爺さんとして長生きするんだと公言していましたから、その人が突然自分から消えちゃうことが不思議だったし、死を受けとめられなかった。

受けとめようと思ったのは、それから一〇年以上経ってからです。評伝を書く前提で江藤さんの作品を読むと、それまでとは違う面が見えてきました。突然の自裁は、奥さまの後追い心中であるとか、老後の弱い男の死といった部分も含んでいたでしょうが、基本的にはものすごく激しい絶望感と、それから徒労感のようなものを抱えていたからだと思えてきたんです。資質的に死の世界に親和的な人なのに、自分の本来の資質をぎゅぎゅっと抑えつけて生きてきた。そのために無理な生き方を自分に課していて、その抑制が突然取れてしまうときは、たぶん何回かあった。自裁は、そのひとつのタイミングだったのではないかと……。

中島　何年もかけた、綿密な計画の末、というわけではないのですね。

平山　西部さんは五五歳で『死生論』(日本文芸社、二〇〇四年)を書かれてからずっと自死について考えられてきていた。

中島　そうですね。だから二〇年くらいかけて、徐々にそこに自分で意識的に向かっていった人だと思います。

平山　江藤さんは反対に、そこに向かわないようにするということが、日常を生きることなんです。だから、そういう意味でいうと誤解されてきた。

中島　自死の形式としては、西部さんと江藤さんは重ねられやすい。愛妻家で、妻が亡くなって……。だから、西部さんが亡くなったときも、江藤淳の模倣みたいなことを書く人がいたし、本人もそう言われる可能性をわかってもいた。「中島くんよ、私が死んだら絶対にどこかのバカが『江藤と同じだ』と言うけれども、君は全力で否定してくれ」と言われていた（笑）。外観的には似ているんだと思うのですが、僕の肌感覚でいうと全然違う人という感じなんです。平山さんはお二人ともに直接会われていると思いますが。

平山　西部さんと江藤さんは、二人とも全身トゲみたいな人だから、二人が合うわけがないんだけれども。二人とも喧嘩上手だし、弁論上手だし、戦後日本に対する否定の激しさや絶望の深さが突出しているのは共通している。ただ、江藤さんのほうが非常に感覚的な人で、西部さんのほうが論理的な人なのかなと。西部さんは茶目っ気がある表現ができるけれども、江藤さんはどちらかというと大上段に振りかざしちゃう。

ミクロな自分が戦後日本へと拡張する

中島　平山さんの評伝で、僕が非常に面白かったのは、やはりディテールで、江藤さんのちょっとしたことに本質を見いだして迫っていくところ。例えば自作年譜で年齢を一歳ごまかしているというところに、江藤さんの人生の重要な問いが重なっているのではないかという指摘。彼は不登校で学校に行っていなかったということで一級下になった。そのことのコンプレックスと母への恋慕の念みたいなものが入り混じったような、非常に厄介なプロセスで自意識をつくっているという感じを受けます。当時住んでいた大久保百人町の家の「納戸」が、お母さんの胎内であり、そこでもう一回胎児になるような、そんな経験の記述もありますよね。そこで彼が感じ取っているものは、母の記憶であったり、その先に、埃にまみれた祖父の遺品があったり。これが江藤の一番の原点をつくっている。
ただ、その彼にとっての母の胎内であったような場所というのも、戦争で焼けてしまって、そして、戦後二〇年くらい経って行ってみると、無残にもラブホテル街になっている。ただ、平山さんによると、実際は江藤さんが書いているほどひどくはない。現実に見たもの以上に無残なものとしてそれを描こうとする。そこにはやはり江藤さんの、自分のこのミクロな体験みたいなものと、戦後日本とか大きなものというのが連続的につながっているような、その江藤さん独特の評論というのがあって、たぶんここが飛躍でありながら、胸に迫るところなんだろうなと思うんです。

祖父、江頭安太郎

平山　江藤さんの中にはお母さんだけでなく、もう一つお祖父さんへのつながりがあった。江頭《えがしら》安太郎（江藤淳の本名は江頭淳夫《えがしらあつお》）といって、大正二年に海軍省軍務局長の在職中に病気で死んでしまうのですが、生きていれば未来の海軍大臣は当然で、ひょっとしたら総理大臣にもなりうる軍人でした。その妻である米子という祖母がまた傑物というか、変な人で、すごくプライドを持った人でした。この人の持っている歪んだプライドは、江藤さんに江頭家の栄光を吹き込んでいたことでしょう。それが江藤さんの中にあって、変な形で噴き出す。

中島　お祖父さんそのものが近代日本みたいなものとパラレルに語られたりしているんですよね。ここの自分の家族、血、みたいなものと、日本全体、みたいなものが直結をしている人。それがなぜ戦後、無残に引き裂かれているのか、そういう問いなんだろうなと思うんです。

湘南、そして日比谷高校での醸成

中島 その大久保の百人町というのが彼の故郷ですが、戦争中に湘南に移ります。ここで石原慎太郎や、辛島昇と知り合う。その時代は闊達な青年という感じですよね。そして戦後、日比谷高校に転校する。

平山 評伝を書いていて、江藤さんが自分で描いてきた日比谷高校生の自分と、実際の江頭淳夫に、ものすごい乖離があることがわかりました。

東京に引っ越すのが昭和二三年で、中学三年生の夏休みです。その年の春に祖母が亡くなり、その死をきっかけに家が没落したというふうに書いている。そこから「穢土《えど》」とひどい言い方をしている北区十条の三井銀行社宅に移る。その直前、昭和二三年六月に太宰治の心中自殺がある。そのとき、太宰の滅亡みたいな死に惹かれたということはちょっとだけ書いています。自殺しそうになったことなどが未発表のノートに書かれている。死の誘惑から救ってくれたのは、たまたま十条の古本屋さんで見つけた伊東静雄の『反響』という詩集でした。太宰から伊東静雄にいくというところで、大きな転換があるんです。

日比谷の高校生活ではやたら活発で、生徒会活動をやり、演劇活動をやり、さらに自分の作曲した作品をオーケストラで演奏し、生徒集会では先生方もやっつけちゃうような大弁論をぶち、小説も書き……と、八面六臂の活躍をしている。

中島 「行動特徴ノート」というノートが、見つかったんですよね。僕が非常にびっくりしたのが、これを江藤淳という名前が表紙に書かれているという。自分で書いたのか、のちに他の人が書いたのかわからないようですが。もし自分で書いたのだとすると、江藤淳というこの名前で、何かを表現するつもりだったことが、慶應時代よりも前にさかのぼれる。

平山 自分がどういう高校生であるか分析していて面白いのですが、それを終えた後、「あとがき」部分が「江頭淳夫氏は」と第三者目線になる。

中島 そのへんが江藤さんらしい。伝記的な事実と、自分を振り返るときのものの落差がある。自分で自分を常に物語化していき、そして日本みたいな、大きな話とつなげていく。そのあり方が、この頃からできているのでしょうか。

平山　日比谷高校ですから、周りも優秀で、生意気な生徒ばかりだったのでしょう。庄司薫さんの『赤頭巾ちゃん気をつけて』を読むと日比谷の空気は推測できるのですが。庄司さんの同級生には古井由吉さん、塩野七生さんとかがいる。それとは別に、東大法学部丸山眞男ゼミに行って、天下国家を救おうとか思っている人もいて、外務官僚、大蔵官僚になった人がたくさんいる。そういう多士済々の中でも、特に目立っていたようですから相当なものでしょう。

日比谷高校時代の「行動特徴」ノート

慶應大学での出会い——西脇順三郎と井筒俊彦

中島　周りに東大に行く人も多かったでしょうが、なぜわざわざ慶應を選んだのでしょう？

平山　仏文科に進むつもりで慶應を受験したと江藤さんは回想していますが、江藤さんの中では仏文、英文半々で、英文科の西脇順三郎教授に習いたい気持ちもあったのではと私は思うようになりました。西脇は当時、詩人としてもノーベル賞級、学者としても大きな存在ですし、江藤さんが読んでいた世界文学入門書は、西脇の影響下にあった春山行夫の本なのです。

中島　平山さんがお書きになっていましたが、敬意に似た敵意という部分もあり、すでにもう西脇をライバルみたいな意識で見ているという。

平山　不遜にもほどがありますが、絶対にそうでしょう。江藤さんは大学一年のときに見つけたジェイムズ・ジョイスの詩集をノートに訳していますが、実はとっくの昔に西脇が訳していた。自分よりもはるかにうまく。大学二年の時には、愛読していたキャサリン・マンスフィールドについてエッセイを書きますが、西脇が「マンスフィールドは大した作家じゃないけど、手紙だけはいい」と言い出す。自分の大切な宝物を西脇に取られたような気持ちになったはずです。

卒業論文に一八世紀の作家ローレンス・スターンを選んだのにも、西脇に対抗して、スターンの口語と文語を解明してやろうというとてつもない野心があった。それを受け容れてもらえれば、英文学者として大成していったのでしょうが、西脇とその弟子たちから、院生のくせにジャーナリズムで書きまくっている傲慢な奴だと忌避されたのでしょう。

中島　対照的なのは井筒俊彦ですよね。江藤さんは、井筒に対してはもう全面降伏というか、「参りました」みたいな感じで、非常に大きな影響を受けている。

平山　完全に心服してしまった唯一の存在が井筒先生でしょう。いつもは講義で先生に質問してとっちめるのを楽しみにしているような変な学生なんだけど、井筒の「言語学概論」には圧倒されて、声をかけることすらできない。文壇に出てからだって、第一線の人たちと知り合っても、年の差を考えずにライバル視してしまう生意気な奴なんですけど。埴谷雄高も大岡昇平も小林秀雄も、超え難いとは考えてない。

中島　そうなんですよね。そんな西脇と井筒という両大家に対照的な感覚を持った一方で、私生活の面では、後に妻となる仏文科の三浦慶子さんと出会って、そして深い関係になっていく。一方で、自殺未遂をすることにもなる。僕はいまいち、なんで彼は自殺未遂というところに大学時代に及んだのかが捉えきれない部分もあるのですが。

平山　当時、高校生や大学生の自殺はそんなに例外的なことではないという話もある。ただ、江藤さんの場合は、常にお母さんのところに行きたいという気持ちが強くある。「不在」のお母さんに近づくには、「沈黙」で近づくしかない。あとは、「声」というのを手がかりで近づくかです。それは最後の作品『幼年時代』までつながっている。

中島　このとき彼がとった行動の背景にある観念と、最後の死は、連続的につながっていると思われますか。あるいは、まったく別のものでしょうか？

平山　つながっていると思っています。江藤さんの文章（『なつかしい本の話』）だと、大学二年の夏、チェーホフの短編「退屈な話」を結核で寝ているときに読んで、これから先何年生きて、どんな栄光があっても、結局人生とはチェーホフが書いたものでしかないと思った、と。それで薬を飲んだようですが。そこまでは書いていないです。

「若い日本の会」と江藤淳の近さと遠さ

中島　そういう自殺未遂の後、江藤淳としてデビューをする。本格デビューがよく知られるように『夏目漱石』です。ここのところで非常に面白いのは、「ぼくら」という一人称複数形を使うということ。そして、その「ぼくら」と書くときに、ようやく筆の先に過不足なく自分の体重がかかっているという手応えがあったと。

平山　「ぼくら」というのは、あの時代だと割とみんな使っています。「三田文学」の同じ号に載った劇団四季の浅利慶太も使っている。だから、そんなに特殊な一人称ではない。

中島　ただ、ここで江藤さんの「ぼくら」というのが指している範囲というのが、この後変わっていくような気がするんです。ここで「ぼくら」という形で連続しているのは、その中に石原慎太郎や大江健三郎といった、自分たちの世代ですよね。

平山　「若い日本の会」に集まるメンバーですね。

中島　かつ、『作家は行動する』で述べたような、前の世代の戦中派の文学とは違う、行動と一体化したような文学、あるいは文体がある、というのが、彼の次のテーゼになってくる。

　ここで戦中派に対して、「ぼくら戦後の人間は」というような、戦後を引き受けるかのように見えた一瞬があるわけです。非常に短い時期ですが。それに対する否定が次の大きなステップになると思います。五〇年代の後半ということになるんだと思うのですが、ここで指していた「ぼくら」に対する希望と挫折という問題があると思います。

平山　「若い日本の会」の面々は、戦前の日本を否定しているわけですが、江藤さんは相当早い段階から、日米間の戦争はそもそも経済的な対立が根底にあって、不可避な力と力のぶつかりあいだった、どっちがいい悪いという問題ではないんだとしています。つまり、戦前の日本が持っていたエネルギーに対してはやや肯定的な評価をこの時点からしている。かといって、戦前の日本は良かったとはもちろん言っていないし、その後も言っていないんだけれども。六〇年安保についても、江藤さんは批判するけど、必ずしも反対ではない。

中島　そうなんですよね。それにこだわっていますよね。

平山　「若い日本の会」の事実上のリーダーは江藤淳でした。裏方の中心は、江藤さんの英文科の同級生だった青柳正美さんといって、中央公論の編集者になっている人。お金の計算も含め、江藤さんが事務方を仕切っていた。そして、デモもしないし、みんなバラバラの意見のままでいい、と。石原さんに言わせると、「あのとき、メンバーの誰もが読んでいなかった安保の条文を江藤だけが読んでいた」って。江藤さんは、安保について、今回の改定はアメリカへの従属度が弱まるわけだから、むしろいいのではないかと思っていたのではないか。そこまではっきり書いていないのですが、そう取れる。

中島　そうですよね。少しだけ振り返りながらなのですが、この「若い日本の会」というのは、一九五八年に結成されたものですが、きっかけが面白くて、警察官の職務執行法の改正ですよね。

平山　警職法反対は、安保の前哨戦といわれています。岸内閣になって岸への警戒心が強く、反対運動が盛り上がり、法案はすぐつぶれてしまう。「若い日本の会」が結成され、声を上げたときには、もう勝負あったで、会をつくったものの、不戦勝みたいな感じになっていたわけです。

中島　江藤さんの当時の文章に、「憲法を侵害するような法律案に反対するということは、憲法によって開放された現実の中で行動をしてきた若いジェネレーションの責任だ」というのが出てきています。一方で、石原慎太郎は、この時期、やはり憲法九条に賛成で「九条は戦後の明るさを象徴している」みたいな言い方をしているんです。この一瞬ってなんなんだろうなと思うんです。石原は、戦後体制の中に、新しい自分たちの世代の可能性みたいなものを見いだし、それを主体的に引き受けようとしていた。

平山　石原さんはいつ頃変わるんだろう?

中島　たぶん一つは安保がきっかけでしょう。意識的で本格的な「転向」はベトナム戦争で、そののち政治家になるのですが、その萌芽は安保闘争の時に抱いた左派への距離感にあったと思います。江藤さんはもっと明確で、最初の亀裂は、たぶん『シンポジウム　発言』(一九六〇年)だと思います。「若い日本の会」の中で江藤さんがリードして、シンポジウムをやったものの、企画の敗北ということを言いはじめる。そして、突然ここから同世代に対して愛想尽かしとか幻滅みたいなことを言いはじめるわけです。そして、六〇年安保に突入するけれども、江藤さんは反対運動からは決然と去っていく。そこから彼の政治的スタンスというものが、あるいは戦後に対するスタンスというのが固まってくるという、次のプロセスがあると思います。

石原慎太郎を考えてもそうなのですが、後々の保守といわれる人が、一旦、憲法を抱きしめたり、戦後の可能性といったりしながら、決別していく。大江健三郎はそのまま戦後民主主義と心中していく。開高健はベトナム戦争を契機として一種のニヒリズムに陥り、釣りや美食に興じる人になっていく。ここで、この彼らの戦後との付き合い方がバッと割れてくる。その前の一瞬の結束が「若い日本の会」だと思うんです。ここを僕自身はうまく描いてみたいなと思いながら、まだどうしたもんだろうと思っているところなのですが。平山さんはどういうふうにこのへんの江藤さんを見ていらっしゃるんですか?

平山　憲法については、江藤さんの中でいつ頃変わったのかなというのも、ちょっとわからないのですが、六二年から二年間のアメリカ体験かなとは思っています。帰ってからの当初はあいまいな言い方をしていて、その後も改憲と言ったと思えば廃憲と言ってみたり。いろいろなのですが。

中島　六〇年安保の時に何があったのかというと、基本的に江藤さんが反発しているのは日米安保の改定にではなく、岸の決め方にですよね。強行採決をし、そしてそれによって突破していこうとする上の世代に対する反発が、彼の連帯の意識をつくっている。

平山　六〇年安保でいうと、六〇年一月に羽田事件というのがありました。そこで東大生だった西部さんを始めとして全学連が何十人か捕まるんです。そのときに、知り合いの編集者から「カンパしてくれ」と電話がかかってくる。江藤さんは「そんな甘ったれた学生に俺はカンパしない」と怒って、その顚末を原稿に書いちゃう。そのへんからもう、ちょっと距離があるんです。

江藤さんは、六〇年六月一〇日のハガティ事件のときに、最前線で「朝日ジャーナル」の腕章を巻いて取材しています。その頃までは、フリーのジャーナリストとして現場で動き回っている、生きのいい兄ちゃんみたいなところがあった。でも、ハガティ事件のときは、外国の大統領秘書をこんな目に遭わせたら、昔だったら戦争になっているといって、反対運動側のおかしさを批判する。あの時期の江藤さんの立場はかなり引き気味です。江藤さんの安保は六月一〇日にいち早く終わったといえます。

中島　そうですね。かなり一貫して左翼運動みたいなものの組織体に否定的なわけですよね。最終的に決別していった論理というのも、運動の論理に対する常識の声とか、あるいは、彼自身が考えていた市民という幻想は、やはり一人一人の個人というものが組織とは別に、自分の主体性を持って関わっていくような、それの連帯みたいなものとして見ていたけれども、しかし、結局のところ、組織の論理というものによって奴隷化されていく。政治の奴隷にはなりたくないとか、「私の主人は私以外にはない」というふうに言って、ここからいわゆる左派的な政治運動へと取り込まれていく流れに彼は決然と背を向ける。しかも、同じこういう同世代としてやっていた大江さんとか、あるいは開高さんが中国に行って、そして、中国政府のスポークスマンみたいな形で語る言葉に、ラジオから流れてくるのに対しては、嫌悪感を示す。あいつらは毛沢東の人形芝居の人形になっていると。

このあたりから江藤さん自身は、じゃあ自分とは一体何者なのかという問いを発し、そこから戦後に対する距離を置きはじめる。非常に重要な数年間ですね。しかも、彼はまだ二〇代です。そこから、日本人の意思で日本を動かすという意識を醸成していき、その二年後、アメリカに行って、決定的に日本回帰が訪れる。

一方で、実務者みたいなものに対する関心を非常に強めるようですが、それはアメリカに行ってからでしょうか？

平山　それは安保の後。というか、「若い日本の会」も実務者、生活者の感覚を大事にしています。安保の翌年には、「中央公論」で「実務家の人間研究」という人物ルポを連載して、大企業の経営者や東京駅の駅長に会って、話を聞いています。

中島　実務者、あるいは生活者に還れ、のような言葉が繰り返し彼の人生の中に出てきますね。この感覚から、徐々に政治的人間という発想へと接近をしていき、それが後に勝海舟というところに行き着くわけですね。

六〇年安保に対する幻滅と、そして実務者に対する関心。そして、その二年後にアメリカに行って日本から離れる。そんなこの数年間に、後の言論活動の構造が固まっていく、と。

平山　日米関係は政治的には押さえつけられているけれど、経済はバトル状態が成立している。経済の世界のほうがリアルだと思いはじめる。外交官でもリアルにやっている人はいると、アメリカで思うんです。プリンストンでの会議で、朝海浩一郎という国士型の外交官に共感しています。これは日比谷高校的なものかもしれない（笑）。天下国家のテクノクラート的な部分に、江藤さんは一貫して興味を持っていますね。

中島　僕はアカデミズムからリジェクトされてしまったことが、そういうような意識につながっていったと思ったのですが、もっと前からのものなのですね。

アメリカ体験

中島　江藤さんは、アメリカで「社会的な死」を体験したという言い方をし、かつ、これも世阿弥を読んで涙を流す。そして、その延長上で、日本は日本で日本人が思っているほどちっぽけなものではないと、そういう意識を持つ。

近松門左衛門などの生き埋めにされた人たちの沈黙の言葉との対話という感覚を江藤さんは持って、前近代の日本人のものと何か意思疎通をしようとしはじめる。それが『近代以前』なのかなと思うのですが。このアメリカ体験というのはどう考えればいいでしょうか？

平山　アメリカという国を一冊の書物のように「読んだ」成果が『アメリカと私』ですね。それとは別に実際の書物で一番影響を受けたのはエドマンド・ウィルソン（『憂国の血糊』）と、エリック・エリクソン（『幼年期と社会』）、そしてジョージ・サンソム（『日本史』）の三人です。彼らの本から強い影響を受けた。外から見える日本の姿は、イギリスの外交官だったサンソムがリアルに見せてくれたと。エドマンド・ウィルソンは、日米戦争は単なる国家のぶつかり合いであって、ルーズベルト大統領のワナに引っかかった日本という像があるわけです。

中島　二年間のアメリカ生活から帰ってきた後に、江藤さんのいくつかの代表作が生まれます。『成熟と喪失』『一族再会』なんかがこの後に次々に発表される。三〇代の半ばから後半にかけて。そこからその先に、じゃあ何を日本人は回復しなければいけないのかといったときに、長くは検閲の問題とかにいくんだろうと思う。

最近読み返していて、やはり面白いなと思ったのは、『一族再会』にしろ、あるいは『近代以前』もそうなのですが、言葉という問題と死者という問題が、常に彼にとっては大きな問題としてぐるぐる回っている。これがやはり江藤の一番のテーゼのところにあるのではないかと思ったりします。感覚というよりは、意識のとらえた沈黙の中で本当の言葉と出会う。母とつながれるような「言葉にならない言葉」に出会う。それは沈黙の言葉なわけです。こういう言語の問題が彼を非常に強くとらえている。僕は『近代以前』も同じだと思っていて、この母との言葉というのと、『近代以前』の日本人との対話というのが、同じ言語によって成り立っているんじゃないかというふうに彼は考えたんじゃないかなと思っているんです。前近代と近代の私たちをつないでいるものこそ沈黙の言語であると。この沈黙の言語をどういうふうに使うのか。

原点としては、やはり僕は井筒の「言葉にならないコトバ」という概念があり、おそらく、まったく同じ概念を考えていたのは小林秀雄だろうと思うんです。小林秀雄のベルクソン論というのは、言語ゲームでと

吉本隆明氏と（1988年9月8日、「文藝」1988年冬号掲載）

らえられない言葉というのは、童話的とか寓話的にならざるを得ないという冒頭で始まる。「おっかさんという蛍」の話ですよね。その言葉のレベルの連続性。そしてそれは母であり、死者たちとつながる言葉の世界というのを自分はどう表現できるのか。しかし、それが断絶されている。それはなんなのかというと、アメリカによって歴史的に分断された「ごっこの世界」としての戦後だ、という構造にたぶんなっていくんだと思うんです。

平山　同じように、人為的な仕切りが、昭和二〇年八月一五日に引かれたという主張を昭和の終わりに頻繁に言う。これは、昭和天皇が自分の身体で「仕切りはない」と無言で主張していたという考え方ですよね。

中島　そうですよね。その仕切りは、やはりしっかりと意識して突破しないといけない。それを文学的に進めたのが、あるいは思想的に進めたのが、僕は『一族再会』や『近代以前』だと思うんです。これはファミリーの問題として、これは日本の歴史の問題としてやったと。そしてやはりその先に向かわないといけないのが、彼にとっては検閲、あるいは四六年憲法という問題だったんだろうなと。そして、それを乗り越えることによって、彼は「治者」としての主体性を引き受けることができる。日本人としての主体を回復することができるという、勝海舟論につながっているという構造なのかなと思ったのですが。

政治に接触する文学者として

平山　「政治的人間の研究」として書かれた『海舟余波』は、江藤さんが現実に、佐藤栄作首相のブレーンになり、福田赳夫のブレーンになりしていく中で書いているような気がします。文学者ではあるものの、実務家に近いところで書いた文学作品ですね。

中島　実際の、彼自身が政治に接触する経験とパラレルに作品が進んでいるということなんですかね。

平山　じゃないかなというふうに思い直したんですが。政治家は知識人をブレーンとして抱えますが、江藤さんは単なるブレーン以上の関わりを求めていた気がする。特に福田赳夫とはウマが合って福田内閣時代には北京に行って鄧小平に会ったり、いろいろな動きをしています。

中島　そうですよね。レポートを書いてもいますものね。それとともに、彼は七一年に国立大学である、東京工業大学の教員になる。国家の大学の教員ということで、非常に大きな治者の側に立ったという感覚になったという。僕は全然なりませんでしたが（笑）。

平山　普通はならないよね。あの時代だって他の人はそんな気持ちになってないと思う（笑）。中国の文人ですと、政治家であり同時に文学者だった。明治も初期はそうでしょう。

中島　福田恆存だと、一匹と九九匹という言い方をします。九九匹を救うのが政治である。しかし、それでもなお救われない一匹を救おうとするのが文学であり、その分を分けるというのが福田恆存の発想だったんだろうと思うんです。江藤さんは、文学的な精神が、国家の問題みたいなものに直結している人なので、そこが渾然一体となって進んでいくんですかね。

平山　反対にいうと、その時代までは、自分の考えていることをかなり抑制して書いている。抑制をしなくなるのが、福田政権が終わった後に行く二度目のアメリカであり、検閲研究です。自分が現実に働きかける最大のチャンスが福田政権のときだったけれども、福田政権が終わって、その線はあきらめたのではないか。吉本隆明との対談で面白いことを言っている。荻生徂徠は五〇歳にして、それまでやっていたことを捨てて、古文辞学という自分の学問を開始したラディカルな人だと。将軍綱吉が死に、柳沢吉保が失脚して、柳沢吉保と一緒に徂来も幕府から離れて変わったように、自分も変わったのだと、徂徠に仮託して言っているように思える。四七、八歳でアメリカに行って検閲研究を始めるのですが、そこからはどんどん過激になる。みなさん勘違いしているが、要するに、自分はここでもう体制からは外れるんだと。現存の全ての政党政派に信をおかず、戦後日本の統治構造の秘密を探求する、ばかばかしくも危険な仕事をやっているんだと吉本さんに言っています。

こういう自負は、口先だけかと思いきや、本気だったんですね。江藤さんは、ワシントンのウィルソン研究所でアメリカの占領期の検閲について発表したとき、自分は銃口を突きつけられそうになったと書いています。それが妄想なのか事実なのかよくわからないんだけれども。

中島　当時、この仕事というのが、論壇に与えた影響というのはあったのでしょうか？

平山　これが意外と影響を与えないわけです。僕ら編集者も、正直なところ、吉本さんと同じ感じで、「江藤さん、早く文学に戻ってきてください」という気持ちでした。私なんか、それが顔に表われちゃったと思う（笑）。江藤さんがやり残した仕事は文学方面ではいっぱいあると思っています。反対に、検閲のことは本人の中ではやりおえた仕事だったのではないか。

中島　自分でけりがついたんですね。

平山　検閲の話も、『閉された言語空間』で、自分の中ではけりがついた。無条件降伏論争から、『忘れたことと忘れさせられたこと』、『一九四六年憲法――その拘束』があって、その後に、『閉された言語空間』があって、宮沢憲法学批判（八月革命説批判）まで、これは一つの流れとしてとらえたほうがいいのではないかと思っているんです。

中島　この後ずっと平山さんは江藤の姿を見ていらっしゃったと思うのですが、この天皇崩御から平成の世に入っての江藤さんというのは、どういうふうに見ていましたか？

平山　天皇の問題は、それは江藤さんであってもストレートに書けないテーマだったんじゃないかなと思っています。公式的な見解は、『天皇とその時代』の中に入っていて、「偉大なる昭和天皇に二一二〇年生きてもらいたかった」と放言していますす。これだと平成の時代は全部なしです。昭和天皇は二〇一九年にはまだ一一八歳で健在なわけですから。といって昭和天皇を無条件に崇めているかというと、過去に書いたものを見ていくと必ずしもそうではない。

やり残した仕事

中島　もしかするともう少しご存命だったら、改めて文学の世界の作品へと戻ってきた可能性がある？

平山　漱石の次には谷崎潤一郎を書くと決めていた。今になって考えると、『幼年時代』がその代わりだったのかもしれません。谷崎で「母恋ひ」を書くつもりだったのではないか。評論としてでなく、ストレートに書きたいと「幼年時代」に着手したのかもしれない。いざ書いてみると、自分の体力は弱まってきているのと、第二回まで書いて、この先は、お母さんが家の中でいじめられて病気になっていく話。第二回まで幸福な時代を書いていて、あと不幸な時代しか書くことがない。体力がない危機的なときに書くのはつらかっただろうなと思いました。なんでこんな無謀なことをやろうとしたんだろうと。で、こちらは編集者として「はい、次書いてください」、「毎月書いてください」とせっついていたわけです（笑）。

江藤さんだけでなく、西部さん、三島由紀夫、福田恆存など、戦後の保守的な立場の重要な言論人は、途中から言論のむなしさを感じ、徒労感に襲われていますね。『漱石とその時代』を読んでいると、江藤さんの描く漱石も疲弊しきって死んでいくわけです。漱石が死ぬ前に中絶し

てしまいますが。

中島　そうなんですよね。だからそれを考えるとおこがましいかもしれないですけど、僕も政治と付き合っていますが、まだ政治にやれることがあるんじゃないかという、そういう段階にいます。けど、その先に西部先生や江藤とかの陥った絶望が待っているのかと思うと、怖いとも言える。最近は、人が何歳でその仕事をやったのかとかが気になるのですが、江藤さんは僕と同い年のときにはもう占領研究にいこうとしているような年齢なんですよね。

平山　異常な早熟ですよ、やはり。

（なかじま・たけし＝政治思想）

（ひらやま・しゅうきち＝雑文家）

（二〇一九年三月一日、東京工業大学にて）

「行動特徴ノート」から

（都立日比谷高校資料館所蔵）

日比谷高校三年時の自己分析ノート。学校の課題として書いたと思われる。

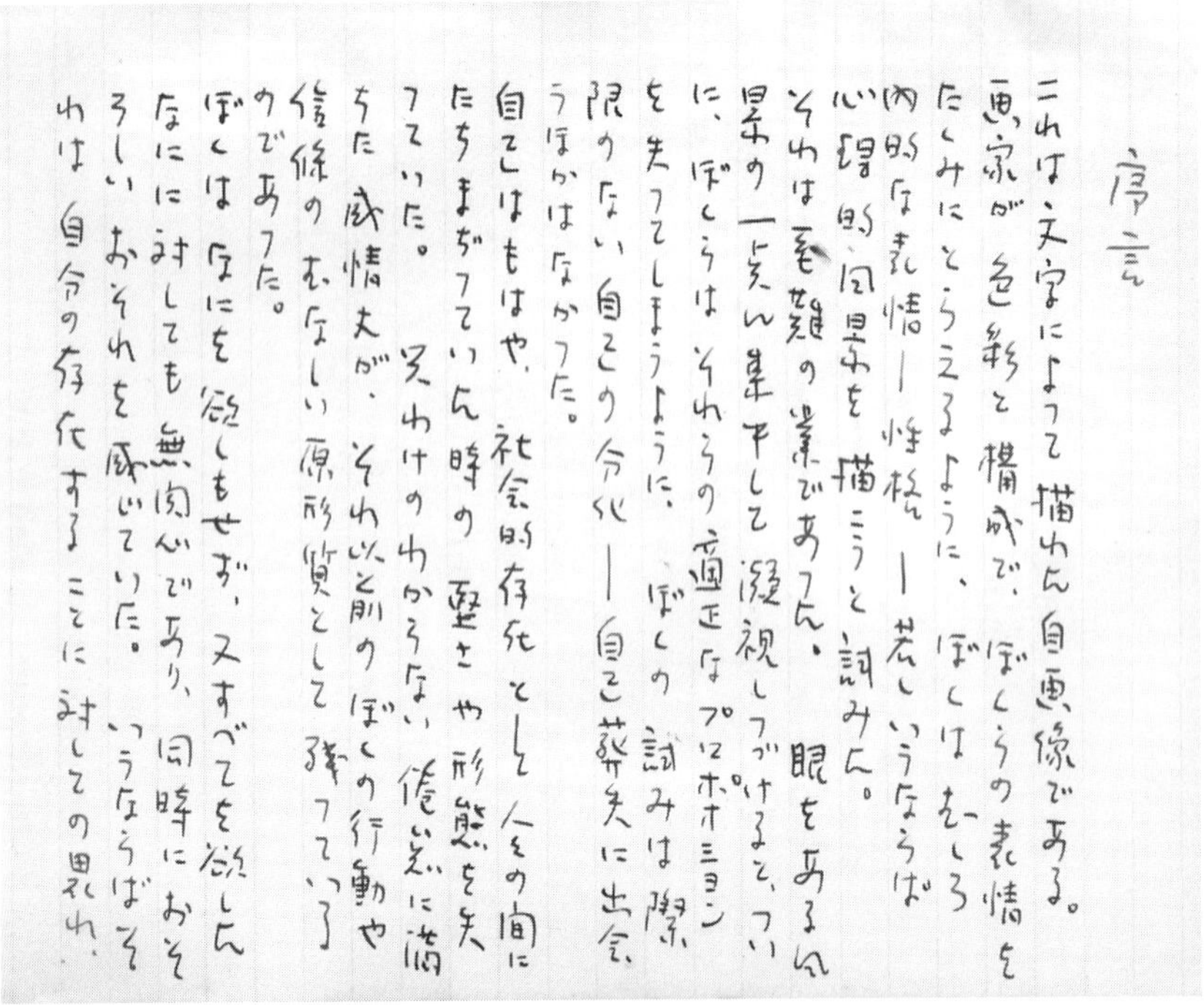

序言

これは文字によって描かれた自画像である。画家が色彩と構成で、ぼくらの表情をたくみにとらえるように、ぼくはむしろ内的な表情—性格—若しいうならば心理的風景を描こうと試みた。

それは至難の業であった。眼をある風景の一点に集中して凝視しつづけると、ついに、ぼくらはそれらの適正なプロポーションを失ってしまうように、ぼくの試みは際限のない自己の分化—自己喪失に出会うほかはなかった。

自己はもはや、社会的存在として人々の間にたちまぢっていた時の堅さや形態を失っていた。只わけのわからない倦怠に満ちた感情丈が、それ以前のぼくの行動や信條の心もとない原形質として残っているのであった。

ぼくはなにを欲しもせず、又すべてを欲したなにに対しても無関心であり、同時におそろしいおそれを感じていた。いうならばそれは自分の存在することに対しての畏れ、

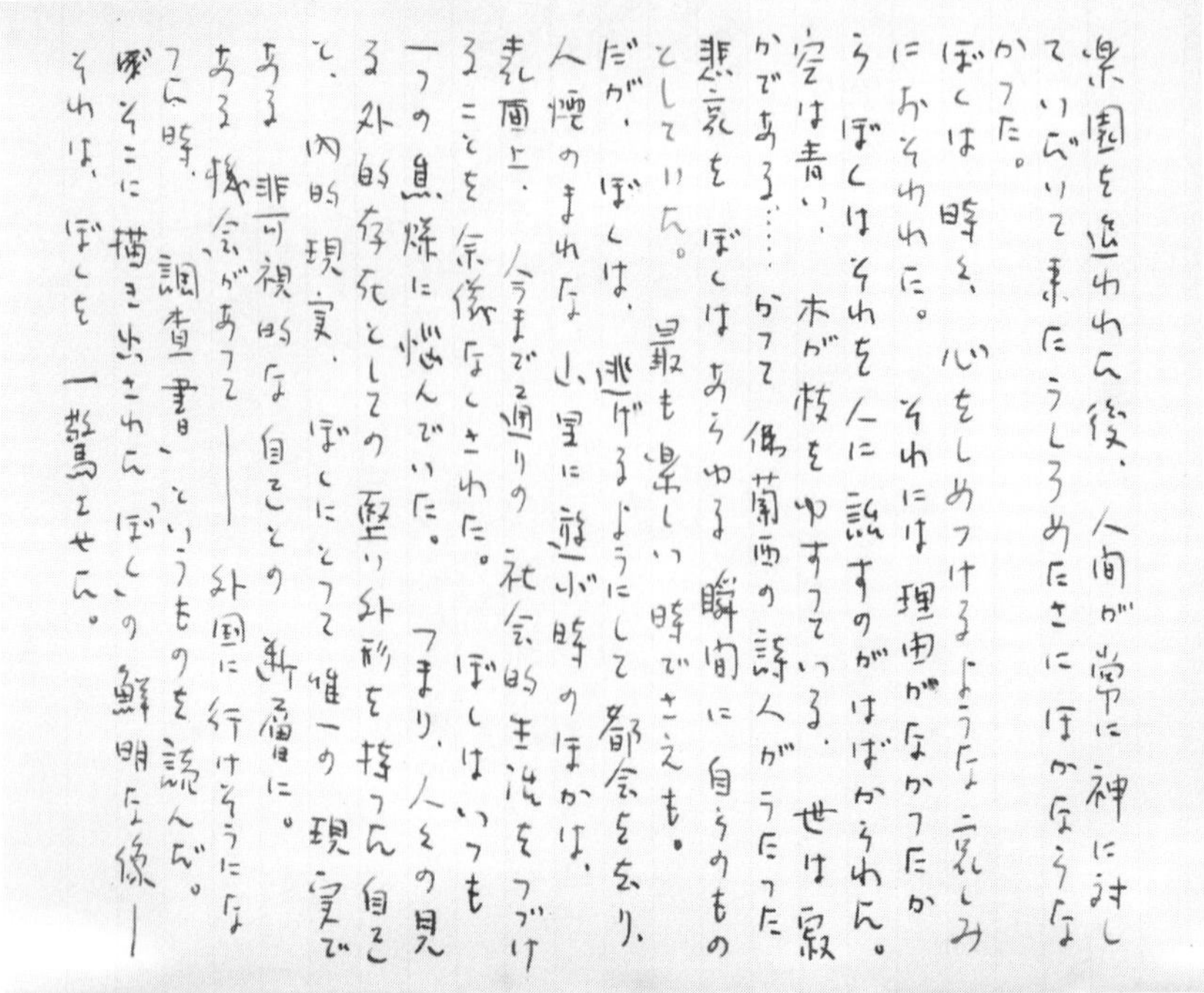

楽園を追われた後、人間が常に神に対していだいて来たうしろめたさにほかならなかった。

ぼくは時々、心をしめつけるような哀しみにおそわれた。それには理由がなかったからぼくはそれを人に話すのがはばかられた。

空は青い。木が枝をゆすっている。世は寂かである……かって佛蘭西の詩人がうたった悲哀をぼくはあらゆる瞬間に自らのものとしていた。最も楽しい時でさえも。

だが、ぼくは、逃げるようにして都会を去り、人煙のまれな山里に遊ぶ時のほかは、表面上、今まで通りの社会的生活をつづけることを余儀なくされた。ぼくはいつも一つの焦燥に悩んでいた。つまり、人々の見る外的存在としての堅い外形を持った自己と、内的現実、ぼくにとって唯一の現実である非可視的な自己との断層に。

ある機会があって—外国に行けそうになった時、調査書、というものを読んだ。殆そこに描き出されたぼくの鮮明な像—それは、ぼくを一驚させた。

先生は、出来る丈ほめて書いて下さっていた。その配慮を感じていても、しかし、ぼくの、ある像を、他人によって造型された自己の一つの類型を想像する手がかりにはなった。そして、ぼくは、一つには、それらの間の写真のネガテイヴと、ポジテイヴ位はある差異について考えざるを得なかった。

ぼくの考えていた内的な自己などというものは一つの幻影にすぎはしまいか。

人間が、他の人間との関係―社会的な、あるいは倫理的な関係に於てのみ存在するものなら、むしろぼくは、他人に規定された、ある性格を、真の自己として承認すべきではないか。

自問自答はけしてしない―しかし、ぼくは、そう承認してしまうことが、危険であることを知っていた。……」

ぼくが、自分の「行動特徴」を描く場合、以上のことは実際的には贅言にすぎぬ。しかし、こういう心理的背景をことわらずに、なにもいえないような気がする。それは、第一に、自分に対して不忠実であり、第二に、先生に対して誠実でないから。

先生には、次に書かれたことを、ぼくは、極便宜的―「仮説」に視点を定めて書いたのだ、という事実を理解して下さらねばならない。

その視点は、「常識」というあいまいな場である。(だが、ぼくは、この定点を堅持して書きつづけられるかどうか、はなはだ自信がない)

「行動特徴ノート」から

四　創造性

~~井伏鱒~~.

創造性があるとか、ないとか、そのようなことは問題でない。

ぼくは創造せねばならぬのだ。

・

あとがき　一頁。
是非読んで下さい。

江頭淳夫は、このノートを思い出してから二三日たって、こんなことを思いついた。彼はその時風呂にはいっていた。風呂にはいっている時とか、顔をあらっているようなときには、えてしていい考えがうかぶものである。公衆浴場のもうもうと湯気のたちこめたなかで——その湯気は天窓からさしこむ夕日の赤い光をうけて、絵本の絵になって光っていたが——彼のすきな庶民的生活感にひたりながら（江頭は自分の本質が元来貴族的なものだと知っているので、公衆浴場などをかえって愛しているのだった）江頭淳夫は、あの黒と茶を多くつかった陰気なポートレイトを書き直すことを計画していたのだ。

彼は、その時、幸福であった。その幸福感の大部分は、快い入浴と、適当な空腹感に負っていたにせよ、とにかく幸福であった。

あのノートを書いた頃、江頭をとらえていた哲学的瞑想は、彼の痩せてはいるが、日本人としては脚の長い均整のとれた身体にこびりついていた、すこしばかりのアカといっしょに流されてしまった。

書くことはどれも深刻すぎて、いやらしい。

いったいどうして、あんなものを書いてしまったのか。第一に、江頭けはあのノートの文体が気にいらなかった。実に気取った、偽善的文体ーある部分はたしかにスタンダールに批難されるべき、ジェズイット的スタイルで書かれている……

もっとしだけで、書くべきであった。そう思って熱湯をかぶった江頭けのそばでは、三すけの名人が、しわだらけの顔をこすっていた。名人は、一生けんめいで、ナニワブシをうなっていた。江頭けはクスリと笑った。そして笑って、俺は子供のようになってしまう、と思った。江頭けは この子供じみた江頭けほど、あのポートレイトと違ったものはないのであった。

しかし、あのポートレイトを消しさることも出来ない。

それは正しくない。誠実でない。自分にはたしかに、ああいった所もある。だが……

江頭けのそばをシャボンのあわが美しく光りながら流れていった。俺は、いつまでも一ヶ所に停滞しているのがきらいだ。若い俺の性格が、あのようなものであっても、俺には性格以上の、生命力があって、不健康な沈滞状態からすい出してくれるに違いない。いったい俺は、一つのことを三日つづけて後悔しつづけたことがあるか。それよりも前進ーこの無辺な生活のあらゆる相に、自分のすべてを触れあわせたいという願いー江頭けは自分を形づくっているのが、性格ではなくて、一つのエネルギイであるような気がしはじめていた。

そして、今、ここで考えたようなことを、あのノートの最後につけ加える必要があると思った。人間には、性格という静的な要素よりほかに、もっと動的な、変転してやまぬ要素があるのだ。そう思って江頭けは、浴槽へとびこんだ。湯はかなりあつかった。それすらも快い気持で、江頭淳夫けは、天窓からすいて見える秋の澄んだ空を眺めながら口笛を吹いた。……

一九五二・一一・一〇

「行動特徴ノート」から

江　藤　淳　ア　ル　バ　ム

七五三の晴れ姿

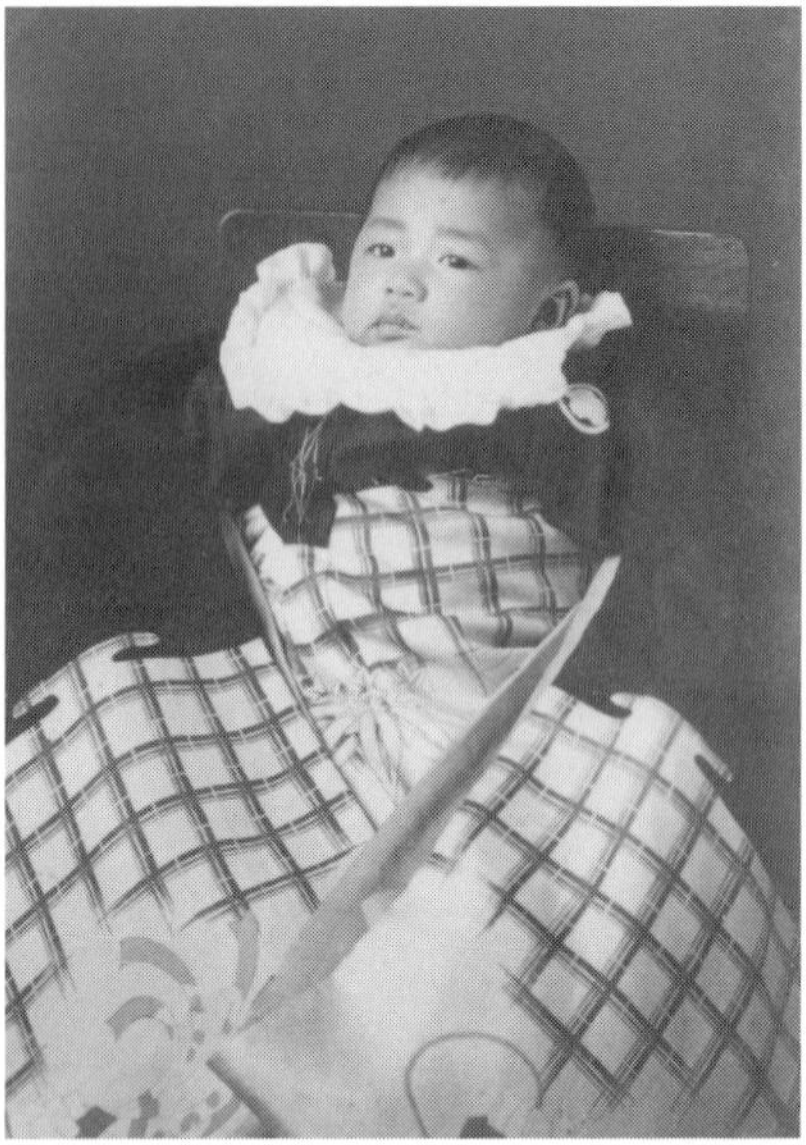
お食い初め

5歳頃、自宅の庭で、父・江頭隆と

5歳頃、近所の友だちと(右)

疎開していた、鎌倉第一国民学校（小学校）にて（後列左から8人目）

湘南中学の友人たちと。
前列左が本人、右は辛島昇（後の東大教授）。
後ろは小林完吾（後の日本テレビアナウンサー）。

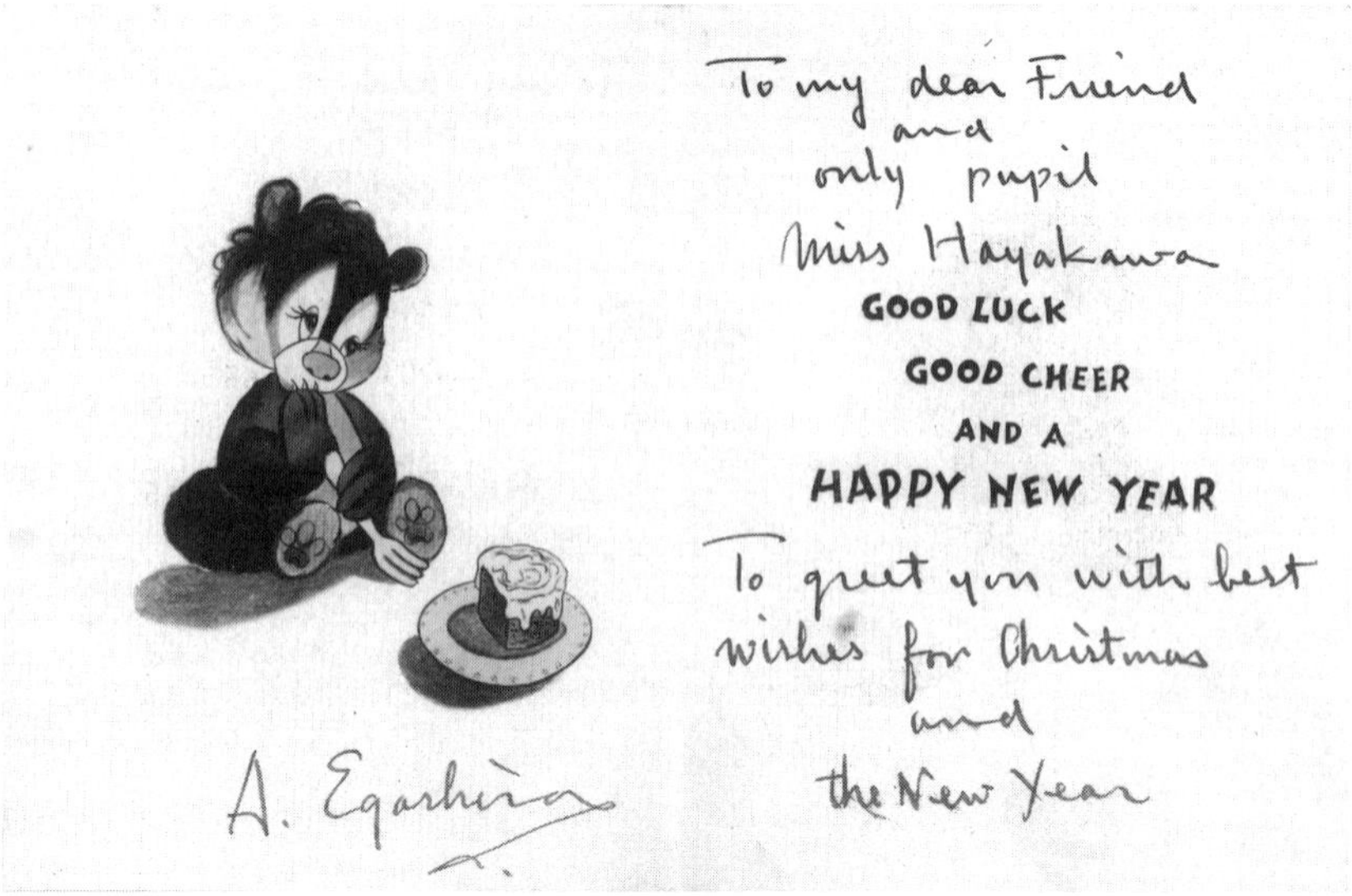
To my dear Friend
and
only pupil
Miss Hayakawa
GOOD LUCK
GOOD CHEER
AND A
HAPPY NEW YEAR
To greet you with best
wishes for Christmas
and
the New Year
A. Egashira

日比谷高校二年の時に、ガールフレンドに出した誕生日会の英文招待状。「A. Egashira」は江藤の本名（江頭淳夫）。

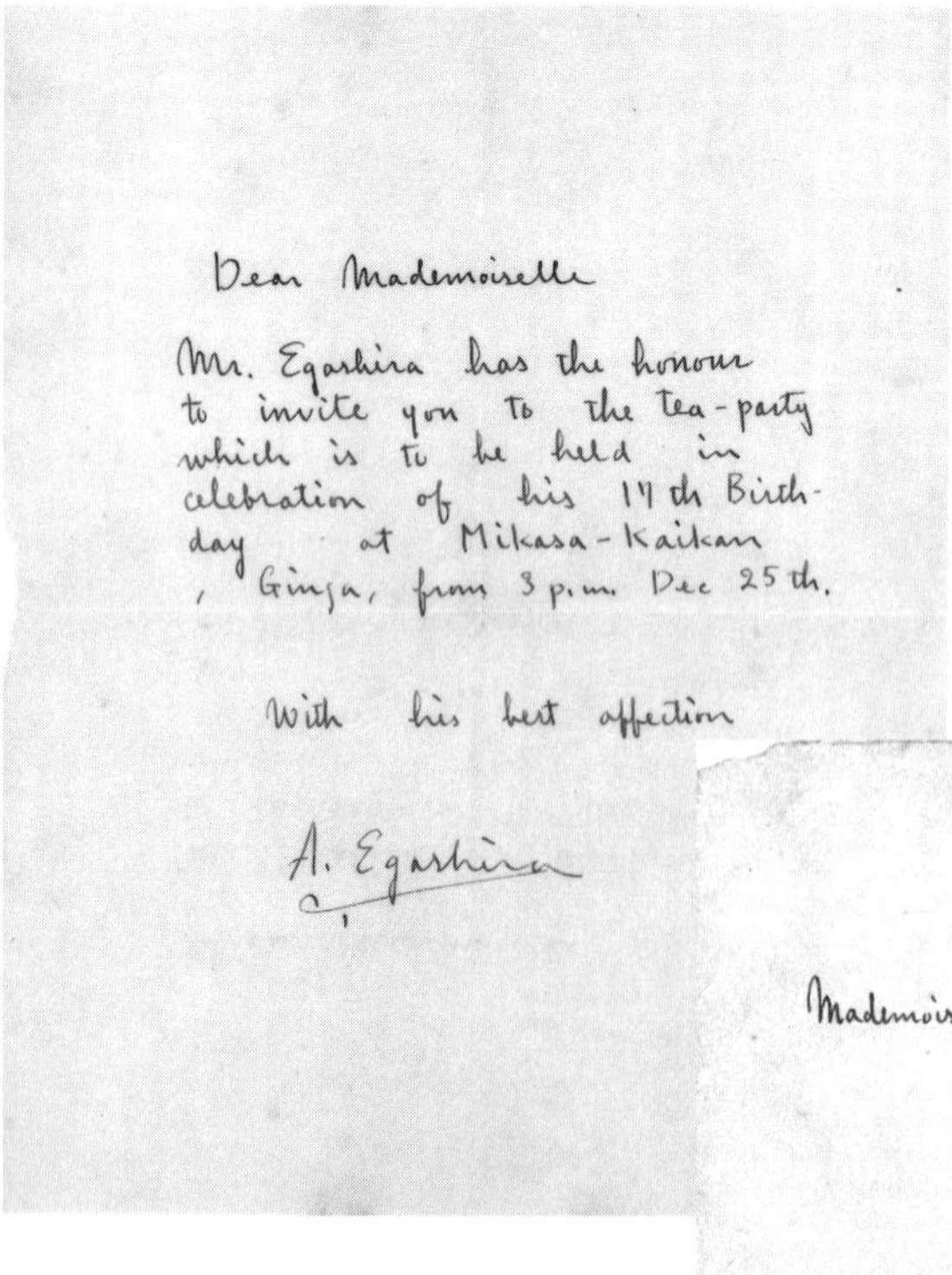
Dear Mademoiselle

Mr. Egashira has the honour to invite you to the tea-party which is to be held in celebration of his 17th Birthday at Mikasa-Kaikan, Ginza, from 3 p.m. Dec 25th.

With his best affection

A. Egashira

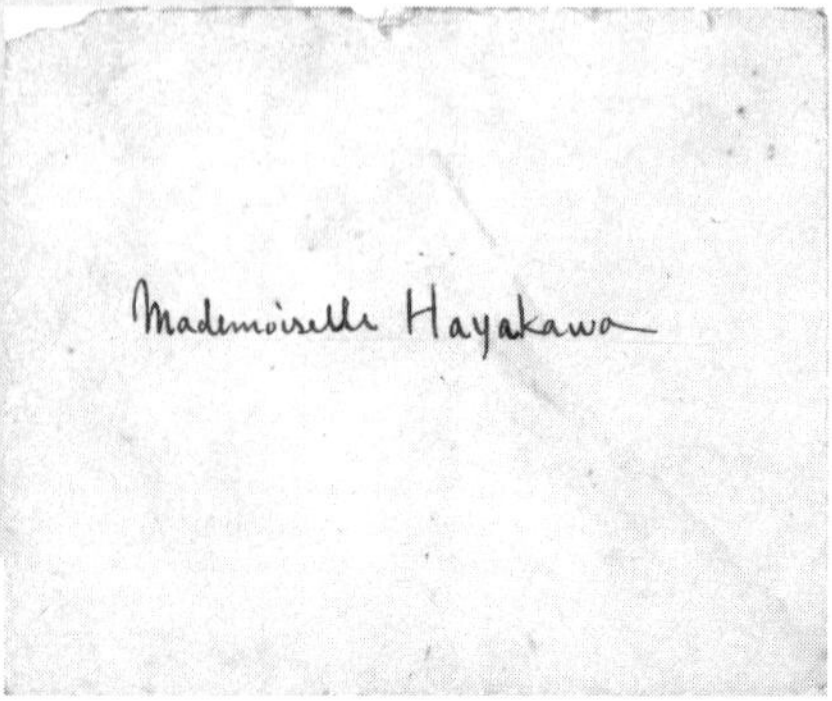
Mademoiselle Hayakawa

慶子夫人との新婚時代

慶應大学入学の頃

戦後第三次「三田文学」の仲間らと。後列左より 田久保英夫、山川方夫。前列左より 高畠正明、若林真、桂芳久、本人。

西部　邁

江藤淳氏自死――虚無への曖昧な勝利

二年前の初冬、私は札幌のあるバーで高校時代のたった一人の親友であるU氏と会っていた。彼は暴力団の行動隊長のようなことをしていて、その秋、五年の刑期を終えて刑務所から出てきたばかりであった。刑務所に入る前に彼がいうには、その暴力団が「とてもヤクザの所業とは思われないような仁義に悖ることをした」ので、自分は警察にそのことをバラスつもりだと大変な剣幕であった。バブル期における地揚げで、その札幌の暴力団が赤猫を、つまり火付けをやった、というような事件であったと覚えている。

ともかくその友人は「あんたは今何をしているんだい」と聞くので、「何もやることがなくなったらどのようにして死ぬか」ということについて考えていると私は答えた。彼は「そういうことなんだよなあ」といいながら、少々考え深げであった。それから「あの高校の修学旅行にあんたが参加しなかったのは俺に付き合ってのことだったんだろう」といい、私が「何だ、わかっていたのか」と相槌を打つと、「それくらいのことはすぐわかる」といいつつ、往時に思いを馳せる様子でいた。

それから一週間してそのバーの女将から電話が入り、「Uさんが死んだ」との報告であった。私がとっさに「殺されたのか」と問い返すと、「焼身自殺らしい」と彼女は返事した。あとでわかったのだが、実は、係累が一切おらず、所属の暴力団からすら離れて、おそらくは生活保護でしか暮せないような状態になったそのヒロポン中毒患者で文無しのヤクザは、皮肉にも銭函という町の霙降る浜で投身自殺したのだという。凍傷のためだろうか、それとも岩礁に打ちつけられたせいだろうか、顔が黒く変色し傷だらけであったので、最初は焼身自殺と間違われたのである。その女将によれば、「最後に西部さんと会えたんで満足したのだろう」とU氏の別れた妻がもらしていたらしい。それを聞いて私は、「何もやることがなくなったらどのようにして死ぬか」という私のあの科白が彼を海中へと追いやる——最後のではないだろうが——一押しになったのかもしれないと考えて、少し複雑な気分になった。

私が自死の意義について彼に語ったのは思いつきに発したことではない。ここ十五年ばかり、私の自死についての考察めいたものは、強まりこそすれ弱まる気配にはない。そしていつのまにか、自死に辿り着かないようなない。自分の生は想像すら出来ないといった具合になっている。だから江藤淳氏が自裁されたと知ったとき、私がまず思ったのは、それがどんな形の自死であったか、ということについてである。しかし、他人様の死の具体的な様相にかんして喋々するのは下品なことなので、以下では、江藤氏の自死が自死の思想について何を教えてくれたか、あるいは教えてくれなかったのか、ということにかぎって言及することにする。

U氏と何年に一度か会うといった調子で付き合っているうち、私の心中に一つの計画がおのずと浮かび上がった。それは、彼を通じて拳銃を入手する、という企てである。六十歳代の半ばあたりにピストルを不法入手し、それを自裁用として秘匿したい、と私はいささかならず切実に願った。そのひそかな計画が彼の自殺であえなく頓挫したのである。彼の救いようのない人生のことを想って暗澹たる気持になったのは確かであるが、同時に私は、自分の希望がひとまず遠のいたことについても浅くない憂鬱を感じた。そのころ東京の何人かの知人が、そんな私の落ち込んだ姿をみて、「西部は（知識人として）もう駄目ではないか」と噂していたらしい。なるほど、私の場合、知識人たらんとすることと自死を企てることは深く関係しているので、その批評は的を射ていると感心したものである。

私はなぜ自死について考えたり語ったりするようになったか。それは、命を長らえることを第一義とすると、そこからありとあらゆる種類の虚無心が頭をもたげてくると知ったからである。最も簡単な場合でいうと、勇気を否定してかかるという虚無の気分が延命主義によってもたらされるということだ。私は、子供の時分から、自分が勇気を持てたときに喜びを感じ、自分が臆病であるとわからされたときに苦しみを覚えてきた。私にとっての勇気は、良く生きようとする自分を守るためのもの、という意味で一個の徳である。

だが真の勇気は、自分を守るためには死ぬこともありうべし、という構えのなかから出てくる。つまり、生き延びるために死に急ぐ、という逆説から離れられないのが勇気なのである。良く生きるということは正義をつらぬくということであろうが、それをつらぬこうとすると、もはや生きてはおれないという局面がやってくる、少なくともそうかもしれないのだ。こんな当たり前のことを知るのに四十五歳まで生きていなければならなかったのであるから、私の知識はたしかにあまり上等のものとはいえない。

勇気だ正義だというと、いかにも剛直もしくは短慮と聞こえようが、私とて、思慮を欠いた勇気が野蛮に落ち、節度を持たぬ正義が押し付けに堕ちるくらいのことは知っている。しかし思慮・節度によっていかに掣肘されようとも、勇気・正義には、自分が延命するのを断念するという思想の論理が含まれている。一般的にいって、延命することに至上の価値を見出すと、それ以外の価値を踏みにじって構わないという虚無の態度に陥らざるをえないのである。

おまけに、延命という価値は、命あっての物種という言い方にみられるように、感情としてはいかにも現実味がありそうだが、少し冷静に考えるとたちどころに論理的に破産する体のものにすぎない。なぜといって、延命のためには他の生命体を食さなければならず、そして食すことのできる生命体が有限であることを考えると、他者の延命を阻害してでも自己の延命を図る、という戦いの場を延命主義が要請してしまうからである。そして、戦いは本質において延命と矛盾する。せいぜいのところ、それは弱肉強食における延命であり、そして勇気や正義を持たずして強者になることは、人間の場合、不可能なのである。

価値を持たなければ、人間の行為から目的というものが消失する。そんな虚無主義者がそれでも行為をなしえているのは、まったくもって笑止千万な話なのだが、環境を軽信し、また環境によって指示される生の方向に順応しているからである。たとえば世論という名の環境がそれで、現代のニヒリストの群れは、何も信じていないと言い張っているのに、世論という最も俗悪なものを軽々しく信じ、世論にべったりと沿うように行動している。それを大衆社会とよべば、大衆社会とは一個の巨大なスラップスティック劇場である、つまり軽信を旨とする虚無主義者が「ドタバタ」を盛大に演じるための大舞台である。

延命を最高の価値にしてしまうと、人間は軽信と虚無をないまぜにして、死ぬまでだらしなく生きるほかなくなる。と知ってしまったなら、その軽信・虚無の元凶たる生命を何らか別の価値のためにすすんで断つ、という自死のプログラムが生のただなかに登場してくる。モーリス・パンゲという比較文学者もいっているように、虚無の根たる生命に刃を向けることを――切腹の儀式にみられるように――文化的制度にまで仕立て上げたのは、世界広しといえども、日本人だけである。その伝統のはらむ思想的な含意に思いを寄せれば、為すべきことがない、あるいはそれを為しえないという状況に立ち至ったとき、自死のプログラムを実行に移すのはむしろ当然のことであろう。

いや、生命体としての自己はそのプログラムに執拗に抵抗するのではあろう。そうであればこそ、自死の思想が必要になる。つまり生命体の反逆が起こる前に自死を決行できるように、常日頃から自分の頭を訓練しておくこと、それが自死の思想である。私がその思想の高みに達しているというのではない。私がいいたいのは、死ぬのが恐いという結論に至り着くようなものを思想とよんではならないということにすぎない。虚無と軽信に浸って生きつづけるのは死ぬほど恐いと思う、それが人倫である。そうなら、虚無に敗北する見通ししか持てなくなったという状況では自裁し果てるべし、と少しは真剣に考えてみてはどうなのか。

自死には自己陶酔によるもの、絶望によるもの、自己犠牲によるもの、そして悔恨によるものの四種がある。というより思想の営みをなす人間は、自分の自死のプログラムがそれらの四脚によって成り立っていると知っている。そして自死の思想を語るということは、それら四つの要因が自分にあっていかなる葛藤を起こしているか。その葛藤を平衡させるにはどうすればよいか、などについて表現してみせることである。

その種の表現が顕在的なものとしてはほぼ皆無であったという意味において、江藤氏には自死の思想はなかったといって間違いではない。事実、死を選びとる寸前まで氏は延命を図り仕事を続けようと努めておられたようである。だから、とりあえず、その自死は意図的なものではなく、衝動的なもの、しかも単に絶望によるものであったとみてさしつかえない。

しかし氏は実際に自死された。それが衝動のみにもとづくとはとても考えられない。戦後日本人が何を「喪失」したか、そして「成熟」のためには何をどう戦わなければならないか、についてあれほどに敏感であった氏が、自死の思想に無縁であったとは思われないのである。結局のところ、氏にあって、自死の思想はラング（言語構造）としてはつねに用意されていたが、パロール（言語表現）としては延命の思想を、ただし言論の戦士として生き延びる必要を主張しつづけたということなのだと思われる。

だが誰しもにあって、心身の衰えを痛切に自覚させられる段に及ぶや、パロールが下降しラングが浮上して剥き出しとなる。つまり江藤氏の自死はいわば「潜在的な意図」によるものだ、その潜在せるものがあの日のあの時刻ににわかに表面にせり出したのだ、とみておくのが妥当なのであろう。またその潜在レベルには、絶望のみならず、自己陶酔も自己犠牲も悔恨もあったのであろう。卒直にいえば、三島由紀夫が『太陽と鉄』――私はあまり上出来の作品とは思わないが――でそうしたように、自分が自死を選ぶのはなぜかについて、江藤氏に何らかの表現を試みられてほしかった、と私は残念に思う。しかし自死そのものも一つの表現なのであってみれば、それを望むのはまだ死んでないものの貪欲なのかもしれない。

ただし、死は表現の外にあるのであって、思想家にたいする評価はその生によって産み落とされた文字の作品群によってのみ下されるべきだ、という意見には与しえない。というのも、すでにみたように現代人の生が虚無によって蚕食されているのだとしたら、それとの対決の模様が文字の作品に反映されざるをえず、そしてその虚無との戦いが真剣なものならば、自死の思想について、潜在的な形にせよ、文字で語らざるをえないと思われるからだ。氏の作品にその語りが伏在しているのかどうか、私には詳らかではない。江藤氏は、三島の自死にたいして冷淡であったのだから、自分の自死について、三島のとどこが違うのか、せめて一言あってほしかったと思いはするものの、それ以上のことをいうのは死者を鞭打つ所業であろう。江藤氏の作品に詳しい人々から、いずれ、そのラングに自死の思想がいかに組み込まれているかを聞かせてもらいたいものである。

自分の心身が形骸に化しつつあると思うほかなくなったから自死を選ぶ、という江藤氏の態度を私は諒として いる。しかし、どんな心身の有様をもって形骸とみなすかはそう簡単なことではない。とくに、為すべきことや為しうることが係累や知人との交際においても見出されるのであってみれば、死に際をみつけるのは至難の業なのであろう。ましてや、係累や知人に自分がなぜ自死を選ぶのかを納得しておいてもらう――そうしなければ自死が卑劣な振る舞いになりかねない――となると、自死は長期にわたる生の作業を必要とするに違いない。その困難を察知すればこそ、私は、自死の思想についてもっと語られるべきだと思う。これ以上に自分を延命させたら虚無を追い払う努力すらが不可能になると確実に予期されるとき、そしてその予期によって現在の自分の精神が荒廃していくと確信するとき、自死を選ぶ以外にいったいいかなる生き方があるのか。この単純な生と死のかかわりを素直にみつめれば、意図的な自死には単純死という味も素っ気もない名前を与えたくなる。そうすることによって、自死が精神のごく自然なはたらきの結果であることを印象づけることができる。

ともかく意図的な自死は人間の（最後の）表現活動なのだ。それが表現ならば、公共の場で論議されて当然の話題ではないか。江藤氏の自死をどう批評するかは、自分がおのれの死にどう対処するかということにかかわってくる。江藤氏の自死は、虚無心によって自分の精神が蝕ばまれるのは死ぬほどに苦痛だ、ということを表現しているという意味で、一つの思想の営みであった。その営みの巧拙を論じるのは、その人が良く生きるために良く死にたいと願うからにほかならない。

（「新潮45」一九九九年九月一日号）

古井由吉

『寒』かった江藤さん

亡くなったばかりの人とのことを思い出して、何年前と算えようとすると、年の数というものがいかにも恣意のもののように感じられてならないことがあるが、今から三年前の秋、『漱石とその時代　第四部』をめぐって対談の形で、江藤さんにお話をうかがった。漱石評伝第四部は、明治四十年三月の漱石の朝日新聞社入社から、四十五年七月の明治天皇崩御にまで亘る。その第一章の表題が、「『寒』い漱石」となっている。これに私は強い印象を受けた。その『寒』さが私の身にも染みたのだ。小品『京に着ける夕』の漱石から伝わる『寒』さであった。しかしそれにもまして、評伝第四部の江藤淳からかすかに吹き寄る『寒』さでもあった。

「明治の閉塞」という言葉を江藤さんは第四部の中で打ち出した。近代化の急坂を押し上がって来た明治社会の、日露戦争の終結、明治三十八年以後の行き詰まりのことである。この閉塞の中へ江藤さんは朝日新聞社入社当時の漱石を置いて考察した。『寒』さはこの閉塞からも来る。しかもこの閉塞は停滞ではなかった。漱石が教職を捨ててかわったところの新聞社はまもなくその社勢が上昇にかかる。後に言うマスコミ社会の形成期だったのだろう。その当然の帰結として、漱石は手厚く報いられもするが、あの資質でもって、大衆を相手に小説を書くという債務を負わされる。債務は常に超過へ傾き、義務心の旺盛な漱石の心身を蝕んでいく。これこそ『寒』いその経緯を江藤さんは、涙しながら、仔細にたどる。

ただ過去の事として眺められているのではない。現在の日本経済の危機的状況を江藤さんは単に戦後経済の行き詰りとして見るのではなく、明治社会の閉塞の延長線上において、明治以来のパターンのいよいよの崩壊と睨む。また他人事として眺められているのでもない。海軍の軍人であった江藤さんの祖父は日露戦争に大本営参謀として加わっているが、大正二年に四十七歳の若さで亡くなっている。懸命の戦いの後の、閉塞の中での絶望と疲労を、江藤さんは思う。江頭参謀も、そして狂人に近い状態で亡くなったと伝えられる秋山参謀も、シャッターの閉まったのを見た、そしてこれをもう一度突き抜けるだけの余力がもうなかったのではないか、と。

――明治の閉塞ということを考えていると、自分の血の中からそういう声が聞こえてくるんですよ。

忘れ難い言葉である。しかしそれにもまして私にとって、今となっては忘れられないのは、明治四十年九月に漱石は早稲田南町七番地の借家へ越す、それにつけての江藤さんの、端的な感慨だった。漱石にとっては終の栖になる。彼の「硝子戸の中」の家である。ここで漱石は「坑夫」以下の作品を書き、しばしば病身を養い、そして犬も亡くした。移転は漱石四十の歳のことであるから、この終の栖にも十年ほどしか暮らさなかったことは算えなくてもわかるが、江藤さんは評伝の執筆がここへかかった時、十年足らずの歳月の短かさにあらためて驚いて、ややあって、指折り算えてみたようだった。

――「九年二カ月と十日しかなかった。」と書いて丸を打った時に、つーっと涙が出て来た。

江藤さんを鎌倉以前の、市ヶ谷のマンションの住まいまで、何かの帰りにタクシーで送ったのは何時のことだったか、昔というよりほかに、私にはもう算えられない。歳月はおそろしい。人が淀みなく前へ進むかぎり歳月は、いかにも早く経つという哀しみをしばしばふくませるが、まずは穏和な伴《とも》である。しかし人がいったん前方を断たれて立ちすくむと、歳月はたちまち怪物《モンスター》と化して、その暗い腹中へ人を呑みこむ。そこには、二十年余りと算えても、十年足らずと算えても、三年前と算えても、いずれ変らぬ恐怖がある。

漱石の移転の話題に続いて江藤さんは述懐気味に、引っ越しとか改築というのは非常な危機ですよ、と話した。それを乗り切った後は大病するとか、うっかりすると死ぬとか、主人でなければ、妻君が死ぬとか子供が死ぬとか、そういうことを考えなくてはいけないのだろうと思われる、慎まなくてはいけないような何かがある……と。

――やっぱり、一家の主人において、一番鋭くそれが出るんじゃないですか。それぐらい、巣をつくるということは大変なことなんですよ、人間という生き物にとっても。

（「新潮」一九九九年九月号）

カット：江藤慶子

福田和也

崩落に抗して

三つ揃いの背広の、チョッキのポケットに軽く手を添えて、やや前屈みになりながら、大股に歩いていらっしゃる姿が目に浮かぶ。背広は明るいグレーが多かった。こんなに三つ揃いが似合う人はいなかった。

普通、つけたりか装飾にすぎないチョッキが、江藤氏にあっては、不可欠なものであった。わが国においては舶来の形骸にすぎないものに、取り換えることのできない必然性を、スタイルを加味することのできる方だった。チョッキのポケットに指をいれた、その腕の屈曲の具合は、極めて江藤氏らしいポーズで、余裕と自恃と秘められた緊張を象徴していた。

江藤氏は、すべてにスタイルがあった。背広の右ポケットに指を滑りこませて、ライターを拾い出す手つき、箱から取り出した煙草のフィルターをポンと打つ、タイミング。お宅で紅茶を戴く時に、銀の大振りな盆に、奥様がティーセットを載せて現れた時に、やや中腰になって出迎える姿勢——そしてカップにお茶が注がれ、芳香が立つと、驚くほど若々しい、と云うより子供のような表情になる——など、すべてが一つの型になっていて、何事にもだらしなく野放図な私は、恥じるどころか見とれるばかりだった。

特に座談は、見事としか云い様がなかった。

水割りのグラス、あるいは磁器の杯を手にして——氏は夕食前の一杯からはじまり、毎晩相当の量のアルコールを嗜まれた——、かつての大文人の回想から、身辺の些事にいたる多彩な話題を縦横に展開していかれる姿は、見事としか云い様がなく、他者が容喙する隙のないものだった。なかでも見事なのは声色で、山の手の古老が六代目の声色をしてみせるように、政治家から文学者にいたる沢山の人物の特徴を、逆らい難い強い印象を刻みながら示していく。声色に江藤氏の批評家としての卓越した才能が如実に示されていたと思う。小林秀雄、野間宏、武田泰淳といった、私が見る機会のなかった文学者たちの印象の幾分か、というよりかなりの部分が、江藤氏の声色と形態模写によって形作られた。

破格であったのは、執筆の形であった。江藤氏は「完全原稿」という言葉を好んで使われた。一字一句揺るぎのない、そのまま印刷して流布できるような完璧な原稿を編集者に渡すことが誇りだった。原稿には直した跡もなく、つまり江藤氏は、筆を降ろす時には、脳裏においてすでに完成した文章の姿ができあがっていたのである。書きながらしか考えられない私のような鈍物とは、まったく隔絶した明晰さをお持ちだった。講演にしろ、対談にしろ、氏は話し言葉においても、語ったそのまま活字にして一切直す必要がない、脈絡と修辞で語ることの出来る現在唯一人の文学者とされている。

かような完璧と集中を実現するための努力はなみなみならぬもので、その大半をになっていたのが慶子夫人であった。奥様は江藤氏の執筆中には常に在宅されて、氏の用に応えるだけでなく、電話や配達などに氏の神経が煩わされることがないよう配慮をされていた。江藤氏はいつか冗談半分に、僕は電球も取り換えられないんだ、とおっしゃっておられたが、さほど事実から遠くなかったと思う。それほど生活の全般を江藤氏は奥様に頼っておられた。奥様はそれを裏方としてではなく、むしろ主役として引き受けていらっしゃった。

電話をして奥様に、私の原稿のことや氏の近作について、再三四方山話をした。奥様は氏の仕事の全体のみならず、文壇、論壇のすべてを見渡し、鋭い問題意識をもっていらした。何か政治向きの話をしている時に、江藤氏が「この件については家内がね」と奥様の意見を紹介することがきわめて頻繁だった。お二人はきわめて充実した夫婦であり同志とでもいうべき結合の形をなしておられた。奥様を亡くされた氏が、どれほど悲しまれ途方にくれたか、その渾身の看病の情熱とともに、余人には測りがたいものがある。それはほとんどシェークスピア的とも云うべき悲劇だったろう。

三島由紀夫も私淑していたフランスの作家アンリ・ド・モンテルランは、一九七二年に視力を失い、回復する見込みがないと判明すると自殺をした。徹底した貴族主義者であったモンテルランは、失明により自らのスタイルを貫けないことを厭うたのだろう。だが江藤氏の場合、そのスタイルはけして貴族的なものではなかった。むしろすべてを汚染して行きながら、誰もその崩れに気がつかない戦後日本の崩落のなかで、喪失に耐えるためのささやかな砦だったのだ。

亡くなられたと聞いて御宅に伺った。江藤氏がゆっくりとブランデーを温め、奥様がきれいに足を揃えてお座りになっていた御宅の居間の傍らで、江藤氏は、どのような手つきで自裁されたのだろう。あれほど華やかな生活をされていた御宅で江藤氏が亡くなったと想うと、その喪失の深さにやりきれなくなった。

確かに砦は破られたのだろう。そして砦を築こうともしない無自覚な者が生き延びる。

（「毎日新聞」一九九九年七月二三日、『江藤淳という人』所収）

谷崎賞の二作品
安部公房「友達」と大江健三郎「万延元年のフットボール」

谷崎潤一郎賞が設置されて、今年で三年目になる。はじめは「細雪」や「少将滋幹の母」の作者にふさわしい円熟した古典的な作品を対象にするのかと思われたが、小島信夫「抱擁家族」(第一回)、遠藤周作「沈黙」(第二回)と現代的な問題作がつづけて選ばれて、おのずから中堅作家賞という性格を決定した。第三回にあたる今年度は、安部公房氏の戯曲「友達」と大江健三郎氏の長篇小説「万延元年のフットボール」がそろって受賞という結果になった。

安部氏の戯曲はすでに上演されて評判になったそうであるが、私は見逃してしまったのでその舞台効果を論じるわけにはいかない。一読したところ、これは先頃来日したパリのユシェット座の一枚看板、イオネスコの戯曲をほうふつさせる作柄である。さらにそこにはピランデルロの影がうっすらと投じられていないものでもない。私は、この「友達」の冒頭の八人の家族が登場する場面を読みながら、なんとなく「作者を探す六人の登場人物」の舞台を思い出した。私はそれをニューヨークで観たのである。

そういえば、「友達」がはなはだ現代的な戯曲であることは説明を要さないであろう。近々婚約者と式をあげる予定の男が、アパートの一室に住んでいる。無論ひとり暮しであるが、孤独に悩んでいるわけではない。そこへ祖母、父母、長男、次男、長女、次女、末娘から成る八人の奇怪な家族が侵入して来る。彼らは人間は孤独であってはならぬという信念を抱き、アパート住まいの男を「救い」にやって来たのである。

いざこの八人に侵入されてみると、男は彼らが「他人」であることを誰にも証明することができないのに愕然とする。このあたりは「隣は何をする人ぞ」という相互無関心のなかで暮している、今日の都市生活者の機微をついているかも知れない。この奇怪な八人はたちまちのさばりかえり、男の婚約者のあいだに疑惑を生じさせ、おかしな共同体的道徳で男をしばりあげ、ついに男を殺して、引きあげて行く。

作者は「個人」が生きられないことを諷しているかのようであり、かつ「不信」が現実であることを説いているかのようでもある。その限りで「友達」は、現代日本の都会生活の特徴を手際よく抽象化しているといえるかも知れない。しかしまたこの戯曲は、否定的な意味でもきわめて「現代」的である。すなわちなぜ「個人」が生きなければならぬかという理由がどこにも見当らず、「不信」の背後になければならぬはずの「信頼」の喪失感が欠落しているからである。

ひとりでいたいのに大家族に侵入されて邪魔だというのは、単に快・不快の判断にすぎない。登場人物はこの種の感覚的判断にしたがって行動することを許されるが、作者にはその判断を裏付けるべき「個人」に対する信念が必要であろう。「個人」のほうが共同体より現代的でハイカラだからというのでは、やはり少し困るであろう。イオネスコの「禿げた女歌手」はいわば哀切にしてコッケイである。この舞台では歌は歌われないが、観客の耳はある無言の歌を聴くことができる。これに対して安部公房氏の「友達」のほうはどうも荒涼としてかつコッケイの趣きがある。この舞台では歌が歌われるらしいが、作者の心の歌は私の耳には届いて来ないのである。

この事情は、ある意味では大江健三郎氏の「万延元年のフットボール」にも共通しているように思われる。この小説のテーマはいろいろに解説可能であるが、煎じつめれば「本当のことをいおうか」というルフランに要約されるであろう。この「本当のこと」は、かならずしも推理小説の謎ときのようなかたちで示されなくてもよい。いわば「歌」、それも行間を充たす「歌」といってもいいようなものである。しかしこの小説では「歌」が聴え出すまでにひどく手間がかかる。しかもそれは聴え出したところで立ち消え、また聴えては立ち消えといったふうに断続する。なぜそうなるかといえば、それはおそらく作者の注意力が拡散し、姿勢は「本当のこと」に傾けられているが、耳がおおむね外界の諸現象を追ってクルクルとまわされているからにほかならない。

作者はこの長篇執筆の途中におこなわれたインタービューで、この作品では「意識的に文体を変えている」という意味のことをいっていたと記憶する。この言葉が、大江氏の公式発言がしばしばそうであるように、そのまま額面通りには受取りかねるものであることはいうまでもない。たしかに前半は異常に読み辛く、あるいは「意識的」文体のせいかとも思われるが、雪に閉ざされた谷間でのスーパーマーケット掠奪事件以降になると、変えられたはずの文体が通常の大江氏の文体に逆戻りし、それとともに流露感があらわれて、明らかに小説は面白くなるからである。つまり作者は最初単に筆の渋滞に悩んでいたのであり、後半にいたって突然筆が滑り出す瞬間をむかえたのである。

問題は、したがってこの筆の渋り、あるいは筆の滑りと「本当のこと」との関係にあるということになるであろう。私にはどうも作者がいずれの場合にも「本当のこと」に対する姿勢を決めかねているように思われてならない。鷹四と白痴の妹の相姦の記憶というような設定は模様のようなもので、いわばにせの「本当のこと」にすぎない。蜜三郎が自分には「本当のこと」はないと悟るのも、実はこのにせの「本当のこと」の裏返しであって、問題の自覚ではなく回避にほかならない。したがって作者の力量は小説の構成とデザインにあげて傾注され、七百枚はむしろ「本当のこと」に直面しようとした作者が、ついにその課題を果せずに苦闘して分泌した体液の跡とでもいった印象をあたえざるを得ない。

大江氏の技倆が、この「万延元年のフットボール」で著しい進境を示していることは公正に認めなければならない。しかし極限すればそれは小説デザイナーとしての技倆であって、作家としての進境であるかどうかは私には疑問である。それなら氏が直面しなければならなかった「本当のこと」とはなにか。それは人間をそれにもかかわらず生かすものはなにか、ということである。そしてそういう人間が、ひととともに生きるとはどういうことか、ということである。ひとつは「永遠」に関する問題であり、他は「社会」に関する問題である。

氏は実は小説のなかで一度だけこの「本当のこと」に触れかけている。それは菜採子が蜜三郎に、「私たちが蜜のいうとおりに、とりかえしがつかないと認める時が来たら、私たちはお互いにもっと優しくなるかも知れないわ」という一節である。ここにおそらく「本当のこと」にうがち入る鍵があり、その重要性にくらべれば万延元年の一揆と敗戦当時の朝鮮人襲撃、それに安保騒動の記憶などという時事的・政治的モチーフは現代の好尚に投じるデザインとしての意味を有するにすぎない。作者がこの鍵を「自己回避」し、主人公の話題を転じさせているのは、それがいうまでもなく「個人的」な問題だからである。

「万延元年」で脆弱《ぜいじゃく》なのはこの「個人」の機軸である。それはいわば「友達」で機械的に設定されている「個人」とうらはらの関係にあるといってもよい。読者はこの小説のなかで執拗に反復されているのが、主人公の罪悪感と怯えであることを、それが共同体から離脱した者、あるいは離脱させられようとしているものの罪悪感と恐怖であることを、その濃密さにはもちろん作家その人の感情が投影されていることを思うべきであろう。この共同体が地上に在るものであるかぎり、この感情には「永遠」は訪れない。そして共同体が同化し、排斥するものとしてしかとらえられていないかぎり、そこからは人とともに生きるという課題は生れない。それが「万延元年のフットボール」と、デザイン上はそれと酷似する部分を有するウィリアム・フォークナーの小説とのちがいである。フォークナーの小説に「社会」があるかどうかについては疑問の余地もあろう。しかしそこに「永遠」の影は投じられている。その影を受けて、彼は「人の心を高めるために」書いたのである。

（「小説新潮」一九六七年一二月号）

江藤淳
単行本未収録
作品コレクション

青空を待てなかった天才の最期

三島さんは早まった

三島さんの今度の事件を聞いて、私は、たいへん困ったことが起きてしまったな、としばらくぼう然としてしまいました。

三島さんは元来、学習院時代に、清水文雄教授、蓮田善明、保田與重郎氏らの、日本浪漫派の代表的人物の強い影響を受けて出発した人です。

日本浪漫派の思想というのはいわば唯美的なナショナリズムであり、彼のナショナリズムも十六歳の時の『花かざりの森』ですでに芽生え、今日までの三島文学の根底に、この思想は貫かれています。そういう意味では、今度の行為は一貫していますが……。

それが戦後に敗け、昭和二十一年ごろに、三島さんは、戦後派の鬼才作家として、華々しく文壇に登場してこられた。しかし当時は、米軍の占領下にあり、また巷には闇市や、同じ世代の復員くずれが彷徨していた混乱の状況のなかでは、彼のナショナリスティックな心情は、あからさまに表面には出せなかった。そのために三島さんは、自分の美意識を、逆説的な形で表現せざるをえないというところに置かれていました。

それがかえって、昭和三十年代前半までの彼の文学を支え、鍛えることに役立った時期でもあったのです。『金閣寺』がその頂点といっていいでしょう。

ところが、三十年代後半になって、安保改定や経済力の成長などがあり、アメリカに対しても、それほど気を配らずに、ものが言えるようになった。そうした社会背景を反映して執筆された長作、『鏡子の家』では、その第一章から直接の戦後は終わった、と暗示するようなところからはじまっています。

この辺りから、三島さんは作家として悩みはじめたようです。文学と自分との間に、〝溝〟というか違和感を感じはじめたようです。美意識を背後に退けて、内に秘めていたナショナリズムをストレートに出した実際行動が多くなり、文学の世界で勝負するよりも、自分が文壇で築いた象徴的な地位を通して表現する、といった行動が目につきました。

ノーベル賞への期待があったのもそうでしょう。自分の名声を高めるということよりも、文学賞を受賞することによって、日本文学の伝統的なものを国際的に評価させる、ということを望んでいたようです。それが、三島さんの師である川端康成氏が受賞され、三島さんの夢は満たされたわけですが、このころから「楯の会」を結成し、行動は更にエスカレートしました。

戦後二十五年間、いつもジャーナリズムのスターとして華やかなスポットライトを浴び続けた、深い疲労感もあったと思います。才能ある作家として栄誉も名声も極めた人としての、深いけん怠感とでもいうのでしょうか。

三島さんは、割腹という行為で自分の美と思想を終局させたばかりではなく、このけん怠感にも終止符を打とうとしたのでしょう。すぐれた戯曲家であった三島さんの最後の演技でもあった……と思います。

しかし、この行為が連鎖反応を起こすことを恐れます。もうひとつ、心配なことは国際的な反響です。日本の作家の中では、最も多くの作品が翻訳されており、知名度も非常に高い。先日（十月）私がロンドン大学を訪れた時も、ストロングという教授から、「楯の会」のことについて聞かれました。日本の代表的文化人というと、すぐ三島氏が浮かぶ。その彼が組織した右翼団体ということで話題になっているのです。外国にとっては、戦前の日本の薄気味悪い軍国主義の印象、記憶を呼び戻す象徴として受けとめられているようです。

日本はまだ、完全に自前にはなっていないと私は思います。あの大戦争で、あれだけ徹底的にダメージを受けた日本が、二十五年間で、完全に回復できるはずがありません。

最近になって、やっと繊維問題その他でアメリカと経済的に競争国である、ということが肌で感じるようになってきたのです。自分の足でやっと歩けるようになった証拠ですが、敗戦の重みを感じるのは、むしろこれからです。だからわれわれの世代には、スカッと晴れ上がった青空などは期待できないでしょう。次の世代に〝自前の日本〟を引き渡すまでは——。

それまでは一日、一日を耐えていかなければなりません。そんな中途半端な国内及び国際情勢に三島さんは耐えられなかったのではないかと思います。それに私たちの世代は、耐えてゆかねばならないと思います。

三島さんは腹を切って終わりましたが、早まったことをしてくれました。（談）

（「週刊現代」一九七〇年一二月一二日号）

江藤淳
単行本未収録
作品コレクション

三島由紀夫「自決の日」

よく晴れて秋空に白い雲がぽかぽかっと浮かんでいる日でした。私は当時、あの劇的な事件があった市ヶ谷自衛隊駐屯地のすぐ脇に住んでいた。あそこは32普通科連隊で昔の陸軍士官学校があったところです。左内門という裏門があって、その筋向かいのマンションに住んでいました。

その頃は25日というと、ちょうど文芸雑誌の締め切りなので原稿を書いていました。すると産経新聞の社会部から電話がかかってきた。「いま三島由紀夫が楯の会とともに市ケ谷の自衛隊に乱入した、何かコメントはありませんか」というものでした。こちらはそれだけでは何が起きたのか分からないから、「別にコメントはない」といって切ったんです。でも気になったので、何かいつもと違う気配があるかなと思ってすぐに屋上へ上ってみた。いま思えばそのときはもう三島さんがバルコニーから獅子吼した時間は過ぎていたはずです。ちょうど昼休みでした。自衛官が軍服で散歩しているごく日常的な光景しか見えなかった。

だから、「また三島さんが世を騒がせるためにひと芝居打ったのかな」というぐらいにしか思わなった。それにしても締め切り日にこんなことをするなんて朋輩の文士に対する嫌がらせかも知れない。「三島さんらしいや」と思ったりもした。それでまた仕事部屋に戻って原稿を書き始めたけれども、やっぱり気になって、筆が進まなかった。

　そのうちこんどは朝日新聞の学芸部から電話がかかってきた。

「三島さんは壮絶な自殺を遂げた。東部総監は縛られて部屋には首が転がっている。ついては急遽座談会をするから来ていただけないか」とのことだった。出席者はほかに武田泰淳、久野収〔市井三郎が正しい〕だという。「やれやれ三島さんついに死んじゃったか。それにしても首がゴロゴロっていうのは何だろう」というのがそのときの咄嗟の感想です。それでとるものもとりあえず迎えの車に乗って有楽町の朝日新聞社に行き、事件の文学的思想的な意味合いについて1時間ほど話し合った。

　そのとき久野さんは「これは民主主義にとってあってはならないことだ」といった左派の論客らしい発言をした。ところが印象に残ったのは武田泰淳だった。もう周章狼狽というか呆然自失の態で、ひじょうなショックを受けてオロオロしていた。その後、武田さんはこの事件について「中央公論」に少しいないしたような不思議な文章を書きましたが、その鼎談のときはもう横っ面を張られたというより横っ腹に風穴をあけられたような衝撃を受けていた。

　武田さんが何にショックを受けていたのかはよく分からないが、私にとって印象深かったのは武田さんの言葉よりもそのときの周章狼狽ぶりだった。三島さんをライバル視していた武田泰淳が、実は三島由紀夫に深く依存していたことだけはよく分かった。

　私もショックを受けたけれども、武田さんのようなことはなかった。作家と評論家ということもあったし、三島さんより年下でしたからね。若さの特権というか、どんな大きな存在でも生意気に相対化できる場にいたから、あまり狼狽することはなかった。

　でも、この事件が何かということは結局よく分かりませんでした。ただこれだけは20年たっても少しも変わらない感想ですが、「単に思想的な自殺じゃないな」という思いだけはずっと持っている。やれ辞世の歌だ、切腹だと確かに憂国の至情に駆られたスタイルはきちんと整っている。しかし、それは三島さんのあまり出来のよくない小説のように辻褄が合いすぎているような気がする。民族主義の人は三島さんが戦後体制の惰眠を打ち破ろうとして自分の命を捧げたと解釈し、毎年『憂国忌』をやっている。それはそれでいいのですが、思想的に解釈するだけでは充分ではないという想いがある。三島さんは国のためというよりはむしろ自分のために死んだのではなかったか。その意味で逆にこの事件は実に戦後的だったと思う。彼はあれだけ頭脳明晰な人だったから、死ぬときにはどうしたら一番効果的かを考え、それには〝憂国〟を演じるのがいちばんだと思ったのではないか。練りに練った末の三島自作自演の一幕ではないか。そういう気持をどうしても拭いえないのです。

戦後の日本が人工的な抑圧に押さえ込まれているということについては、私は三島さんと認識を同じくするものといってもよい。しかし同時に私は文芸批評家であって文学者です。あれがすぐれて思想的行為であると判断するためには私の中の或る直感がそうじゃないと言い続けている。この文学者としての直感を自分から否定することは到底できない。三島さんは国よりも自分が大事だった。自分の芸術家としての首尾一貫をいちばん考えた人です。国も天皇も憂国の至情も嘘とは言わないが、何よりも「三島由紀夫」というものがいちばん大事だった。私はそれを信じて疑わない。三島さんの苦悩、空虚感、絶望は国を憂えるぐらいのことで充たされるほど生易しいものだったのか。国を呑み込んでなお余りある孤独と絶望と虚無感、何をやっても手応えがないという感触に『鏡子の家』を書いてから10年間、彼は悩み続けていたのではないか。

先日の夜、石原慎太郎がたまたま電話をかけてきた。最初は湾岸危機の話をしていたのですが、そのあと三島さんの話になった。あの二人は作家としては正反対の存在です。石原が天才的な無意識過剰なのに対し、三島さんは自意識過剰というより自意識の塊みたいな人だったから。でも、三島さんは石原のことを最初から支持していたし、石原も三島さんの理解者を以て任じていた。ところが石原もまた三島さんの死を思想的なものだけではないという認識をもっているようだった。彼は無意識過剰ではあるけれども、妙にカンのいい男です。『NOと言える日本』もそうで、あの本は論理的に詰めればいくらでも悪口をいえる本だけれども、この時期にあれを出すというタイミングのよさはやっぱり大変なことといわなければならない。石原の天才はやっぱり衰えていない。一石を投じて波紋を広げる能力は人並はずれている。ただそれをどう利用するかという能力が充分ではない。「天二物を与えず」とはよくいったものです。三島さんにはそういうカンがなかった。ほかの能力はすべて持っていたが、石原の持っているこのカンだけはなかった。だからこの二人を対照させてお互いに光をあてさせると面白い。三島さんは死んだけれど、彼の作品が鏡として石原を映しているともいえるし、その逆もまた真なのです。石原は近々三島さんについてある雑誌に書くそうですが、楽しみにしています。現在の石原慎太郎の光源が、新たな三島像を照射するのではないだろうか。もっともそれを石原が正確に表現できるかというと、疑問もないわけではないけれども。（笑い）

三島さんというのはなかなか社交的に気を配る人で、私のような年下にも丁重に接してくれました。パーティーにも何度も招かれた。でも私は提灯もちにだけはなりたくなかったから、尊敬はしていたが慎重に身を処していた。距離をおいていたので逆に三島さんの不思議な絶望感とか虚無感が見えたのではないかとも思う。近い取巻きには見えなかったものがね。

私は昭和36年に『鏡子の家』について論じた『三島由紀夫の家』という30枚ほどのエッセイを書いています。その冒頭に三島さんが昭和15年に書いた詩を引用した。

わたくしは夕な夕な
窓に立ち椿事を待った
凶変のだう悪な砂塵が
夜の虹のやうに町並の
むかうからおしよせてくるのを。

（三島由紀夫『十五歳詩集』）

三島さんは「椿事を待つ」人だという気持が私にはあった。椿事というのは日常的でないことですね。三島さんは戦争を歓迎する。戦争のもたらす突然の死を歓迎する。戦争中の何もかも滅亡していく感じこそまさに禍々しい椿事の連発です。日本が滅亡するのではないか、そんな感覚が三島さんの根底にはあったんだと思います。

戦争が終わり、闇市ができて日本は「椿事の時代」から「日常性の時代」に変わっていった。闇市とは何か。これは本物を売るところです。配給では手に入らない白米がある、牛肉もある砂糖もある。普通では手に入らないものがひしめいている。三島さんもその闇市の一隅に店を開いて、配給された戦後民主主義が売ろうとしないものを売った。これは「美」ですといってね。「美」の包装紙で包んだ中身は「椿事待望」、「すべての崩壊」、「激烈な忠誠心」、「過激な心情」、「価値の顚倒」等々です。だからみんなが喜んで買った。戦後民主主義が配給しないものを闇市で上手に売ったので、彼は作家としてめきめきのし上がって行った。

ところが昭和31年になると、「もはや戦後ではない」という経済白書が出る。三島さんは元大蔵官僚ですからその辺の時代の推移・転換については人並以上によく分かっていたはずです。闇市でものを売っても誰も買わないことに誰よりも先に気づいたのだと思う。これは大変なことです。何をどう作ってどう売ったらいいのか分からない時代が到来したのだから。その時代の作品化を試みたのが34年の『鏡子の家』だったと思う。

それ以後の日本は凡庸な日常性が経済原則に従って肥大した時代ですね。それがずっとノッペラボウに続いてきた。彼はそこでいかなる戦略によって椿事待望のモティーフを生かし続けるかを考えたのだと思う。そこに『憂国』が出てきた。美プラス思想というわけです。そのうち思想が少しずつ美を食っていく形になった。

しかし、その思想を彼はいったいどれだけ信じていたのか。おそらく普通の人が共産主義を信じたり、国粋主義を信じたりする意味での信じ方は、三島さんの場合終始一貫しなかったのではないか。だからそれは結局「美」にかわる包装紙だったと思う。

椿事を待ったが起こらなかった。「それなら自分が椿事の主体になろう、待望者から主体になって自分が椿事を起こそう」と考えた。だからその椿事は可能な限り三島さんの趣味に従って美的であり、思想的であり、その様式に合っていなければならなかった。それは三島さんにとってはあらかじめ計算し尽されたものだけれど、一般の人にとってはこれ以上ない椿事でなければならなかった。言葉によって生きてきた三島さんにとって、それはむしろ言葉を否定するものであり、同時にいちばん奥底に秘めた肉体の劣等感故に、その肉体を賭すものでなければならなかった。思想的な色彩を招きよせてかつ肉体を賭す椿事。それはまさに三島さんの深い私的な欲求から出ているとしか言いようがない。万人に愛される芸術には文学でも絵画でもその根底に深い私的なエネルギーの源泉がある。しかしそれがいったん作品化されれば、ひとり歩きしはじめずにはいない。

三島さんは20年たった今日はおろか、百年後まで公的な反響を鳴らし続ける深さで日本の敗戦及び戦後にかかわった人です。結果は文学者の範囲を超えてさまざまな解釈を可能にするところに反響し続けている。それは三島さんの文学そのものの力だと思う。彼の言葉に懸けた懸け方は尋常一様ではなかった。文士はみんな言葉に懸けるけれども、命を賭して言葉に懸け、言葉に絶望して身体に懸け、その身体を自ら切り裂いて死んでいったとなると、そこにこめられたエネルギーは大変なものです。その壮絶さに武田泰淳はやられたんだと思う。

武田泰淳という人は聡明な人だった。戦後の作家の中でも頭のよさでは三島さんと双璧をなす人で冠絶していた。ただ彼は怠け者で頭のよさを上手に使って生きていくことしかしなかった。三島さんみたいにむきにならなかった。それが戦後の左翼の弱さだったと思う。占領軍にも時代思潮にも甘やかされた。そして今でも甘やかされている。武田さんは作品に全ウエイトをかけなかった。安易なニヒリズムに低迷していた。三島さんにニヒリズムがなかったとはいえないが、三島さんのそれは物すごいエネルギーを内蔵していた。だから20年たっても、みんなを振り返らせることができる。忘れられないから読んだり話したりする。もし三島さんが生きていたらと思うのは「歴史にもしはない」以上愚劣なことかも知れないけれど、それでもちょっと想像してみたくなる。とくに今は再び椿事の時代になりつつありますからね。

平成元年から二年にかけて世界の至るところで椿事が起き、まさに「椿事、椿事で夜も日も明けぬ」という状態になっている。戦後の日本人が椿事は起きないと決めてしまったのは倨傲ではないかという気がする。私は長生きして椿事が無限に起きるのを待ち続け、「こんなことが起きたか、世界はこんなになったか、ざまあみろ」といって死にたいですね。（談）

（「ザ・ビッグマン」一九九〇年一二月号）

江藤淳 単行本未収録作品コレクション

一九六〇年代を送る

『文学全集』を中心に

正確に数えたことがないから、いったい何種類出たものか見当もつかないが、一九六〇年代の文学界をふりかえってみると、ずいぶん「文学全集」というものが出たものだという気がする。つまり一九六〇年代の文壇は、一面においてまさにこの「文学全集」を中心に動いたのである。

その半面この十年間が、きわめて政治的な十年間だったというのも、疑いようのない事実である。六〇年代は岸内閣の下における日米安保条約の改定にはじまり、佐藤内閣の下での沖縄返還交渉の妥結に終わった。対米関係をどうするかという問題は、この間やや誇張していえばいっときも大多数の文学者の脳裏を去ることがなかった。すなわち「政治的」とは、ひところ流行したいいかたを借りれば、「われらのうちなるアメリカ」をどうするかという問題について、文学者がその内面を外部の政治運動に直結させて表現しようとする衝動にかられたという意味である。

これを要するに、安保騒動と所得倍増政策によってはじまった一九六〇年代は、文学者にとってもまた政治と商業の十年間であった。ために文学そのものは疲弊し、おおむね解体と崩壊の一途をたどりつつあるというのが私の判断であり、この狂瀾《きょうらん》を既倒にめぐらすことはとうていできるわけがない。したがっていよいよ政治と商業にいそしみ、早いところいっそ行きつくところまで行ってしまったらどんなものだろうかというのが私のいつわらざる感想である。

別の面からいえば、これはこういうことになりそうである。

《一民族が外国の支配下に委ねられると、その民族のもつ創造性はおおむね貧寒なものになる。これは〝民族的天才〟の無能化によるのではなく、外国人の支配に対する憤激があまりにも強いため、民族をひとつのものにまとめすぎ、その結果、潜在的に創造的な個人は、かれの力を完全に実現するために必要な明確な個性を獲得できないからである。かれの内面生活は、大衆の感情と関心事にもっぱら刺激され形成される。多数の未開人部落のように、かれは個人として存在するのではなく、かたまった集団の一員としてのみ存在する》（エリック・ホッファー『情熱的な精神状態』永井陽之助訳）

内実が異様に『貧寒』

私には、このアフォリズムはだいたいそのまま一九六〇年代の日本の文学者の精神状況にあてはまるように思われる。多産と「文運隆盛」が外見だけで、その内実が異様に「貧寒」化しつつあるということは、敏感な文学者ならだれでも多少は感じつつあることである。先日書庫の整理をしたとき、私は六〇年代に出版された「文学全集」を、一、二種類をのぞいて全部処分することにした。いつも来てくれる古本屋の主人はそのおびただしい山をみて、「へっ、出版社が社員を食わせるために出した本だね。本ともいえないね」といったものである。なるほどそういわれてみれば、それらはたしかに「本ともいえな」かった。華美な色彩をまきちらしているが、その全集の山の実質感は書物のそれではなく、いわくいいがたい抽象的なものであった。

しかし最初に述べた通り、この「本ともいえな」い大衆消費用の印刷物が、確実に六〇年代の日本の文学者を変質させたのである。

「文学全集」は小説家には印税というかたちで、批評家にすら監修料や解説料というかたちで、それまでには発生し得なかった所得をあたえた。あえていえばこの所得が文学者を「貧寒」化させたのである。それは「持ちつけないものを持った」からというより、この所得がもともとひどく抽象的なもので、資産、あるいは富になり得ないような性格のものだったからである。さらにいえばこの所得は、まさにホッファーのいう「あまりにも強い……憤激」のかたちを変えた表現だったからである。

「憤激」する少数の政治的文学者と、「憤激」しない多数の富んだ文学者だけがいるのなら、話はむしろ簡単であった。戦後日本の文学的状況がこのような古典的なものに決してなり得ないのは、経済成長もまた「外国の支配下に委《ゆだ》ねられた民族」の「憤激」のひとつの表現として遂行されて来たものだったためである。六〇年代の日本人は、いわば「バビロンの虜囚」の状態をつづけながら、フェニキアの繁栄を味わっていたようなものであった。フェニキアの繁栄であることによってここには神が不在であり、「バビロンの虜囚」であることによってここには富の所有感が欠落している。そのかわりに、政治的イデオロギーをいただいて、「未開人部落のように……個人として存在するのではなく、かたまった集団の一員としてのみ存在する」傾向が流行したのである。

だから文学者は、政治にコミットするにせよ商業にコミットするにせよ、あるいは両方であるにせよ、「持ちつけないものを持った」ことにとまどっているのではなく、自分の生活環境が政治の侵入と所得の増大によって奇妙に抽象化し、確実なものの手ざわりが次々と消えて行くことに困惑しているのである。六〇年代の終わりに立って眺《なが》めると、私にはどうも日本の文学者が認識者でなくなりはじめているように思われてならない。ものが見えなくなっているか、見るのが怖《こわ》いかであり、文学者は抽象的な図柄のデザイナーか、スローガンを怒鳴ってまわるかのどちらかのタイプに近づきつつあるように見える。

記憶にのこる作品

ところで六〇年代の作品はといえば、私の記憶にのこっているのはなんとなにであろうか。たとえば井伏鱒二氏の「黒い雨」、小島信夫氏の「抱擁家族」、遠藤周作氏の「沈黙」、それに三島由紀夫氏の「サド公爵夫人」と「わが友ヒットラー」の二つの戯曲など。それから里見弴氏の「極楽とんぼ」も忘れがたい作品であった。そのほか政治と商業の客体になることをまぬがれた傑作、名作の数々があるにちがいないが、あいにく読みおとしているか忘れたかで、ちょっと頭に浮かんで来ない。作家諸賢はこの空欄を自作で適当に充当せらるるがよかろう。

六〇年代の文学的事件は、十目の見るところ川端康成氏のノーベル文学賞受賞である。しかしこれは六〇年代の日本文学にあたえられた賞ではなく、それまでの日本文学にあたえられた賞である。新進批評家川嶋至氏によれば、川端氏の作品は「雪国」をもって頂点とし、戦後の諸作はそれに及ばないという。あるいはホッファーのアフォリズムは、ここにもまたあてはまるのかも知れないのである。

（「東京新聞」一九六九年一二月二四日夕刊）

〝科学的〟言語論の試み
——吉本隆明『言語にとって美とはなにか』I

この本は読者に奇妙な興奮をあたえる本である。読者はまず、

《……わたしを文学的に、政策的に非難してきた連中は、本稿の出現によって文学理論的に〈死〉ぬことは確かである。歴史の審判を、その程度には、わたしも信じている》（序）

というようなところに典型的にあらわれている、吉本氏の熾烈なナルシシズムに魅せられるが、その興奮は原理論の部分を読み進むうちに、たちまちいわくいいがたい不毛さの感覚に凍結される。

だが、それは凍結されるのであって消滅するのではない。いわば氷づけになった火のようなものが、時折り燃えあがりかけては中絶するのを感じるというような体験をくりかえすうちに、冷えきった身体の芯の火照りに似たものが残るからである。この不毛に包まれた冷たい火とでもいったものは、吉本隆明氏という批評的個性の特徴かも知れない。

ところで、「言語にとって美とはなにか」と題されている以上、この本はもちろん言語論・表現論である。そして、吉本氏の言語論は、私にはなによりもまずスターリン言語学の根底にある機能上の実用主義、あるいはルカーチ＝ルフェーブル流の社会主義芸術論の根底にある認識論上の反映論に対する否定の試みだと思われる。しかし、これは決してマルクスの「科学」的な言語観その

ものの否定ではない。そのことは、第一章「言語の本質」の核心ともいうべき部分が、マルクスの『ドイツ・イデオロギー』中の言語論の独自な解釈であるところからも明らかである。

したがって、吉本氏がここで構築しようとしている言語論は、反スターリン的、反ルカーチ的な方向を志してはいるが、やはりマルキシズムの言語論の一種であることに変りはない。このことは当然、氏の議論にある制約をあたえている。その制約が、私にはこの本の原理的な部分の名状しがたい不毛さの根本原因であるように思われるのである。

たとえば、吉本氏は、

《言語が現実的な反射であったとき、人類はどんな人間的意識ももつことがなかった。やや高度になった段階でこの現実的反射において、人間はさわりのようなものを感じ、やがて意識的にこの現実的反射が自己表出されるようになって、はじめて言語はそれを発した人間のために存在し、また他のために存在することとなった》

という。これは、言語は現実の単純な反映ではなくて、そのなかにいる人間の主体的な表現意欲のあらわれであり、そのことによってはじめて人間的なものになる、ということであろう。これが吉本氏の主張の核心だといってもよい。

しかし、この主張をみちびきだすために氏がとっている手つづきは、文学的というよりは科学的である。いいかえれば、氏は氏の内部にある具体的な言語の側からではなく、もっぱら一般的な理論の側から言語にふれようとしている。そのために、読者は、吉本氏の批評的努力に魅せられながら、ついに氏が抱いている言語のイメージに触れることができないのである。

この倒錯の背後にあるのは、おそらくマルキシズムの制約である。それは吉本氏に言語を科学的に見させ、理論を数式をあやつるようにあやつらせる。さらにそれは氏の言語観を存在論の上にではなくて進化論の上におかせる。したがって、皮肉なことに、言語の主体的意味を強調する氏の言語論は、結局何らの肉感をも持たない概念の操作に終始せざるを得ないのである。

しかし、別の場所にも書いたことであるが、第三章以下の各論では、吉本氏は一転して氏のなかにある具体的な言語について語りはじめている。ここで氏は、言語を対他的な「指示表出性」と対自的な「自己表出性」との二重構造を併せもつものと定め、この基本概念から第四章の「表出史論」に応用されている「話体」と「文学体」という文体論上の概念をみちびきだしているが、その当否はともかく、ここにはたしかにすぐれた批評を読むよろこびをあたえる個所があるからである。

それは、たとえば、「畳の上に妻が足袋よりこぼしたる小針の如き三月の霜」という山下陸奥の短歌のアプリシエーション、あるいは「表出史論」で新感覚派を論じた部分などにもっともよくあらわれている。氏の短歌論はことに精彩があり、引用されている愛唱の歌とおぼしい短歌からは、吉本氏の内面がうきあがってくるように感じられることさえあるほどである。

また、明治以来の文学史を、既成の通念をとりはらって「表出史」として再検討しようという着想も注目されてよい。しかし、氏が実際に試みている「表出史」が、様式史を含まず、たとえば新感覚派や戦後文学を論じた章でも、外国文学のインパクトをまったく切りすててしまっているのは私にはうなずけない。これは、おそらく吉本氏が、言語と言語のあいだの交渉の重要性を無視して、対決しようとしている反映論にひきずられたところから生じた欠陥だと思われる。

(「朝日ジャーナル」一九六五年七月二五日号)

江藤淳
単行本未収録
作品コレクション

村上龍・芥川賞受賞のナンセンス

サブ・カルチャーの反映には文学的感銘はない

表現になるには素材超える視点がいる

社会学の述語に〝サブ・カルチャー〟という言葉がある。〝下位文化〟と訳されているようだ。国語としてあまり熟しているとは思われないが、村上龍氏の作品は、結局一つの〝サブ・カルチャー〟の反映にすぎず、その〝表現〟にはなっていない、というのが、私の感想である。

〝サブ・カルチャー〟というのは、地域・年齢、あるいは個々の移民集団、特定の社会的グループなどの性格を顕著にあらわしている部分的な文化現象のことで、ある社会のトータル・カルチャー（全体文化）に対して、そう呼ばれている。

つまり、あの作品は年齢的には若者、地域的には在日米軍基地周辺、人種的には黄黒白混合の、一つのサブ・カルチャーの反映だと、私は考えている。

ところで文学作品は、ある文化の単なる反映ではなくて、少なくともその表現になっていなければならない。サブ・カルチャーを素材にした小説があっても、いっこうにかまわないが、そこに描かれている部分的なカルチャーは、作者の意識の中で全体の文化とのかかわりあいの上に位置づけられていなければならない。そうでなければ、その作品は表現にはならない。つまり、サブ・カルチャーを素材にした文学作品が表現になるためには、作者の意識は一点で、そのサブ・カルチャーを超えていなければならない。その中に埋没していたのでは、ただの反映にしかならないのだ。

この、一点でその素材を超えようとする意識を、文学作品——この場合は小説だが——に内在している批評といってもいいし、作者の中にある他人の目といってもよい。私自身が身辺雑記的な素材を描きながら成功した作品の場合、読者の感銘を得ることができるのも、やはりその中に素材を超える視点——作者の〝私〟を超える契機が含まれているからだと考えられる。

だから仮に、基地周辺の人種的に多様な若者の性風俗を素材として描いた作品であっても、それが現代の日本の全体文化となんらかのかかわりあいのあるダイナミックな関係に置かれていれば、普遍性のある表現になりえたはずだと思う。くだいていえば、そのサブ・カルチャーに属していない他人にも、わかる小説になっていたはずである。

ところが『限りなく透明に近いブルー』の場合、作者の意識が終始素材の中に埋没しているので、とりとめがなくてわからない、という印象を与えられるのだ。

限りなくもどかしくとりとめない感じ

この作品の描写が、はたして描写であるかどうかという議論が、選考委員会の席上でも出たと伝えられている。この、とりとめのない小説を前にして、委員諸氏はかなり高度の文学論を強いられた形跡があるが、この描写が果たして本物の描写かどうかというのはいいポイントだと思う。描写が描写として生きはじめ、読者を納得させるためには、あの、作者のなかにある他人の目が必要なはずだからである。

あの作品を読んだある女性のジャーナリストが、エンドレス・テープを聴いているようだと評したが、面白い感想だと思う。麻薬患者の独白を、エンドレス・テープで聴いているようだ、といえば、もっと正確かもしれない。そういう他人のいない世界のおしゃべりの自動記録、という性格が『限りなく透明に近いブルー』の文章の特徴だ。

したがって読者は、奇妙に受身な場所にいることを強制される。表現に接しているときには、こういう奇妙なもどかしさは感じないですむものだ。

受身な感じは映画をみているときの感覚によく似ている。小説を読むという体験は、もっと能動的なもので、その能動的な体験を味わえないからこそ、読者はもどかしさやとりとめのなさを感じるのだ。これは、この小説の新しさではなくて、この小説が、小説の基本的な要件を充たしていないことのあらわれである。つまり、この小説の根本的な欠陥である。

中村光夫氏が〝文学的感銘のないところが、新しい〟といわれたという新聞記事を読んだが、同じことを裏側からいえば、そういうことになるのだろう。ただし、新しい、古い、という基準と、文学的感銘があるかないかという基準とは、おのずから別個の評価基準である。必ずしも、新しければ感銘がなくてもよい、ということにはならない。そして、果たして村上氏の作品が本当に新しいかといえば、そこにもやはり問題があるように思える。

それは、この小説が極度にナルシスチックな小説だからだ。さきほど私は『限りなく透明に近いブルー』が、反映であっても表現になっていない、といったが、反映とは文字どおりに考えれば、鏡に映した姿にほかならない。

『太陽の季節』が持ちえた普遍性感じさせぬ

作品を鏡に見立てて、作者がその鏡に自分を映すことに喜びを感じるという文学は、別段少しも新しいものではない。三島由紀夫の小説にも、そういう特徴が著しかった。

ただし、三島はナルシシズムを普遍化する努力をしたが、村上氏は努力せずに居直っている、という違いがある。

村上氏の作品は、石原慎太郎の『太陽の季節』とよく比較されているようだ。しかし、『太陽の季節』をいま読み直してみると、ほとんど古典的な青春小説で、一時代のトータル・カルチャーの表現だという印象が強い。あの作品に描かれている湘南海岸の太陽族の生態は、素材としては一つのサブ・カルチャーであったにしても、やはり大人の世界の障子に突き刺さるだけの普遍性を備えた表現になっていた。

だからこそ、昭和三十年代初頭の時代精神の表現にもなりえたし、社会的にひろがりのある論争をまき起こすこともできたのだと思う。

しかし『限りなく透明に近いブルー』は、不思議なくらいそういうひろがりを感じさせない。

作中のポルノグラフィックな場面、セックス・ショーのアクロバットのような場面は、ちょっとのぞいてやろうという好奇心に訴えるかもしれないが、ただそれだけなのはさびしいかぎりだと思う。

話を少し展開させれば、現代日本文学は、ひょっとしたらトータル・カルチャーの表現であることをやめて、サブ・カルチャーの反映に近づきつつあるのではないかという気がしないでもない。

ここでいう文学を、文芸雑誌が代表している文学、と定義すれば、書き手の顔ぶれは十年前、二十年前とくらべて一変している。

二十年前なら川端康成、舟橋聖一、三島由紀夫は健在だったし、正宗白鳥、志賀直哉、谷崎潤一郎、佐藤春夫、室生犀星というような老大家が、まだ文芸雑誌に書いていた。明治、大正、昭和、戦後を通じて日本文学を支えてきた、文学は一国の文運を占うものという自覚が、雑誌の誌面に脈々と生きていた。全体社会に対して、文学は概して批判的だが、批判的であるがゆえに全体とガッチリと噛《か》み合っていた。つまり、それは、まぎれもなくトータル・カルチャーの表現となりえていた。

しかし、その後、高度成長時代を経て出版界が膨張すると、未熟な画家の絵が、まだ絵具の乾かぬうちに飛ぶように売れていった。あの絵画ブームと軌を一にした現象で、多少の才能を示した新人はたちまち芥川賞候補になり、候補になれば、たちまち出版が予約されるという、文学の水まし現象が起こった。そして、このような文芸ジャーナリズムの膨張と逆比例して、作家は小粒で自閉的になり、トータル・カルチャーからサブ・カルチャーに転落していったように思われてならない。

経済成長の裏側には大学紛争があった。大学紛争を契機として、戦後思想が分裂していったのも、文学のサブ・カルチャー化を促進したかもしれない。

選考委員会の自信喪失が感じられる

日本の戦後文学の主流は、昭和初年のプロレタリア文学の流れを汲《く》んでいる。戦後の左翼運動が、六〇年安保でひとつの壁にぶつかり、七〇年前後の大学紛争を契機にして、先細りに分裂していくにつれて、それとのかかわりあいで自己形成してきた人々の意識と発想が、加速度的に自閉的、排他的になってきた。内ゲバはもちろんその極端なあらわれだが、そういう思想的なふん囲気の周辺で文学にかかわっていた作家たちの意識と発想も同様に自閉的、排他的になり、そういう人々の影響下にあった若い作家の書いたものが、高度成長のために、未熟なまま文芸雑誌に吸い上げられるにつれて、いつの間にか文学は単にサブ・カルチャーにすぎないものに変質していった、というふうにも考えられる。

私は埴谷雄高氏の『死霊』が、サブ・カルチャー化した戦後文学の好例だと思っている。サブ・カルチャー化した戦後文学の代表埴谷雄高氏が、当世風のサブ・カルチャーを切りとったような作品を書いた村上龍氏にぞっこん惚《ほ》れこんだのは、年が違うが似た者同士、というわけで、大変筋道の合う話だと思う。

ところで『限りなく透明に近いブルー』の芥川賞受賞をどう考えたらいいのだろうか。

従来、芥川賞は、新しい作品を全体文化＝トータル・カルチャーの一部に繰り入れるという役割を果たしてきたと考えられる。ところが、今度の場合は、トータル・カルチャーとかかわりあいを持つことを、少なくとも文学的に拒否している作品に与えられた、というところに、なんともいえない奇妙さが感じられる。あからさまにいえば、トータル・カルチャーを代弁すべき選考委員会の自信喪失が感じられるのである。

たとえていえば、大学紛争のとき、ヘルメットとゲバ棒に気押されて、心ならずも確認書を書かされてしまった大学の管理者に似た心理的動揺から、選考委員たちはこの作品を受賞作にしてしまったのではないか、という印象をあたえられないでもない。

単にサブ・カルチャーの反映にすぎない作品が、商業主義によって表に押し出されてきたとき、選考委員会はもちろん、これを拒否することもできる。そうできなかったのは、選考委員の間に、現在の文学がサブ・カルチャー化していることへの、ばく然たる薄気味の悪さがあったからではないかと思われる。二時間余りの激論の末に、四対三の一票差で受賞作が決まったと報じられているが、選評を早く読んでみたいと思っている。

文学的手口というより処世的手口だ

村上氏はセックスの世界を描いているけれども、この世界はエロチシズムとは無縁である。元来セックスの世界はタブーの世界だが、村上氏のそれはタブーのないセックスの世界で、オートマチックな機械の運動に似ている。

『群像』新人賞の選考委員が、口をそろえて〝清潔〟と評しているのは不正確な批評である。〝清潔〟は〝不潔〟の反対語で、そこには倫理的な価値判断が含まれているが、タブーを認めない世界に、倫理的価値判断が存在するはずがない。したがって、それは単にナンセンスにすぎない。セックスに意味づけをするのがタブーであってみれば、タブーのないセックスは意味のないセックスである。

だからこれはナンセンスとしかいいようがない。

最後につけ加えておきたいのは、作者と作品との奇妙な関係についてである。

この作品は、元来『群像』新人賞に応募したものだ。応募したからには、当選したかったにちがいないが、他人を拒否した作品を当選させるためには、どこかに他人を納得させるところがなければならない。つまり、どこかにこの作品のリアリティーを保証するものがなければならない。

作者はその保証を、主人公を「リュウ」と名付けるところに求めた。

作者のペンネームは「龍」である。この「龍」と「リュウ」の二重映しが、『限りなく透明に近いブルー』のリアリティーの保証だ、というのだ。これは私小説の常套《じょうとう》手段で、少しも新しくない。

つまり、私のやったことだから本当ですよ、という印象を与えようという手口である。

この手口が、文学的な手口というより処世的な手口と感じられるのが、なんとも奇妙でいじましいのである。

それにしても、こんな小説にどうしてこれほど大騒ぎするのか、週刊誌もよほど種がないのだろうかと、不思議でならない。（談）

（「サンデー毎日」一九七六年七月二五日号）

批評文学の百年

1

過去百年間の「新潮」に載ったという「批評文学」なるものを通読していると、何やら眩暈を覚えるような不思議な心持になって来る。

「批評文学」というのは、もとより編集部の付けた題で、まァ批評的な文章というくらいのつもりに相違ない。〔評論・エッセイ〕の執筆者三十人。そのうち田口掬汀にも、中里介山、夏目漱石にも、紅葉・露伴・鏡花その他十三人の文人には、私は一度も会ったことがない。しかし、広津和郎、中野重治以下十七人ということになると、これは会ったこともあれば言葉を交したこともある人々ばかりである。

〔追悼文〕の書き手は八人。そのなかで坂口安吾と保田與重郎は知る機会は得なかったが、川端康成、石川淳、深沢七郎、瀧井孝作、山本健吉、今日出海の諸家とは、親疎は別として多少の交誼があった。大正十二年（一九二三）十一月の〔創作合評　第八回〕の出席者十一人のうち、佐藤春夫、久保田万太郎、里見弴の三大家は、私が文壇に出た昭和三十年代初頭にはまだ盛んに書いていて、当然その存在は身近かに感じられた。

高村光太郎、三好達治の両詩人を、私は知らない。だが、草野心平とは何故かパーティでよく出逢った。小林秀雄、中村光夫、福田恆存の三批評家となると、これはもう身近かに過ぎて「百年」の枠を易々とはみ出してしまう。どうしてこれらすべての人々が、故人になってしまったのだろうか？　それは、とりも直さず、「文壇」そのものが故人になってしまったということなのだろうか。

それなら、文学史というものはどうなるのか？　それとも、「文壇」史だろうか。いやいや、私が眩暈を感じているのは、文学史でも「文壇」史でもなく、記憶というもののせいなのだ。記憶の作用が、「百年」という通時的な時間をではなく、ここに名を留めるすべての人々が生きているように感じられる、共時的な時空間を繰り広げてしまうことに、一瞬のとまどいを覚えているというだけの話なのだ。

だが、それなら歴史というものは存在しないのだろうか？　記憶の上に浮び、消えて行く泡のようなもののかたち、動き、それだけが存在して、あとはすべて錯覚に過ぎないというのだろうか。そうかも知れないが、そうでないのかも知れない。それについて、例えば明治三十八年（一九〇五）十二月号所載の尾崎紅葉「言文一致論」のような文章を、どう読んだらよいのだろうか。何故殊更に「言文一致論」を取り上げるかといえば、これが「新潮」に載った明治三十八年十二月には、紅葉は既に病没していたはずだからである。

紅葉の没年は明治三十六年（一九〇三）、命日は十月三十日。あの世へ逝ってしまった紅葉が、巫女の口寄せではあるまいし、死んでから二年以上も経って、「新潮」記者に口述筆記させるはずもない。つまり、これは生前の口述筆記がどこかに残っていたのを、再録するか抄録するかしたものに違いない。その意味で、「言文一致論」は明らかに歴史的文献にほかならず、それを紅葉があたかも現存しているかのように、没後二年の誌面に掲載したのは、いかがわしいといえばいかがわしく、歴史の改竄に等しいといえないこともないのかも知れない。

その限りで、歴史は明らかに存在するのである。明治三十八年十二月には、紅葉尾崎徳太郎は既に在世していなかった。この事実、時間の通時的経過を、誰にも偽ることなどできはしない。だが、本当にそういい切ってしまっていいものだろうか？　紅葉はここで、果たして生けるがごとくに語ってはいないだろうか。

《……私が始て言文一致体を試みましたのは、都の花の二人女房で、今迄擬古文のみに書いて居りましたのが、転じて言文一致と成つた時の勢は、往には重荷を負つて上つた急坂を、空身で走り下りるやうな塩梅で、殆ど一瀉千里の概有りと申しませうか、余り自在に書けるので、自分ながら驚いたくらゐでありまする》

紅葉が『二《に》人《にん》女房』を書いたのは、明治二十四年（一八九一）から二十五年（一八九二）にかけてだが、そのとき「余り自在に書けるので、自分ながら驚いた」といっているのは面白い。それなら擬古文から言文一致体への移行は、紅葉にとってそれほど容易なことだったのだろうか。それは紅葉の文才のためか、あるいはむしろ言文一致体がこの頃までにそれほどの成熟度を示し、勢いを得ていたためだろうか。

紅葉自身は、しかし次のように告白している。

《……始は言文一致と云ふので、思出るまゝを片端から書下したのであるから何の雑作も無かつたのでありまするが、段々経験を積むに従つて、巧者が出て来る、那《あ》でもない、恁《こう》でもなからうと云ふ工夫が始るのです、（中略）手易く書かうと為れば、是程手易いものは無いが、善く書かうと為る日には、是程難しい者は無からうと考へまする。

けれども、実用文としては此が最も取るべき点で、書くのが易《やす》くて、読むのが易い。一挙にして両得、此のくらゐ用の能く弁じる話は無い。実用文は之に限りまする》

ところが、紅葉にとっては、小説の文章は「実用文」ではなくて「美文」でなければならない。そして、「美文としての言文一致体と云ふ定つた者が無い」のだから、実は「是程難しい者は無からう」ということになるのだという。

《次に論ずべきは、美文としては韻致と云ふ者の必要が有る。只今の言文一致体は頗る此の韻致に乏いので、擬古文は此点に於て大いに優つて居る。言文一致体は如何にも物質的で、秩然《きちん》と角々《かど〱》を当つて、能くは行亘つて居るが、温乎《ふつくり》とした所が無い。喩へばビジ子スマン、と語るが如き趣が有りまする。成程用は足りるが、用の足りる丈で旨味も素気も無い。一口に申せば、趣が無いと謂ひたいので。或人は説を作して、其は習慣的である、又は感情的である、決して言文一致体其物に趣が無いのではない、趣を有らしめぬのであると言ふのでありまするが私は飽くまで然うは信じませぬ、確に擬古文の長所、言文一致体の短所と考へて、実際此の欠乏を補はんと随分工夫を致して居るのであつて、同じ事を抒べるのでも、口で話すのと、歌に唱ふのとでは孰《いづれ》が人を感じしむるかと云ふに、歌にしては口で言ふやうに存分は言ひ得なくても、何と無く身に泌《ママ》みて感じられる。擬古文には一種の調子が有つて、文字の間に響くのが、恰も節廻し好く唱ふのに似て居る、則ち文字以外に潜んだ力を持つのでありまして、言文一致体は寧ろ素話の上手なのを聞く想が有る》（傍点引用者）

つまり、紅葉は、小説の文章は「ビジ子スマンと語るが如き趣」であってはならないといっているのである。それは言文一致体ではあっても、自ずから「実用文」とは別乾坤を成す「美文」でなければならず、「美文」である以上はそこに「韻致」を含まなければならない。「韻致」とは「一種の調子」といってもよいが、「文字以外に潜んだ力」というからには、七五、五七というような形式的な韻律に還元されるものではなく、もっといわくいいがたい微妙な「力」の謂に違いない。

　そうであれば、これは決して明治二十年代から三十年代前半にかけて提起され、解決された歴史的議論ではない、ということになってしまう。何故なら紅葉の議論は、文学語の根本的な特質に触れているからである。

　なるほど「実用文」と「美文」という区分けは、今日ではあまり流行らないかも知れない。だが言文一致体で、「ビジ子スマンと語るが如き趣」ではない文章を書こうとする苦労なら、今日の小説家が依然として日夜味わいつづけているところではないか。

　その意味で、紅葉の語る言葉は、さながら生きているがごとくである。文学史の整理や「文壇」史のエピソードを超えて、それはそのまま私に語りかけて来る。つまり、当時紅葉が直面した問題が、その後今日までかならずしも解決されていないからではないか。

しかし、〔評論・エッセイ〕のリストを眺めていると、大正時代以降、小説家も批評家も言文一致体と「美文」の「韻致」については、全く論じなくなったかのごとくである。それは漱石・鷗外、あるいは虚子・秋聲らによって、「韻致」を含んだ言文一致体、「実用文」ならざる言文一致体が実現され、小説家はそれを倣えば済むようになったからか、しからざるか。

その代りに忍び寄って来るのが、「思想」であることはいうまでもない。それは「愛」や「散文芸術」という符牒を掲げて台頭し、やがて「誰だ？　花園を荒らす者は！」という悲鳴が聞えるまでに猖獗をきわめる。それにしても、中野重治が、

《……僕の好きな素樸といふことは結局「中味がつまつて居る」感じであることになる》（同上）

といっているところを見ると、彼はフォルマリズムに反対し、メイエルホリドやピスカトールの「センセーション」を煽るイヴェント主義に反対し、結局のところプロレタリア芸術（文学）運動という鬼子を生み出したマリネッティの「未来派宣言」に反対していたのだということが一目瞭然である。

その意味で、中野重治は、保守的でもありかつ道徳的でもある。かつて十返肇、山本健吉などという人々と一緒に、「作家風土記」というような座談会で、一度だけ中野さんと同席したことがあったが、中野さんはいかにも「素樸」で「中味がつまつて居る」のが好きそうな好々爺だった。私は、福井県の地主然としたそんな中野重治に、少なからず好感を覚えたものであった。

これに対して、林房雄が、「作家的な作家」と「記者的な作家」という対比を掲げて論じているのは、「思想」を潜り抜けてあの「美文」と「実用文」の問題が再提起されているのを見る想いで、まことに興味深い。

《作家と記者の区別さへ知らず、いな、心の幼さとからつぽさによつて、知らうにも知りえなかつたぼくが、しかも奇妙な自信と自己満足とをもつて、作家的任務を記者的任務におきかへ、従軍記者、事件報告者、即興作者、通俗解説者こそが新時代のプロレタリア作家であると信じこんでゐるとき、そこにおこつたものは

なんであつたか？——作家としてのみじめな自己卑下であつた》（「作家として」）

こういう箇所に歴然と現われているのは、林房雄の批評的才幹というべきものである。この「自己卑下」が、高見順の「描写のうしろに寝てゐられない」や平野謙の「政治と文学」に反響していることは付け加えるまでもない。林房雄が提起した問題は、もちろん今日では文学とノンフィクションというかたちで反復されている。

2

吉川幸次郎「中国の知慧」、田中美知太郎「古典教育雑感」などを読むと、かつてこの日本にも碩学というものが存在したということを、あらためて思い知らされる。

その学問は、原典を繰返して熟読するという日常に支えられたものであり、永い歳月のあいだに知識が血肉化されて平易な表現を得たものである。吉川、田中の両博士においてそれを可能にしたのは、明治・大正・昭和戦前の日本の豊かさであったに違いない。戦後半世紀を経過して、「ビジ子スマンと語るが如き趣」の「実用文」の世界は豊かになったかも知れないが、学問は荒廃した。碩学を生み得るような時間を、われわれは生きては来なかったからである。

小林秀雄「花見」に描かれた昭和三十九年（一九六四）春の桜を、私は見ていない。その頃私はプリンストンにいて、日本の桜はもう開いただろうかと思っていた。小林さんはこの春、東北に旅行したのか、今日出海さんと円地文子さんが一緒だったのか、と今はじめてそのことを知って、時空の彼方に「ただ、呆れるばかりの夜桜」を眺めたような気分になった。花も美しかったが、夜の闇も暗かった。

河上徹太郎「退屈」が載った昭和五十五年（一九八〇）二月にも、私は日本にいなかった。このときはワシントンのウィルソン研究所にいて、米占領軍の検閲についての調べものに明け暮れしていたのである。したがって私は、河上さんが「夜寝床で呻吟してゐる」ことを、「その時、心はまるで無機的に空虚で、苦しみや窮迫を越えてゐる。この心の空洞は、従来人間が経験した病苦といふ体験を超えた、人工的な、架空なもの」であることを、少しも知らなかった。

しかし、私は、この年の十月七日に関口台町の聖マリア大聖堂で行われた河上さんのお葬式には、既に帰国していて列席した。そのとき友人代表として、未亡人と養嗣子の肩を抱くようにしながら挨拶したのは小林さんだった。小林さんもずい分まともな挨拶をするなあと思いながら、そのとき私は果して河上さんの洞察した、「人工的な、架空なもの」に充たされた時代の到来を、察知することができていただろうか。

島木健作の病中、終戦直前の不自由な時代で氷がなかったので、久米正雄邸のアメリカ製の電気冷蔵庫で氷をつくり、病院に運んだという話を聞いたことがある。

「川端さん、お元気そうですねえ」

といったとき、島木健作は、その氷で高熱にあえぐ病軀を冷していたのか。「島木健作追悼」に、川端康成が、

《しかし島木君は、心底自分のつたなさを不器用に責めさいなんで見るも気の毒なやうな人でもあつた。私の生涯は「出発まで」もなく、さうしてすでに終つたと、今は感ぜられてならない。（中略）私はもう死んだ者として、あはれな日本の美しさのほかのことは、これから一行も書かうとは思はない》

と記したときには、川端さんはもちろんまだ生きていた。だが、ここに集められた〔追悼文〕では、死者が死者を悼んでいるのである。島木健作を追悼している川端さんを、山本健吉「『懐しさ』と『寂しさ』と」が追悼しているが、その山本さんも今は亡いというように。

それにしても、死者を悼む死者の声は生きている。だからその声は、歴史ではなくて文学だというのか、歴史であるにも拘らず文学だというのか。歴史はあるのか、ないのか、この声は記憶の底から浮び出た泡のいくつなのか。

石川淳「敗荷落日」が「新潮」に載ったとき、私は既にものを書きはじめていた。そして、一種の衝撃を受けたが、何かが違うと感じてもいた。今度久しぶりに読み直して、何がどう違うのかがわかったような気がしたので、そのことを書き留めて置きたい。石川淳はいっている。

《一箇の老人が死んだ。通念上の詩人らしくもなく、

小説家らしくもなく、一般に芸術的らしいと錯覚されるやうなすべての雰囲気を絶ちきつたところに、老人はただひとり、身辺に書きちらしの反故もとどめず、さういつても貯金通帳をこの世の一大事とにぎりしめて、深夜の古畳の上に血を吐いて死んでゐたといふ。このことはとくに奇とするにたりない。小金をためこんだ陋巷の乞食坊主の野たれじにならば、江戸の随筆なんぞにもその例を見るだらう。しかし、これがただの乞食坊主ではなくて、かくれもない詩文の家として、名あり財あり、はなはだ芸術的らしい錯覚の雲につつまれて来たところの、明治このかたの荷風散人の最期とすれば、その文学上の意味はどういふことになるか》

どういうことになりもしないと、私はいわざるを得ない。文士が死ぬとき、「一般に芸術的らしいと錯覚されるやうなすべての雰囲気を絶ちきつたところ」（傍点引用者）で死んで、何が悪いか。その「身辺に書きちらしの反故もとどめず」、「貯金通帳をこの世の一大事とにぎりしめて」、「ただひとり」で死んで、何が悪いというのか。

どうして文士に、「芸術的……雰囲気」のなかで死なねばならぬという義理合いがあるか。書き散らしがなかったのは、すでに荷風の創作力が涸渇していたからで、貯金通帳を握りしめていたのは、自分は死んでも葬式を出さねばならないからに過ぎない。それとも文士は、無一文で死んで、葬式は他人の厄介にならなければならぬとでもいうのか。

「敗荷落日」の筆者は、戦前の荷風は典型的な「ランティエ（年金生活者）」だったという。それならこの筆者は「ランティエ」と「アルティスト」という、相も変らぬ二分法を信奉しているのである。則ち、この筆者は、「ランティエ」では更になく、さりとて「アルティスト」でもなく、況んや決して文士ではないのである。

「ランティエ」には、「ランティエ」らしい俗物の死を、「アルティスト」には、「アルティスト」にふさわしい芸術的な死を。そんな区別ができると思い込んでいる人間が、文士であるわけがない。文士とは、死には自分の死しかないことを知っている人間だからだ。

荷風散人は、いかにも荷風散人らしい死を死んだ。石川淳のいうように、いかにも戦後の荷風の文業は見るかげもない。だが、既に「ランティエ」ではなくなり、遅ればせながら売文渡世の仲間入りをした荷風散人が、その見るかげもない文業に高い稿料を支払おうとする戦後のジャーナリズムを相手にして、原稿を売りまくったのは当然ではないか。

売文渡世に生きる文士は、売れるものなら何でも売るのである。恥を曝すことがあってもよい。書けなくなったら書かなければよい。「詩文の家として、名あり財あ」る者が、死ぬまで傑作を書かねばならぬというのは、文士ならざる文壇棲息者の世迷い言に過ぎない。

かくして荷風散人は、いかにも荷風らしい死を死んだのである。私も願わくは、自分らしい死を死にたい。「ランティエ」とフランス語を使えばもっともらしいが、年金生活者なら今の日本に掃いて捨てるほどいる。何も蓄財に努めなくても、お国が年金を下し置かれるのだ。「ランティエ」と「アルティスト」の二分法は、この一事を以てしても既に崩壊している。「ランティエ」にして「アルティスト」、年金生活者にして文士。福祉国家の文士の端くれが、自分らしい死を死ぬというのは、それほど容易なことではあるまい。

〔追悼文〕に比べれば、〔座談会〕はむしろ歴史的な感じがする。「文学と人生」で、小林さんがいっている。

《**中村**（光夫）　それと関係があるけれども、小林さんがランボーを読んで感動したというのは、フランス文学というものではないでしょう。

小林　全然ちがうんだ。勝手なものさ。しかしいま反省してみると、ランボーのイメージというものは、ボードレールには見つからなかつたものだ。ボードレールのイメージよりも日本人に近いんだよ。そこに感動したんだ。きつとそうだと思つているよ。やはり日本の歌や俳句にあるイメージに近いものだ。ボードレールには関係ないけれども、ランボーにはあるんだよ。

中村　そうかもしれないね。

小林　自然があるんだよ、自然が。ボードレールにはそれがないんだよ。それを僕はそのころはつきり意識しなかつたけれども、いま振り返つてみると、ああそうだつたなと思うんだ。あのころ僕にあつたランボーに対するいろいろの空想を、僕は青春の空想だと思つているよ。しかしその非常にリアルなイメージは僕の意識のなかに潜んでいる意識、僕の意識じゃない。やはり日本人としての民族的な意識と言ってもよい、そういうものとマッチした。物の象徴力の型とか発想とかのアナロジイの問題だがね。（中略）リアルなものというと語弊があるが、そのリアルなものに対する感覚を、日本人は日本人の詩で養ってきているんだな。日本の美術はリアルなものがなければだめなんだ。リアルなものから生まれなければだめだというものが日本人にはあるんだな》

こういって、小林さんは、

《**小林**　もつと意識的になつてほしいんだね。今の若い人は非常に意識的なんだけれど、一面的にばかり意識が働く。もつと奥に暗黒なものがあるんだ。それをもつと見てほしいなあ》（傍点引用者）

と語っている。

この座談会が掲載されたのは、昭和三十八年（一九六三）八月号だから、そのときもまだ私はプリンストンにいた。その当時、「今の若い人」の一人だった私は、現在還暦を過ぎて、漸く「もっと奥に暗黒なものがある」ことを感じはじめている。そして、それが「リアルなもの」と、どこかでつながっている手触りを覚えはじめている。

いうまでもなく、「実用文」によって、この「暗黒なもの」を描き出せるはずがない。「リアル」な「韻致」を含んだ文学の言葉によってしか、測鉛を下すことはできないのである。

（「新潮」一九九五年七月臨時増刊号「新潮名作選・百年の文学」）

江藤　淳
単行本未収録
作品コレクション

上野千鶴子×江藤　淳
日本の家族

『成熟と喪失』の頃の日本社会

上野　私は戦後の文芸批評で、同時代の文学を論じて一種の時代批評になっているものとして、その切実なリアリティのために涙なしに読めなかった本が二冊あるんです。

　その一冊が江藤さんの『成熟と喪失』です。もう一冊が三浦雅士さんの『私という現象』で、八〇年代になって、日本人の自我像というか、自己のあり方が変わってしまったなかで、村上龍以降の成熟大衆消費社会の文学と「私」の変容を扱って、その切実さに涙なしには読めないというものでした。

　文芸批評というのは、同時代の文学を素材にしながら、時代の転換点を記述する里程標の役割、同時代批評というところがありますね。そういう点では、江藤さんのご本も三浦さんの作品もすごくエポックメーキングだったと思います。

　考えてみたら、江藤さんがその時代をお扱いになってから三十年たっていますね。

江藤　ちょうど三十年ですね。

上野　江藤さんの『成熟と喪失』以降の三十年間を論じ切った人は誰もいません。その空白の三十年を私はポスト『成熟と喪失』と呼んでいますが、それを書く文芸批評家があらわれなかったという気がします。

江藤　それは同感ですね。書いてほしいですよ。

上野　だれに書けるだろうか。もしだれもいなければ、江藤さんみずからがお書きになったらどうかと思ったりするんですけれども（笑）。今日一番お話ししたいことは、『成熟と喪失』の後の三十年間をどう見ていらっしゃるのかということです。

江藤　『成熟と喪失』を書いたのは、私が二年間プリンストンにいて、ちょうど帰ってきた直後です。やっと住まいが定まって、さあ、少し仕事をしようかなというときに書いたんです。

私が帰ってきて一月余りたったときに、東京オリンピックがありました。私は、戦争中鎌倉に疎開していたことがあるのですが、東京生まれの東京育ちで、東京の旧市街とその周辺は知っているつもりでした。ところが、三十九年秋にアメリカから帰ってきたら、わずか二年留守にしているあいだに、これが一体東京かというぐらいの様変わりで、町が急激にフィジカルに形態を変えていて、何ともいえない不安な感じがしました。

その不安は、住む家がなかったので更につのりました。住まいを見つけようと思っても、その指標になるべき角のたばこ屋というようなものがなくなっている。どういう土地柄に住んだらいいのか、どれぐらいの家賃なのか、いろいろなことが混乱していた。

その中で、とにかく住まいだけは決めて見回してみたら、もう一つ感じたことがあります。今まであまりいったことのないことですが、日本経済のものすごい拡大ぶりをほとんど目に見えるように感じましたね。それは当然物価騰貴も、収入の増加の割合も、これがすごかったです。

その辺の統計を調べてごらんになったらおもしろいんじゃないかと思うんですけれども、当時はまだ一ドル＝三百六十円の時代ですから……。

上野　外貨持ち出し制限、五百ドルの時代ですね。

江藤　ええ、そうです。

上野　五百ドル持って出ても、アメリカで一ヵ月ぐらいしか暮らせないでしょう。

江藤　五百ドルなら、おっつかっつやっとのことですね。私がロックフェラー・ファウンデーションのグラントをもらって行ったとき三百五十ドルでしたが、三百五十ドルで暮らせるわけがない。三百五十ドルずつくれるんだったら反米家をつくることになるから、少しでも上げろと、ニューヨークの事務所に宛てて抗議文を書いた。

上野　脅かしたんですね（笑）。

江藤　そうです。そうしたら、五十ドルだけ上げてくれた（笑）。最初の一年は、四百ドル・プラス、当時新潮社文学賞というのがありまして、私、それを受賞して賞金を五十万円もらった。それを親元から送金してもらってしのぎました。二年目は、大学そのものへ勤めて、まさに五百ドルもらった。そんな状態で帰ってきたんです。

五百ドルというのは、もちろん円換算で安いお金ではないんですけれども、しかし、サラリーを比べてみれば、金額は向こうが高いけれども、日本もその内実はむしろ強含みな部分もあった。もし二年じゃなくて五年ぐらいアメリカにいたら、自分は、収入の面でも生活の便益の面でも完全に取り残されるんじゃないかというような恐怖も感じましたね。

そのころ、たまたま「群像」に小島信夫の『抱擁家族』という小説が載りました。当時私は朝日新聞の文芸時評をやっていたので、義務的にも読まなきゃならなかった。長いものですから、家でだけ読んでいたのではこなせない。ちょうど越後の高田の教育委員会から講演を頼まれて出かけたとき、車中で読み出したんです。

どこで読み終わったか、行きの途中で読み終わったんですけれども、景色も汽車に乗っていることも全部忘れて、ただただ耽読した。

小島信夫という人はわかりにくい作家で、この人は晦渋になれば、どこまで晦渋になるかわからないというふうになり得る人です。『抱擁家族』は一見晦渋なのですが、問題のとらえ方自体がいかにも小島的、文学的で、つまり、社会学的ではなかった。

上野　ああ、なるほど。「社会学的」というのは悪口ですね（笑）。

江藤　まあ、文学の方からいうとね（笑）。つまり、シェーマがあって、それに当てはめてというのでは全然なくて、まるでナメクジが這った跡が光っているような文章なのですが、しかし、実は構造のある世界を描いているんです。その世界の切り取り方が、実に独創的で、新鮮でした。まさにこの切り方でしか切れないようなことが今起こっている。私を混乱させている現状の精髄というか、その核心にあるものがこれなんだ、なるほど大した作家がいるものだというのが、車中で受けた私のショックでした。

その次の文芸時評、あれは上下二回のときですが、上の全部を費やして、『抱擁家族』について、こんな恐るべき作品が出た、これぞ今日の日本の姿そのものだと書いたんです。小島さんは当時まだ中堅作家でしたが、『抱擁家族』は後に谷崎賞になったりして、その年の最優秀作の一つと評価されました。

その作品の意味をいち早く定着するのに、私の批評は多少役立ったでしょうけれども、一方、何でこんなくだらない男が出てくるんだ、大体細君が不道徳なことをしているんだから、ピシッと叱らなきゃだめじゃないかといったのが本多秋五氏です。

上野　あのときの批評家の混乱ぶりというのは、本当に歴史に残る汚点というか（笑）、過去の仕事は消せませんから、ある時代にある作品を読めるか読めないかという批評家の力量の判定は、歴史的な時間を置いて振り返ってみると、大変厳しいものですね。

江藤　私は浦島太郎のようなものでした。二年アメリカへ行っていましたけれども、当時プリンストンは日本人の世帯が三十五、六世帯しかなくて、そのうち文科系の研究者は私を入れて三人しかいなかった。

ですから、日本人とつき合う時間が少なくなって、まだ三十歳になるかならないころですから、その分だけアメリカの社会にタタタッと入っちゃったということがあり、私の場合、浦島太郎の度合いがかなり大きかったんじゃないか。そのために、帰ってきてみると、私の批評家としての力量はともかく、浦島太郎にしか見えないものが見えたのではないでしょうか。

私の滞在中、アメリカではちょうどケネディ事件が起こっています。アメリカ社会も、そして日本の社会も大きく変わろうとしていた時期だった。二年間アメリカの大学社会の片隅ですったもんだした自分の経験の積み重ねから見ると、『抱擁家族』の輪郭が非常に鮮やかに見えたに違いない。

ただし、ずっと日本にいた人は、日本がそういう恐ろしい経済成長の初期にかかっていることにも気がつかなかったろうし、東京の町が激変していることも、東京に住みながら気がつかなかったかもしれない。したがって、『抱擁家族』の意味もわからなかった。無理もないといえば無理もないんですね。

戦後家族の輪郭の変化

上野　世代的な問題もありませんか。

江藤　ああ、それはあると思います。

上野　ちょうどあのとき「文学の家庭と現実の家庭」（「群像」一九六五年十月号）という座談会の中で、伊藤整さんがアメリカの夫婦というのはいちいち「愛してる」といったりしなくちゃならなくて大変面倒なものだ、我々日本の夫婦はもっと一心同体で、妻の苦しみが自分の苦しみなんだというのに対して、江藤さんは、それは要するに妻がかわいいんじゃなくて、自分だけがかわいいんでしょうとすかさず切り込んでいらっしゃいますね。

伊藤さんが非常なモダニストでありながら、それでもずっと引きずっていらした日本的な家族観に対して、小島さんにせよ、江藤さんにせよ、戦後家族の輪郭というものが実体験というか、現実生活の中で姿を見せていたと思うんです。

それをとらえ切れない人たちにとっては、妻一人ちゃんと監督できなくて、これでも男かとか、こんな魅力のない主人公は珍しいとか、自分の価値観を丸出しにして、それを押しつけるという読みにしかならなかったのですね。

江藤　そうですね。伊藤整さんでも本多秋五さんでも同じようなものだけれども、家父長的秩序が普遍、妥当、永続的なものだと思っておられる。妻一人自由にならないでどうするんだというのは、亭主が偉いから自由になれるんじゃなくて、そういう雰囲気が社会全体に漂っているから、さも自由になるかのごとき幻想があるだけの話で、どっちかというと、その幻想を疑わない分だけ非文学的なんだろうと思いますね。

上野　全くそうです。私は「家父長制」を男の「上げ底構造」といっているんです。

江藤　文学者というのは、身もふたもなく、身も世もないものであって、赤裸々に自分に対面してみなければしようがないということになると、僕はいつでも山川方夫のことを考えるんです。

僕の親友に山川方夫という慶応出の作家がいます。彼は交通事故で三十五歳になるかならないかで死んでしまったんですが、お母さんが京都の人で、お父さんは、これも早死になさった人で、知る人ぞ知るになってしまったけれども、伊東深水と並び称せられた山川秀峰という美人画家でした。その一人息子として生まれ、本名は嘉巳といいます。

この山川君の家が全くの女系家族というか、お父さんが昭和十九年に亡くなって、僕が山川と知り合ったときには、京都第一高女を出たお母さん、お姉さん、それに妹さんがいて、まるで『細雪』の家に一人だけ男の子がいるようなものだった。

　彼は、社会的に名声もあった有名な日本画家の跡取りで、慶応を出て、一面、都会的な金持ちの坊っちゃんみたいな顔をしていたけれども、一面、家長じゃないにしても、家族を取り仕切っていく家の責任者という立場を負わされていて、いつも「女にかなうわけがない」といっていました。それはなぜかというと、女のいうことは常に正しいからというんです。

「それがわからなかったら、江藤、お前、文学なんてわからないよ。女が正しいんだ。こっちは正しくないんだけれども、何とかして正しいやつを押さえ込んでいかなきゃならない。こんな大変なことはないよ」と、よく家に来て愚痴をこぼしていた（笑）。

上野　正しいという意味は、女がリアリティの側についているからでしょう。特に関西の商家とか自営業の女系家族の女の力は圧倒的なものですね。

　ただ、そういう女の力も、家父長的な継承制度の中で女性が現実を支えてきたというところにあります。江藤さんや小島さんの世代で現実化してきた戦後家族は、それとは違う、近代的な俸給生活者の家庭ですね。

江藤　そうですね。

上野　タテマエ平等だけれども、実質は家父長制という、戦後家族の中途半端さが、小島さんの作品にはみごとに出ているわけでしょう。

江藤　そうです。アメリカに行く前だったけれど、僕と家内が結婚したときに、エンゲージリングを交換しただけで、結婚式はやらなかったんですよ。

上野　恋愛結婚でいらっしゃいますか。

江藤　恋愛結婚です。

　結婚するとき僕は職がなかった。結核の治りたてで、物を書いているから、大学院在籍中に、ポツリポツリと原稿の注文があるという中で結婚したものですから、先方の親だって、僕のことを風来坊で銀座の不良だと思っているわけです。確かに銀座の不良かもしれないけれども、銀座に行くだけの金があるわけじゃない。

　私の方だって、長男ですから、昔の家父長的にいえばちゃんとした人間になるべきものが、文弱であり、羸弱《ろうじゃく》であり、話にならないと思われているに決まっているわけですから、ちゃんとした「ご両家」の結婚式にならない。場所だけは焼け残りのホテルで、サンドイッチと紅茶ぐらいの簡単な披露宴だけやって、ひそかに親類の老婦人に冷笑されたらしい。

　招待状を出すときも「壽」を貼るべきところをセロテープを貼って、両人の名前で出した。

　その時エンゲージリングを交換して、僕はそれをいつもしているわけです。

　その頃、湯島の天神様のそばの春秋社という出版社で「現代の発見」という講座みたいなものを出して、当時戦中派といわれていた橋川文三、山田宗睦というような人たち、つまり、戦争中兵隊に行ったか、旧制高校以上だった世代の人が、戦争中は小学生から旧制中学生になるぐらいの年だった私を一人引っ張ってきて、少ししごこうというような座談会をやった。

彼らはみんな左翼体験があって、当時進歩的とされていて、こっちはまだアメリカに行っていないけれども、何かふらふらした文弱なやつだと思われているわけです。そのとき吉本隆明が出ていたか、どうか。

提出論文のなかでは、吉本さんのだけがおもしろくて、あとの人のは何もおもしろくもなんともない。僕は、山田宗睦さんとは初対面で、橋川さんには会ったことがある。橋川さんは優しい人だからいわないんだけれども、山田宗睦さんが「江藤君は結婚指輪などしておって」と非常に軽蔑的にいうんですよ。「僕らは江藤君のようなチャラチャラした世代じゃないからなァ。君のような考え方にはついていけないんだ」というわけです。

チャラチャラしているといわれて、こんの野郎と思ったんですけれども、しかし、そういうところまで妙に嫌味たっぷりに突っ込まれると、こっちも二の句が継げなくて、どうやって応酬したかよく覚えていない。こっちはちょっと旗色が悪かったんじゃないかと思います。

その後アメリカに行って、古い家を仕切って貸しているような小さなアパートに夫婦で住んでいたんですけれども、少しなれたころに、いろいろ世話になったからというので、そこでささやかながらパーティーというのをやってみたわけです。そのパーティーには、日本人は一組だけ、筋向いに住んでおられた政治学者の武者小路公秀さんの夫婦に来てもらって、あとはみんなアメリカ人のカップルばかり呼んだ。

それを見ていて、ああ、きょうはうまくいったなァ、そんなに金もかからないし、話はおもしろいし、パーティーというのはいいもんだなァということで、家内も私も非常に満足した。しかしふっと気がついたら、アメリカ人は何でパーティーなんてやるんだろう、寂しいからだなと思ったんです。

上野　日本人が寂しいから飲み屋に行くのと同じですね。

江藤　そうそう。夫婦でいるということはすごく寂しいことだから、夫婦で集まるんだなァという感じがしたんです。

アメリカの社会というのは、今の学生用語では「ケバい」というでしょう。日本でアメリカというと、大体カリフォルニアとかロサンゼルス、ハイウエーとかラスベガスとかいうイメージが出てきて、非常にケバくて、ガサガサしていて、ダイナミックで、行動的で、あるいは民主的でとかいうことをいうわけですけれど、僕は、アメリカの東部のプリンストンにいたせいかもしれませんが、アメリカの社会はシーンとした寂しい社会だなというのが、今まで消えたことのないアメリカ観なんです。

シーンとした寂しい姿というのは、だけど、アメリカに独特なものではなくて、人間の社会というのは、本来シーンとして寂しいんじゃないかという感じが今でもしているんです。そうすると、これはもう少しお話が進むと、どういうことになるのか知りませんが、さっきお尋ねがあった『成熟と喪失』以後三十年、今日に至る日本の社会というようなことを概括的にとらえていうと、人間の社会に本来あるシーンとした寂しさが非常に見えにくい社会になってきた。

ということは、夫婦が寂しいんだか、寂しくないんだかわからなくなっていて、夫婦だか夫婦でないかもわからないままに、何となく一緒にいたりいなかったりしているのが現状じゃないだろうか。だけど、みんな状況がよくわかっていないから、そんなことができる。人間の社会に本来潜んでいるはずのシーンとした寂しさに気がついていたら、あなた方はそんなことができるんですかといいたくなってくる。

上野 なるほど。

化け物としての「女」の発見

上野 九〇年代に家族論をやるということは、プレモダンとモダンとポストモダンを全部一挙に語らなきゃいけないんです。

江藤 本当にそうですね。

上野 さっきの橋川さんや山田宗睦さんが、江藤さんのエンゲージリングをごらんになってチャラチャラしているとおっしゃった。それは、女に対する配慮とか、女の意向を酌むなんていうことをオレは歯牙にもかけないぞという態度を男らしさの指標にしていらしたわけですね。私はこれを「家庭内強姦の世代」といっているんです（笑）。つまり、うちじゃ今だってちゃんと女房とセックスをやっているよというのは、女房の快楽や意向を一切酌まないから、勝手に一方的に成り立ってしまう性関係ですね。

批評の読み方と世代的な価値というのは意外と速いペースで変わるなと思うのは、例えば本多さんや伊藤さんが小島さんの作品を評価し損ねたという事実もそうですが、島尾敏雄の作品に対する本多さんの世代の評というのが、女房の尻に敷かれたふがいない亭主、家庭の幸福を第一義に置く小市民作家という点にも表われています。

家庭が地獄になっているのに、どこが小市民だ、批評家に文学が読めないってこんなに読めないものか、こんなものでよく文芸批評家の看板を掲げているよねというような、今から考えると想像を絶するような惨憺たる評でしたね。でも、それは文学を読んでいるわけでも何でもなく、ただ世代的な倫理観や価値観が丸出しになっているだけでしょう。

江藤 ええ、そうです。

上野 そう考えてみると、なるほどねと思いましたのは、私が『男流文学論』で取り上げた作家は、小島、島尾、吉行とか、なぜか第三の新人に集中しているのです。私は『成熟と喪失』を読み直してみて、その中に吉行論があんなに丁寧に書かれていたことに後で気がついたんですが、私が『男流文学論』をやったのは、率直にいって、私怨、特に吉行に対する私怨を晴らすためでした（笑）。

江藤　それはそれは。

上野　別に吉行さんにセクハラを受けたわけではありません。吉行さんとは一面識もございません。吉行さん個人に怨みはないけれど、吉行ファンであった同世代の男たちの、日本的な男らしさに惨憺たる目に遭ったという記憶があったものですから。

戦後民主主義の中で、タテマエ平等が成り立っていながら、それでも、江藤さんの言葉でいうと、例えば『抱擁家族』の中の妻の時子が、夫の仕事に一方で嫉妬と羨望を感じていなければならないのと同時に、夫を自分の幸福の代理人にするしかないという女性的な状況の葛藤そのものが、戦後家族の男女関係の半端さというか、ひずみとして存在しています。

その家庭の中に頭から突っ込んでいって、家庭の中に地獄を見ちゃったのが小島さんや島尾さんで、その家庭から反俗のポーズをとって逃げ出して、外に向かったら、やっぱりバケモノのような女を見出したというのが吉行さんですね。

江藤　そう、そのとおりです。

上野　実は家の中にも、家の外にもバケモノがいた。

江藤　そうそう。

上野　「そう」とおっしゃってくださるのは大変ありがたいです。家の中でも家の外でも女はバケモノだった、という大変な発見をやったのが第三の新人だったと思うんです（笑）。

江藤　それは卓抜な批評ですね。社会学者でこれだけ文学作品を深く読めるという人は珍しい。

上野　お言葉ですが、それも社会学者を相当軽蔑していらっしゃる証拠ですね。

江藤　といわざるを得ない（笑）。

今指摘されたことは本当にそうなんですね。戦後民主主義を法律関係、法社会の規定する人間関係に置きかえてみると、新民法ということになりますね。家父長制は新民法によって法律的に崩れて……。

上野　タテマエはね。

江藤　そう。そして、核家族的家庭というものが家族の単位になった。そういう状態をイデオロギーとして受け入れた人たちの第一世代が、山田宗睦や橋川文三なんです。

この人たち、要するに僕らが中学生のころ、大学予科とか旧制高校ぐらいの連中で左翼かぶれになったやつが、「高め合い」なんていう言葉をいっていた。これはこっけいでね。

上野　笑っちゃいけないけど、笑っちゃいますね（笑）。

江藤　山川方夫なんか、「おい、高め合いというのはどういう体位でやるんだ」って（笑）。こっちは何のことをいわれているのか、まだよくわからなくて、きょとんとしたということがありましたね。

そういう建て前の陰で現実にどういうふうになっていったか。『抱擁家族』というのは、僕にいわせれば、夫婦単位の寂しさに気がつかなきゃならなくなった夫婦の混乱を夫の側から書いた小説。

上野　そうですね。『成熟と喪失』の中で、小島さんについて、あいまいさというものをこれほど明晰な文体で書いた人はいないとみごとに表現なさっていますね。私は島尾さんも同じだと思うんです。

江藤　そうですね。

上野　あの文体の気持ち悪さ。私はまず最初に江藤さんから入って小島信夫の作品を読んだものですから、江藤さんのメガネで読んでしまったのです。「江藤効果」って相当大きかったんですよ。読みの枠組みをつくるだけの力がある評論だったと思います。『男流文学論』のときに読み直してみて、こんなにも圧倒的な気持ち悪さを持った、こんなにも豊かな文体を持っていたのかと、またまた驚嘆いたしました。

江藤　化け物性というのかな、本当に気持ち悪いですよね。

吉行さんという人は、『成熟と喪失』の中で、ただ一人批判されているんです。だから、生前吉行さんは、江藤っていうのは化け物の方に味方した変なやつだという目で、ちょっと脅えたような、ちょっと嫌悪するような顔をして、ニコニコと私に笑いかけるというだけで、おつき合いはほとんどないに等しかった。『夕暮まで』という連作短篇が最後のまとまった作品ですけれども、それをいち早く取り上げたのは私だったかもしれない。そのとき、短篇小説としてのでき上がり方は褒めたかもしれないけれど、文学の性質が基本的に変わるわけもない。吉行さんの文学は初めから終わりまで全然変わっていない。小道具をいっぱい使って、それをいかに繰り返しながらやっていくのか。「軀」という字を使うことで、体を身体というものから切り離して物化する。そして、女も世界も全部一回ばらばらな部分にして物に置きかえて、その周りをサンドペーパーでこすってちょっと光るようにする、その並べ方が吉行さんの世界。

基本的にいうと、僕はマルクス主義者じゃないけれども、この物化をするという手法は、気味の悪いものをごまかしていくことですから嫌いなんです。本当は物化できっこない。いつもナメクジが這った跡みたいなものがあったり、あるいは「もの」というならば、古語にある「もの寂しい」とか、「ものすごい」というような、接頭語によく使う「もの」。つまり、輪郭を確定できない「もの」なら面白いと思います。

うまく書いてあれば明晰な効果を生むけれども、それ自体はあいまいが本質であり、分節化し切れないような「もの」というならわかるんだけれども、その「もの」を排除して「物」にしちゃうのが吉行文学だというのが、僕の吉行さんに対する基本的な考え方でして、ここからは、実は女性論も家庭論も何も出てこない。女はとらえられないんだと思うんですよ。

上野　吉行文学の装置は、バケモノみたいな女の現実に直面せずに済む仕掛けですね。

江藤　そうそう。「ものの怪」を脇に置いておいて、物化してしまう。

上野　そうですね。出発点の『驟雨』からして、もとは永井荷風の本歌取りです。荷風は何より女をモノ化した人ですからね。

江藤　はい、そうです。

上野　伊藤整さんのような世代の方が、吉行君のようなあり方は僕にはよくわかるといっていらっしゃいます。あれは日本の文学——男流文学とあえて申しますが——の屈強の伝統をつくっていて、そういうわかりやすさがあります。その中で彼がはぐくんでいるのは、他人の介在しない自分だけの幻想ですから、そこには作家の自我を圧倒するようなバケモノの登場する余地はないんですね。

『男流文学論』は悪評の高い本でしたが、大概の悪評は見当違いな評でしたから大してこたえませんでした。が、その中で、大変こたえる批評をいくつか、ちょうだいしました。

その一つは、水田宗子さんの批評です。男の文学の中に女がいないとか、女が描かれていないとかいう評は全く見当外れだ。なぜかというと、特に吉行のような男、一度だって女を描こうとしたことがない男に、「お前には女が描けていない」といってもしようがない。

そこに描かれているのは、「女」という記号に仮託した男の内面の姿とか、自己像というものばかりであって、ただただ自己の幻想をはぐくむために「女」という記号を使っていただけだ。最初からその気がないんだから、そこに女が書かれていないといったって、それは批評として最初から的を外しているということをおっしゃったんです。それは大変的確な批評だと思いました。

もう一つ吉行論で、関根英二さんという男性のお書きになった『〈他者〉の消去』という作品があります。彼は、男性が自分でつくり出したファンタジーを男性の内面に沿って読み解くという非常に丁寧な内在批評をしていらして、彼の仕事そのものが『男流文学論』が外在批評であったことを示す、非常にみごとな批評になっています。

近代における個の寂しさ

上野　夫婦が寂しいものだということに直面しなきゃいけないということなんですけれども、さっき、人間というのは、本来シーンとした寂しいものだとおっしゃったでしょう。本来といっていいんだろうか。私はやっぱりアメリカというものと近代というものの両方の要素を考えます。

桐島洋子さんという、アメリカのことを本当によく知っていらっしゃる方が最初に書いた出世作のルポルタージュが『淋しいアメリカ人』でした。夫婦が寂しいものだという以前に、なぜ夫婦にならなきゃいけないかといったら、個が寂しいからなんです。

江藤　もちろんそうです。

上野　それは別に土地が広いからとかいうことではなく、非常に激しい競争の中に置かれて、個がむき出しにされる、個であることをいや応なしに強制される社会。それはアメリカというものと、近代が重なって生み出した固有な状況だと思うんです。

個になるということ、あるいは個として成熟することは、そういうアメリカ的な社会での課題だったと思うのですが、それは同時に、戦後民主主義者及びモダニストたちにとっても、日本人と日本にとっての一つの文明史的な課題になったと思うんです。

江藤　ええ、そうですね。

上野　その文明史的な課題を、男性だけでなく、女もまた共有したと思うんです。私はこの世代の女性を「ボーヴォワール世代」と呼んで、実は不幸な人たちだと思っているもので、顰蹙を買っているんですけれども。個になるというのは、文明史的な課題として理想化されたけれども、その実、大変な悪夢だったんじゃないでしょうか。

近代という時代が目の前でガラガラ崩れていくのを見ていますと、近代が理念としてきた、あるいは理念として強制してきたような個としての成熟という課題、戦後の男女の知識人たちはその課題をきまじめに背負ってきたわけですが、その課題は、本当に正しい課題だったんだろうかという反省が起きてきます。

「個の成熟」という課題を背負ってきた方たちの目から見れば、今は本当に世も末には違いないのですけれども、世も末の状況の中にも大変多様な側面がありまして、その変化の中でどんなことが起きているんだろうかということに、私は社会学者として非常に強い関心を持っています。人間本来のシーンとした寂しさであるとか、個であるとかいうことは、本当にすべての人間が背負わなければならない課題だったのでしょうか。

江藤　近代以前にシーンとした寂しさがなかったかというと、例えば新井白石とか荻生徂徠、本居宣長というような、そういう江戸中期の知識人などはどうしていたのか。

僕は彼らの生活をそんなに詳しく知っているわけじゃないですが、徂徠などは五十歳までは事実上幕府の儒者で、朱子学という最も体制的な学問を長いことやっているうちに、朱子学とは要するに一つの擬制である、これは相対化しなきゃならないものだと思って、古文辞学というのをやり出した。そのときに、やっぱり徂徠は随分冒険しているんじゃないか。進んで寂しい個になることを選んでいるんじゃないか。少なくとも知的にはそう見えるんです。

僕らは名前の残っている人しか知りませんし、それだって、トータルに人間としてどうだったかわからないけれども、やっぱり近代以前の社会にも個というものがあったんじゃないか。価値体系や体制の上では、全体と相関させられていたように我々は思っているけれども、赤裸々な個というのに向かい合ったのは、儒者だけじゃなくて、仏教を深く究めようとした人にもいるんじゃないか。しかも、それは何も知識人だけじゃなくて、社会の普通の庶民、大衆の中にもいないとはいえないんじゃないかという気がしてならないんですよ。

ただ、個の寂しさというものにどういうスタイルを与えるかという問題があると思う。

上野 そうですね。

江藤 赤裸々というのはいわば実存的な与件なんだけれども、漱石の『道草』の中に、漱石の分身である健三という主人公が、生まれてきた赤ん坊に一生懸命脱脂綿をかけてやるというところがある。これは僕はとても大事な、非常に普遍的な問題だと思う。

赤裸々な個というのは、確かに生まれたてのまだ洗っていない赤ん坊みたいなもので、それ自体ギョッとするような、すごい、人間の基本的なある形には違いないんだけれども、そこへどんな着物を着せてやるかという問題があると思うのです。近代以前、江戸の知識人というものを考えてみると、どんな着物を着ればいいかということがわかっていて、それについての共通のルールみたいなものがあったんだろうと思う。

これは日本だけじゃなくてフランスもそうかもしれない。自由・平等・友愛といってフランス革命をやったときに、あたかも実現する価値があるかのように何かをひっくり返してみせた。革命というのは、原理的にいうと、ぐるっと回るという意味です。その意味でのレボリュシオンがあった。

ぐるっとひっくり返すというのは、本来表だったものを裏にして、裏のものを表へ出してきて、赤裸々な方でやろう。それがフランス革命であり、フランスはそれを七月革命でも、二月革命でも、パリ・コミューンでも、五月革命に至るまで繰り返してきた。しかし、実はこれは全部裏にあるものであって、表にあるべき着物、衣装、脱脂綿というか、これを全部どうでもいいことにしてしまっているんじゃないか。

それに遅ればせに参画した日本の近代も例外ではなくて、本来表にあるべきものをそれなりに持っていた社会だけれども、表にあるべきものの知恵を、現在一九九五年なら一九九五年という年にどう応用したらいいのかというノウハウはすっかり忘れてしまって、達成すべき価値があったはずなのに、達成してみたら、何がどうなっちゃっているのかわからないといって呆然自失しているのが現状ではないか。これが私の立場からの考え方です。

上野 社会学者は本当に身もふたもなく世俗的なものですから、人間に本来シーンとした孤独があるといわれたら、「はは あ、さようでございますか」と引きさがるしかありません。社会学者というのは、「普遍」と「本質」について語ることを深く禁欲している人間ですから、それは口が裂けてもいうまいとしているんです。

そういう「本質」があったとしても、今「着物」とおっしゃいましたが、必ずそれがとる歴史性と社会性があります。その歴史性と社会性の中に、個や個に伴う関係のスタイルとかルールとかいうものがあります。例えばさっきおっしゃった徂徠や宣長や江戸時代の庶民の中にも、個がとるスタイル、例えば義とか仁とかいう歴史的、文化的回路があっただろうと思うんです。

それが近代になってみると、個というものの輪郭をつくり上げるのに、恐らく性が一つの要になっていきます。つまり個が対にならざるを得ないというか、寂しい個が夫婦をつくらざるを得ない。そのつくった夫婦はやっぱり寂しい夫婦にならざるを得ない。

近代においては、性が個を探求するための一つの要になっています。そのために性に憑かれた人々、というものがあらわれたわけですが、性に憑かれた人々がつがいをつくっちゃったら、そのつがいのつくり方には、ルールもマナーも何もなかった。赤裸々な個人というのは、たんに洗練を欠いた野蛮というだけのことですね。

江藤　そうですよ。

上野　となると、関係のルールもマナーも欠いた他者というのはバケモノにしかならないし、バケモノとバケモノが向き合えば地獄にしかなりません。近代家族における対というか夫婦がどれほどの地獄かということに、人々は、それを実現した後で気がついたわけですね。

個という強迫の消失

江藤　現在の日本の状態というのは、恐らく、お互いに化け物なんだということに気が付きかけて、呆然自失している状態なんじゃないですか。

上野　いいえ、バケモノにさえならないと思います。

江藤　それは困ったものだ（笑）。

上野　最近、鎌田慧さんというルポライターが、葛西善蔵の評伝をお書きになりましたが、例えば葛西さんのように、家に置いてきた家婦としての妻に対する生涯にわたる贖罪というか、負い目という形で女と関係するとか、そういうやり方も一つの時代のスタイルですね。

もちろん私どもから見たら、大変自分勝手な倫理ではありますが、葛西は葛西で、個としての一つの倫理を持っているわけですし、妻もまた、そういう関係の鋳型の中に、美意識や自尊心をもって自分の居場所を見出しているわけですが、女がその鋳型の中におさまらなくなると、小島や島尾の場合のような女性の変貌が始まります。近代家族があわや地獄になりかけたという家族のあり方は、たぶんヨーロッパの一部とアメリカに実際現出したんだと思います。

だけど、現在の日本では、個であることも、性に憑かれることも、どんどん急速に解体していっているように思えます。

江藤　そのように思えますね。

上野　個であるべし、というオブセッションそのものが、いい意味でも悪い意味でもなくなってきています。私の目から見たら、個であるべしというのも、近代が私たちに強いた強迫だったわけです。しかも、特に日本ということを考えたら……。

江藤　そう。少なくとも日本、日本人に強いてきましたね。

上野　着なれない衣を無理やり着せられたような、強いられた強迫だったわけです。

私はさっき、吉行に対する私怨を晴らすために『男流文学論』を書いたといいましたけれども、私が何のために社会学をやっているかというと、近代に対する私怨を晴らすためなんです。学問って、やっぱり私の恨みを晴らすためにやるんですよ（笑）。

江藤　それがなかったら、学問に迫力なんかでるわけないですよ。

上野　文学もたぶん私怨を晴らすためにやるんだと思うんです。

江藤　もちろんそうです。

上野　近代が解体して、個であるべしという強迫がなくなって、せいせいしたという気持ちが私にはあるんです。そういうことにいち早く気がつくというのは、江藤さんがお書きになったとおり、私が女だからなんですよ。出るものがとうとう出てきたとお思いでしょうけれども（笑）。

なぜかというと、個であるべしという強迫に乗っかって個になろうとしたら、女は自己嫌悪するしかないという仕組みが近代にはあるからです。私がこれ以上江藤さんに説明するのは、釈迦に説法というものでしょうが。

江藤　それはよくわかります。

上野　自分自身を自己嫌悪せよという強迫に、女はなぜ屈しなければならないのか。「個になるなんて真っ平よ」と女がいうのは、私は至極当然だろうと思うんです。

江藤　私もそう思いますね。個というのは一つのオブセッションであり、少なくとも日本の近代が自分に課したターゲット、達成目標であったというのは事実だろうと思うんです。

「家庭」という言葉も、恐らく社会学的にいろいろお調べになって分析されれば、ある社会性と歴史性というコンテクストの中にしかないようなものですね。「家庭画報」なんていう雑誌があるけれど、ああいう雑誌が初めて出たとき随分新しく見えただろうし、もう明治のころから家庭小説というのがあって、大衆小説としてバリバリ書き飛ばされている。

そのように、家庭の裏に個というものの達成目標がチラチラしていて、女子教育というのを考えてみると、明治の初めに高等女学校ができてからずっとやってきたことは、一方で良妻賢母というけれども、同時に彼女たちの本音にはいつも、素敵なものとして個への憧れみたいなものがあった。それは十分達成できない性への渇望だったかもしれないし、いろいろな形をとるけれども、それのいわば複合体みたいなものとして家庭があったり何かする。

僕はこれは『成熟と喪失』で嫌になるほど書きましたが、自分が実際に亭主にする人間によっては実現できない、何か坂の上の雲みたいな家庭というのがいつもある。「ああ、アメリカは家庭がちゃんとしていていいわね、やっぱりキリスト教だから違うわね」という。じゃ、キリスト教のアメリカに行ったら、本当にいい家庭があるかといったら、今でもワイフビーティングを盛んにやりますから、そんな理想的なものではないんだけれども、にもかかわらず理想化してそういう。

上野 個への憧れとおっしゃいますが、一つは、憧れてみた個というものが、なってみたら、実はどんなものかということをよく知らなかったということもありますね。

江藤 そのとおり。

上野 もう一つ、本当に個への憧れがあったかどうかということに関してですが、最近、社会史の若手がおもしろい仕事をたくさんやっているんです。

江藤 例えばどういう人ですか。

上野 川村邦光さんという人が、『オトメの祈り』『オトメの身体』という二部作を紀伊国屋からお出しになりました。これは目の覚めるような本です。

彼がいうには、戦前のオトメたちの家庭婦人への憧れは、女の近代化の半端さをそのまま表わしている。個にならずに被保護者として――彼は非常にうまい言い方をしています――つまりオトメのまで家庭婦人になり、愛の保護区から一生出ないですごす願望だというのです。それはものわかりのいい夫によっては実現可能なもので、オトメたちは個になりたいとか、自立したいとかいうことじゃなかったというわけです。

江藤 なるほど。

上野 個になりたいとかいうのは、与謝野晶子のような特別な能力を持った人たちだけです。与謝野さんの家庭批判のエッセイが「女学雑誌」に載ると、次の号の読者のお便り欄に、「晶子先生の快刀乱麻を断つお言葉、私のか弱い心は励まされます」というのが出てくるんだそうです（笑）。だけど、川村さんは、「か弱い心を一時励まされても、与謝野さんのように生きようと思うオトメたちは、『女学雑誌』の読者にはいなかった」と非常に辛辣に書いています。

江藤 本当ですね。

上野 個として与謝野さんのように生きるためには獅子奮迅の生き方をするほかない。彼女たちはそんな生き方に憧れたわけではありません。保護区のままで一生涯を送りたいという願望と、それを実現する装置が近代家族だったんだというふうにいっています。それを林真理子さんは「フェミニズムとは違って（笑）、なかなかおもしろい」と褒めていました。

江藤 だけど、いかにその程度の保護区に対する憧れにすぎなかったからといっても、現実にはそれで夫婦になって、普通に暮らしていると子どもが生まれるわけですね。

子どもが生まれたら最後、生まれなくたっていいんですけれども、そうやって性を媒介にして夫婦になった瞬間、洋の東西を問わず、血縁という人間の現実が生まれる。

民法は、もちろん血縁という現実を一応与件として、そこから生まれるいろいろな関係について、社会の法的な秩序をつけようというものだと思うんですが、民法典は社会関係の準則だけれども、血縁は社会関係を超えるサムシングを常に含んでいる。これは世の中がどれほど乱れようが、化け物だらけになろうが、要するに、化け物同士がセックスによって交わって、そこである結果を生めば、そこからもう個を超えたものがバーッと広がっていく。そのものすごさというのは、これに直面してみないと、よくわからないのではないか。

実は女はそれにいち早く直面して、自己嫌悪を脱出する契機を、「女は血縁を増殖する能力を持っているぞ。だから、何で個なのよ。個でとまるのよ。あなた方男は個でとまってギリギリやっていればいいけれども、私たちは血縁をつくるのよ」といって、増殖する者にまなざしをずうっと向けているとすれば、女というのは、今ある意味では、非常に古くからあるものに回帰しつつあるのでしょうか、どうなのでしょうか。

上野　そう簡単にはいえないんです。個になるべしというのは、一つの強迫にほかならず、しかも、男にとってはそうでなかったかもしれないけれども、女にとっては自己嫌悪を内在的に組み込むような強迫でしかなかったというときに、「何だ、考えてみたら、個になる必要なんかなかったじゃない」ということと、「実は個になりたくもなかったじゃない」というのが、女のプロテストの中にあったと思うのです。

ところが、もう一方で、非常に急速に時代が変わっていっていますから、生殖なんていうことも、もう本能ではできない時代ですね。今妊娠というのは、何十年にわたる性生活の中で、決意して避妊をやめたそのときにしか起きない事態ですね。

もう私たちはプレモダンに戻るわけにはいきません。それもまた一つの抑圧には違いなかったからです。つまり、男の近代がもたらしたこのシナリオはおかしい。こんなものには乗らないぞというところまではきたんですが、だからといってプレモダンに戻りたいわけでもない。

江藤　そのようですね。

社会と生殖の問題

江藤　男の書いたシナリオを演じ続けるわけにはいかないぞ、生殖も別に自然的な現象ではないですよというのはよくわかるような感じがするんですね。ただ、そうなると、私は滅びても構わないと思っているのですけれども、社会はやはり滅亡の方向に向かうだろうと思います。

人口動態論というのは、完全に女性中心の学問で、妊娠可能な年齢層の女の数がどういうふうに推移していくかを基本にして、それをすべての定量的なデータにしているんですね。だから、それから一番わかりやすく出てくるように、生殖拒否を女性があるとき選んで、みんなそういうふうになっていくとすると、その社会は徐々に、やがて加速度的に滅びていくわけで、日本もそろそろ滅びるということになるんじゃないかと思います。

上野　少子化については、国と社会集団のいかんを問わず、特権的な社会集団が自己の既得権を守るための人口学的戦略だという解釈があります。つまり、ある社会集団の社会的な地位が上昇すると、必ず少子化が起きて、そのメンバーシップを持った人々の人数をそれ以上ふやさないようにする。既得権エゴイズムですね。貴族階層がそうです。同じ現象は階級の場合でも起きるし、国家の場合でも起きる。

江藤　階級で起こるのはわかるのですけれども、どうも今の日本に雰囲気としてびまんしつつあるような生殖拒否というのか、妊娠可能な年齢層の女性の中に、結婚というものについての嫌悪感、拒否感が広がっているとすると、これは必ずしも階層に帰属させることができない。むしろ日本が今、見かけだけかもしれないけれども、無階層的な社会になっているのが、逆に裏目に出るというか、そのために、高等教育、準高等教育を受けた多くの女性がそういう心境になってくると、今後衰退していく方に行くのかなという気もするのです。

それで滅びるのなら仕方ないという感じがします。私は滅びてはならないという ふうにも必ずしも思わないので、ずうっと減っていってなくなっちゃうのもおもしろいかなという気もあるんですよ。

上野　滅びるって、どういうイメージでしょうか。例えば貴族は、事実階級としての活力を失いましたね。そして貴族は革命によって滅びました。例えば日本という民族が滅びるというのはどういうことなんでしょうか。どこかの国が戦争をしかけて日本を滅ぼすのでしょうか。

江藤　いや、日本の中から、働ける日本人の数が減っていって、産業だけとってみても、日本の産業が国際的なコンペティションに勝てなくなってきて、社会を維持する力が全部崩壊していくという状態でしょうね。

その辺で三千万ぐらいに減ったときに、また鎖国でもできれば、それこそプレモダンへの復帰ということになりますが、歴史というのは、なかなかそういうふうにはいかなくて、不可逆的にしか進まないから。

上野　鎖国に復帰するのは、なかなかないシナリオかもしれませんね（笑）。

江藤　私のいう鎖国復帰は、ナイトメアではなくて、むしろドリームの方ですが、それはいいと思うんだけれども、そういう選択肢が一つあるかもしれない。

もう一つコメントをすれば、男のつくったシナリオは嫌よといってみたけれども、今の社会現象で、これはフェミニズムとも何とも関係ないんだろうけれども、例えば男女雇用機会均等法などに象徴されるようなある風潮を見ていると、少なくとも日本に関する限り、うまいぐあいに日本の若い女性が、また新しい男のシナリオに乗せられているぞという感じがします。

上野　全くそのとおりです。

江藤　僕は東工大を退官してから慶応へ移りましたが、慶応は女子学生の比率が東工大よりずっと高い。今こういうご時世で就職が大変で、見ていると痛々しいような気持ちが半分するけれども、半分は、これはやはりアメリカ起源の、ある新しい男性的シナリオ、それも非常に臆面もない産業社会維持の構図に乗せられて動いているな、かわいそうだなという気持ちがするんですね。

上野　一〇〇パーセント、おっしゃるとおりです。

江藤　それは僕はうれしいな。上野さんに同意していただくのは非常にうれしい。

上野　これまで女は効率と生産性の論理からはじき飛ばされていたからこそ、それを拒否したんですね。ところが、男女雇用機会均等法はその内面化を可能にするような装置として出てきましたから、私は、均等法の成立を日本の女性運動の敗北だと思っています。

江藤　なるほど、それはおもしろいな。

上野　均等法の成立を勝利だというフェミニストはだれ一人いないんじゃないでしょうか。そのぐらいの見識は私どものイデオロギーもちゃんと持っております(笑)。

にもかかわらず、「あなたたちの求める男女平等というのは、男並みに女を扱ってくれという要求だろう。これがあなたたちの欲しかったものだろう」という誤解はいつでもあります。

江藤　それはそうでしょうね。そのリスポンスはともかくとして、私は、やはりこれは非常にアメリカン・オリジンだという感じがするんですよ。

私が行っていたころの六二年から六四年ぐらいのアメリカは、ちょうどケネディの暗殺を挟んだ二年間です。ある意味ではアメリカの社会は、建国以来のピークを迎えた社会で、それからベトナム戦争が激化して、あらゆる経済統計を見ても、社会統計を見ても、アメリカの社会のディスインテグレーションとでもいうべきものが今日に至るまで続いてきている。

これに対して手が打てないんです。ですから、これはフランス革命の自由・平等・友愛もそうですけれども、アメリカン・レボリューションもやっぱりレボリューションであって、これは移民の国が表を裏にひっくり返したような感じです。またそれがずうっと成長してきた。そこにはやはり努力目標があり、ターゲットがありという社会で来た。

ところが、六〇年代のいわゆるエスニック・アップライジングといわれているアメリカの少数民族、例えば黒人、東洋系、ヒスパニックスというような人たちが自己主張し始めてから、悪平等も起こり、逆差別も起こりというような形で、アメリカの社会が混乱していますね。

その過程で、産業主義的効率主義から見ますと、マイノリティーの自己主張をそのまま受け入れていったら、社会はどうにも動きがとれなくなる。しかも、まだ当時は冷戦が続いていますから、国の安全そのものというか、アメリカの地位、存立そのものが、すぐ瞬間的に脅かされるという恐怖もあったと思うのです。

そのとき、ふっと見渡してみると、女性という集団がいた。女性をマイノリティーというふうに位置づけたところが、アメリカ人のとんでもない間違いだと僕は思うのです。人口的にいっても、黒、白、黄色、ヒスパニックス、何もかも含めて、女性は人口の半分より少し多くいるのが大体普通の社会です。

上野　マイノリティーというのは人口学的少数者ではないんです。だって、南アフリカを見てください。人口の八割いても、黒人はマイノリティーですもの。

江藤　それはそうです。話をやや不正確に広げ過ぎたところもあるけれども、とにかくこれを仮に白人女性としてもいいいんです。白人女性は数の上からはマイノリティーかもしれないけれども、これはおびただしい数がいるわけです。黒人よりも多いはずです。

上野　多いです。

江藤　そういうものを見渡したときに、ここにスキルド・レーバーの予備軍がいるじゃないか。だから、彼女たちを大いに進出させ、彼女たちの言い分を聞くことによって、産業社会の効率主義を維持することができる。それでしか維持できないから、ひとつ女性はどんどん出てください。大学のポストでも何でも、役人でも、閣僚にもどんどん入ってくださいということで、今のアメリカ社会ができている。

それに数歩おくれてついていくつもりで、日本でも内閣がかわると、一人ぐらい女の大臣をつくるとか、そこから始まって、サルまねをやっている。

しかし、これは全く今までの明治以来のシナリオの繰り返しを余裕なくあくせくとやっているだけのことであって、それに踊らされている女子学生の諸君がいるとすれば、非常に気の毒だな。それは女性の女性たる自己主張と何にも関係ないじゃないかという気がするんですよ。こんなことでだまされていちゃしようがないなという感じがします。

上野　全くそのとおりです。江藤さんのご発言の中で、「女性の女性たる自己主張」というのがちょっとひっかかるんですが、それは置いておいて。アメリカン・フェミニズムは、メイル・クローンをつくる方向にしか走ってこなかったというのは、そのとおりだと思います。フェミニズムには結局、女が個になり切れないという生殖の問題が残ります。

生殖の中には、産むことと死ぬことが含まれています。生と死の問題を全部個に還元して突っ走ってきたのが、近代の非常に深刻な病弊だと思います。私は、アメリカン・フェミニズムは非常に特殊なものだと思っているんです。歴史的に非常に特殊なフェミニズムを普遍的なモデルにすること自体に大きな間違いがある。

江藤　大賛成！

上野　こんなふうに、江藤さんと私が意気投合すると、きっと世間では物議を醸しますよ（笑）。

江藤　いや、物議を醸してまたお互いに闘いますよ。示し合わせているみたいだ。ぐるっと回って一致したというのを、昔、吉本隆明さんとやったことがあるけれども、上野さんとも、ぐるっと回って一致しているのかな（笑）。（後略）

（うえの・ちづこ＝社会学）

（「群像」一九九五年二月号）

大江健三郎

どのようにして批評家となるか?

江藤淳と吉本隆明は、おのおの、きわめてことなった、しかし、ともに秀れた才能をもった批評家であって、かれら二人を戦後世代の批評家の、両極に対峙する二典型とみなすことは妥当であろうと思う。江藤淳の支持者は、かれを吉本隆明とおなじフィールドで活動させることを希望しないであろうし、吉本隆明の支持者は、かれを江藤淳の生存しえないような状況の荒野にひとり残りつづけさせることを望むであろうから、ここに、一巻におさめられた江藤淳・吉本隆明の二人の批評家を、ならべて眺めようとする解説者の意図は、スキャンダラスな反撥をそそるのみであるかもしれない。いや、それはおおいにありうることである。それに、この二人の批評家は、あるいは新機軸の着想をもって、日本文学史の再構築をおこなっており、あるいは、『言語にとって美とはなにか』の概論を完成して、(現在までになしとげられた仕事ということに限って、この二人の最新のおのおのの力業を比較すれば、吉本隆明が、江藤淳を凌駕しているとみなす者もいるであろうが、江藤淳は、あらためて体勢をととのえて、かれの文学史を充実させることであろうから、実際、勝負の行末はおしはかりがたい)未来の大展開への地歩をかためているが、同時に、まだ青年期に属する、若い文学者なのであって、よくよくの根本のところでは、柔弱に見える方が実は剛直であったり、老獪に見える方が実は抒情的であったり、そのまたすっかり逆であったりして、長もちのする評価は、なかなか下しがたいのではあるまいか？

　しかも江藤淳と吉本隆明とを、いま一つのパースペクティヴのもとに眺めてみようとする人間であるところの僕は、江藤淳からも吉本隆明からも、ひとかたならず完膚なきまでに批判された小説家である。かれらの批判へたちのかれらの反批判よりほかには、もっとも望ましいかの正面からの思想や考え方についての僕の文章というものはありえないが、ここはそういう場所ではない。したがって、悲観的な話ではあるが僕には、このスリルにみちた江藤淳と吉本隆明の共著の解説者として、客観的にも、主観的にも、まともな仕事はおこないえない公算が強いのである。

　もともと、江藤淳の批評文も、吉本隆明の批評文も、それ自体が、充分に、自分自身のための広告をなしうる性格のものである。かれらのいいつくさなかったことをかわりにいってみようとしても、それは、かれらが不必要とみなしていいつくさなかったことであることに気づかざるを得ないし、(それはたとえば、江藤淳の『夏目漱石』の、ロンドンにおける神経衰弱の文学研究家が遭遇した、「文学」とliteratureのちがいのもっと具体的な意味づけ、といったことである)、あるいは、かれらの思想の出発に影響をもたらしたものの考証というようなことは、あらためて文章をついやすまでもなく明瞭であると観ぜざるを得ないようなことが多い、(それはたとえば、吉本隆明の『マチウ書試論』の、ユダヤ教と原始キリスト教のふたつの山間をうずめる研究の出典はどこにあるか、ということを考証する必要はまったくない、すでに批評家自身が、一冊の書名をあげていて、それで充分だ、といったことである) からである。また、このように雄弁かつ正確に自分自身を語っている二人の批評家にむかって、きみたちは本当にこういう人間なのだ、という批評家の批評家のような作業の余地がのこっている筈はない。しかも現にかれらは生きて活動しているのであるから、かれらの未来の進路たるや、かれらの自由意志にのみよるのであり、第三者には、まちがった予報しか可能でない。

　そして最後に、江藤淳と吉本隆明にむかって僕が、きみたちの論理と信条は、かくかくのごとくまちがっている！と非難することがもし可能であったにしても、この本はもともと、江藤淳と吉本隆明のためのものなのであるから、僕の文章はかれらの読者の嘲笑をかうのみであろう。かれらのきわめた百尺の竿頭に、出初式の鳶職さながら、ひとりの同世代の小説家が立ちあがって、一歩すすめるべく冒険してみることなど、それはいうまでもなく正気の沙汰ではない。

それではどうするのか？　僕はまず、ひとつの文芸雑誌の企画で対話をおこなえば、まことに愉快な共通の時間をすごすことのできる江藤淳と吉本隆明が（それは、吉本隆明の用語でいえば、おおいにかれら二人におたがいに対する近親嫌悪がなかったことに由来したかもしれないが）まことにことなった方向に遠ざかりつつある二人だということを示しておきたい。それをもっとも俗耳に入りやすい、すなわち晦渋な韜晦でもってあいまいな判断留保をおこなうことができないやり方で、試みるためには、いわゆる安保闘争後に二人がそれぞれ書いた次のような二種の文章をあげればよいであろう。

江藤淳はこのように書いている。

《ここ二ヵ月ほどの間、私は毎日を砂を噛むような思いですごして来た。外圧が遠慮会釈もなく自分の内部に侵入してこようとして、それをはね返そうとするたびに不愉快な思いをしなければならない。ある人々にとっては、自分の抒情詩を現実の上に大書する好機だったこの政治的季節が、私にとっては要するに不快の連続だったということはどういうことか。私はデモが嫌いなので、一度もデモには参加しなかった。二度ほど開かれた抗議集会の世話人のようなことをしたが、どんな会の世話人もそうであるように、私が自分に課したのは無味乾燥な義務だけで、義務の内容は事務的な処理で占められている。「民主主義擁護運動が空前の盛り上りを示した」とか、「日本の民主主義はついに地についた」とかいうような学者の論評が新聞雑誌にのるたびに、私は心の中で、どうして民主主義がそれほど景気のいいものなのだろうかといぶかり、ある時偶然に美しい夕映えを発見して、どんな政治体制の下であろうと、人は死ぬときにはひとりで死ぬのだ、どうして政治が人間の一切を支配できるだろうか、と思ったりした。》

この一節をふくむ文章は、素直な多数の共感と、したたかな小数の嘲弄とをあつめたが、江藤淳は、ある種の人々が感じたようにすみやかに老成してしまったのでもないし、ある種の人々が発見したようにとくにナイーヴでもなかった。ともかく江藤淳は、ある日、まことに意識的に、美しい夕映えを見ることを選択したのであって、それはおそらく江藤淳の、内密の暗い胸のうちでは、おそろしい勇気を必要としたことであろう。その後、江藤淳は、美しい夕映えを見つづけることを頑として止めないのであるからなおさらだ。これはひとつの態度であって他人の容喙を許すところではない。吉本隆明もまた、ひとつの断乎たる態度の持主であって、それは誰の眼にもあきらかであるが、かれは次のように書いている。

《竹内好が信夫清三郎『安保闘争史』の書評のなかで、竹内好や清水幾太郎をとりあげるならば、その時期なにもかかずにもっぱら行動していた吉本隆明をとりあげるべきであるとかいていた。おそらくは竹内好の史家の筆というものにたいする疑念がいわせたのだろうが、そんなにわたしの役割を買いかぶる必要はないのだ。行動していたわたしはひとつの肉塊をもった大衆にすぎなかったし、学生集会でたのまれてしゃべっていたときには、たいてい自己嫌悪を噛みながらやっていた。ひとりの思想者としては、まったくネガチブだった。だから、わが進歩派や擬似革命派文化人といっしょに、つまらぬマルクス主義政治学者の筆にのこることを拒絶するのである。（もっともビラの方はのこってしまったらしい。）

わたしは、政治のアバンガルドが外部にそそいでいた眼を内部にそそぐと芸術のアバンガルドに転化し、芸術のアバンガルドが内部にそそいでいた眼を外部にそそぐと政治のアバンガルドに転化するなどという馬鹿気たかんがえをまったく信用していない。芸術も政治もそんな簡単なものじゃないよ、なめなさんな、というわけである。

芸術的前衛はただ政治的大衆になりうるだけだし、政治的な前衛はただ芸術的大衆になりうるだけである。そしてわたしはおおむねそのとおり実践してきた。そして、この政治と芸術とが背離してゆく領域をあつかうのが思想のもんだいであるとかんがえる。

…………

最後に六月十五日夜の思い出のフィルムのうち鮮やかなのをかきとめておこう。

ひとつは、警官隊の棍棒におわれて我さきにと遁走したときの屈辱感と敗北感とであり、それはわたしにとって安保闘争の心理的総括である。もうひとつは、暗闇のなかを泥土にまみれながら逃げまわり、エネルギーあまって塀を一枚余計こえて警視庁構内でとっつかまったときの心情。しまったという感じ、いやはやという滑稽感、何てこったというおもい、そのあとの平静。

そのとき、手錠をはめられ道場に一緒につれてこられた三十余人の無名学生諸君の生涯に幸あれ。権力とこのことを諷刺したり挙げつらったりした日共（日共くずれ）文化人、保守文化人にはかならず復讐せよ。これが安保闘争の思想的総括のひとつである。》

一九六〇年六月とその後に関ってこのようにもあいことなった生き方と思想とを示した、二人の批評家は、今日、おたがいに似ても似つかない生活をおこなっている。江藤淳は朝日新聞の文芸時評をはじめ、まさにジャーナリズムの内側に強固に存在を主張することで、かれ自身の批評活動の場を確保しているし、吉本隆明は個人雑誌『試行』を持続しつづけることでジャーナリズムの外側に批評活動の本拠をおいている。すなわちかれらを結びつけるための共通項はすくなくとも外面にあらわれた兆候にかぎれば、いささかも実在していないように見える。

しかし（もっともこれは同時代に生きる小説家の単なる空想にすぎないが）江藤淳と吉本隆明とがどのようにあいへだたった個性を示すようであっても、やがて、かれらの後進の批評家が、かれらを結ぶ太く強靭なきずなを発見することがないとはいいきれないように思うのである。なぜなら、江藤淳と吉本隆明とは、やはりひとつの時代を共有して生きているのであって、かれらが意識する、意識しないにかかわらず、また、かれらが望む、望まないにかかわらず、かれらが微妙に相重なる翳のごとき部分を持たないと保証しうる理由はどこにもないからである。

しかも江藤淳も、吉本隆明も、後者がたびたび用いる言葉によれば、一個の思想者たらざるをえない道を歩んでいるという意味において、まことに総合的な指向をそなえた批評家であるから、僕にとって同時代の文学的状況をめぐるもっともスリリングな空想のひとつは、かれらがあらためて、まさに本気で、おたがいを対立者として、あるいは協同者として再発見する瞬間の光景である。

＊

江藤淳という批評家はどのようにして誕生したか？ それはいったい人はどのようにして批評家となるのか？ それは興味つきることのない不思議な命題である。江藤淳は、いま、批評家であって、われわれ同時代の小説家にとって、いかにも頼りになる、または、いかにも厄介な目の上の瘤のごとき審判者であるが、かれが生れたときから批評家であったわけではないであろう。批評家というものは、たとえば小説家とくらべて、自然発生的な要素のずっと少ない存在であるように思われる。そこで、いったいこの地上にある日突然変異のごとく、若い批評家が出現することの秘密について考えてみることは好奇心をそそってやまないのである。

江藤淳は最近、『戦後と私』という、美しい文章を（美しすぎる文章には、ウサンくさいところがあると疑うものもあるにちがいないが）書いて、戦後に育った人間のひとりであるかれ自身の、きわめて独自な、《文学とはなにか？》を語っている。そのうちの肝要な一部を引用すれば、たとえば次のようである。

《そしていったい文学とはなんだろうか。それは私情を率直に語ることにはじまるものか、それともそれを偽って「正義」につくことだろうか。九十九人が「戦後」を謳歌しても、私にあの悲しみが深くそれがもっとも強烈な現実である以上私はそれを語る以外にない。人は「平和」を、「民主主義」をいくらでも語ればよい。もしそれが彼にとって信じ得る唯一の現実ならば。人はかつて圧迫された悲しみを、かつて拷問された屈辱を、「ざまあみろ、いい気味だ」ということを、戦争中の恐怖を、敗戦後の解放感をいくらでも語ればよい。ただ私は人がそうすることによって得たものを忘れずにいてほしいと思うだけだ。つまりこのように語ることは戦後の日本で「正義」とされ、「正義」を語るものは物質的幸福か道徳的満足によって報われているという簡単な事実を忘れてほしくないというだけだ。

私が昔がよかったから昔にかえれといっているのではない。むしろ昔にかえれるはずがないという喪失感を語っているのである。しかも私の悲しみは階層の没落からだけ生れていはしない。ただ私はそれをくだくだしく語る必要を認めないだけである。しかしいずれにせよ私は、戦後「正義」を語って来た人々のつくりあげた文化が、いまだにひとりの鷗外、ひとりの漱石を生み得る品位を得ていないということを直視するようにすすめたい。「平和」で「民主」的な「文化国家」に暮し、敗戦によってなにものも失わずにすべてを獲得したと信じ、その満足感がおびやかされることを「悪」の接近と考えている人たちに、戦時中ファナティシズムを嫌悪しながら一国民としての義務を果し、戦後物質的満足によっても道徳的称讃によっても報われず、すべてを失いつづけながら被害者だといってわめき立てもせず、一種形而上的な加害者の責任をとりながら悲しみによって人間的な義務を放棄しようとは決してせず、黙って他人の迷惑にならぬように生きている人間もいるということを知っていてもよいだろうというのである。

戦後二十一年間、そういう私情によって生きて来たことを私は今は隠そうとは思わない。この喪失感とこの悲しみにまさる強烈な思想を私は誰からも、何によってもらわなかった。それが私の胸から湧いて来る熱い奔流であり、私をあらゆることにかかわらず生かして来たものである以上、私は私を変節者ないしは転向者あつかいにしようとするあらゆる「正義」に憫笑をもって報いるだけである。》

この文章は、現在、江藤淳が、どのような悲しみ、喪失感をいだいているかということをまことに濃密に表現しているが、それほどに十分には、ここで幾分手前勝手に「敵役」にしたてられている「正義」「戦後」「平和」「民主主義」の人々のレアリティをうまく提示するための努力ははらわれていない。あるいはここに陽の当る場所の保守派の疑似被害者意識を見てとる進歩派もいるであろう。あるいは現在、ジャーナリズムの第一線の批評家たる江藤淳が、たとえかれの意志に反してであれ、ひきうけている「役割」の表と裏を見とおすものもいるかもしれない。しかし、ともかくよかれあしかれ、これが江藤淳にちがいない、というような文章である。

けれども、そもそもの最初、江藤淳がこういう文章を書こうとして批評家になったのであるか、といえばそれはそうではないように感じられる。今日、批評家江藤淳はこのような文章を書き、しかもそれは現在の批評家江藤淳の文章としてあきらかに最良のものであろう。しかし、この文章を見るのみでは、人がどのようにして批評家となるかは、この文章の告白的に自己を語る調子にもかかわらず、いっこうに明瞭ではない。そのような種類の「喪失」は、小説家にも批評家にもおこるのである。

そこで江藤淳という一典型をつうじて、人はどのようにして批評家となるか？　ということの秘密をさぐろうとすれば、僕にはそれが、かれの処女作である『夏目漱石』をおいてほかに、その手だてがないように思われるのである。この処女作において江藤淳を代表させることに、批評家自身はまことに不満であるかもしれない。しかし、『夏目漱石』ほど、一個の才能のみずみずしい豊かさと、おおげさにいうなら、かれが批評家として自己表現するほかに生きのびようのないようなタイプの人間であることを歌うように声高らかに示している作品は、江藤淳自身によっても二度と書かれなかったのではあるまいか？　すくなくともここには、人がいかにして批評家たるかを、明瞭に理解せしめる充分な力がバネのようにしこまれているのである。

小説家にとってみれば、『夏目漱石』の冒頭における江藤淳は、なぜこのような精神と感性の人間が、すくなくとも日本現代文学の世界に入りこんできたのかわからない、という感想を誘発するような一種の賓客《マレビト》である。もっともそこにおいてはまだ、かれも批評家たるよりほかに生きようのないタイプといったものではない。かれはどのようにでも未来を選択できる、自由な、すなわちまだ現実に批評家として存在しはじめていない一個の闊達な青年である。

《日本の作家について論じようという時、ぼくらはある種の特別の困難を感じないわけには行かない。西欧の作家達は堅固な土台を持っている。ぼくらはその上に建っている建物のみを、あるいはその建物の陰にいる大工のみを論ずればよい。つまりこれは、これが果たして文学だろうか？などという余計な取越苦労をしないでも済むといった程度の意味である。文学を学ぼうとする向きは、欧米の文学を学べばいいので、日本の作家を相手にしている時には事情はそれほど簡単ではない。彼らを問題にしようとすれば、先ず、彼らの作品の成立っている土台から問題にしてかからねばならないので、建物の見かけがよくても地盤が埋立ての急増分譲地並みにゆるんでいれば、値切り倒すのが周旋屋の習性である。したがって、日本の作家に関するかぎり、批評家は純粋の文芸批評などを書くことは出来ないわけであって、これを裏返せば、多くの日本の作家は少なくとも西欧的な意味での文学を書いていないということを意味する。》

この憎たらしい颯爽ぶりはどのように見ても、日本現代文学に参加している人間のそれではないではないか。かれはただ、外国文学それもおもに英国文学を読むうちに自分の頭の中にかもしだされた無疵の文学の理念を追っているのであって、現実に、自分の国に存在して、おなじ皮膚の色をした青息吐息の小説家どもが弱よわしい肩に荷なっている日本文学などには無愛想のきわみである。したがってかれがわれわれの国の文学に関って《白鳥や花袋の幻滅の裏には、日本の不毛な文学的風土、より限定的にいえば小説的風土の切実な認識がある》という風に展開してゆく、日本文化論もまた、無愛想なものだ。江藤淳が、やがてひとりの批評家として、かれ自身の悪くいえば防禦型のソフィスティケイションによる老成あるいは、よくいえば感嘆をそそるすみやかさの成熟の道を歩みはじめる時、かれが小林秀雄に深い傾倒を示しはじめたことはかれの代表作を生んだが、批評家となるか、そうしないかの力の振子のなお揺れていた時分のかれが、ほとんどいかなる小林秀雄の影をもやどしていず、むしろそれとはまったく逆の正宗白鳥の光に、かれの意識の世界を照しだされていたことは、興味深い。当初、江藤淳は、まことに散文的な精神を持った、しかも生得の名文家で、『小林秀雄』以後、かれの示す名文ではあるにしても多少性格のことなる、幾分感傷的な詩的文章の兆候は、ほんの時たま予想されることがある程度にすぎなかったように思われる。それは僕にとってかれのいわゆる政治的（？）態度の変化といった通訳より、ずっと興味深い事実である。

さてこの無数の覇気をそなえた批評家候補の非文学青年が、かれの文学的感想に文化論的ひろがりをあたえつつ蛮勇をふるって展開したのは、明治以来のわが風土への次のような鳥瞰図であった。白鳥が青年を鼓舞している。

《しかし、頬骨のとびだした、顔の黄色い、ちんちくりんな人間が、燕尾服を着て得々としている図のコッケイさは、それとは違った重大な意味を持っている。それは異質な文化を所有し得たと誤認している人間のコッケイさであり、然もそれを何の苦もなく我が物にし得たと信じている楽天主義者の痴態だからである。

明治の「文明開化」の生んだこの種の悲喜劇は、今日までの日本人の精神生活に決定的な歪みをあたえている。さしあたっての深刻な被害者は当時新しい文学を創造しようと苦慮していた若い作家達であった。洋行をしようにも金と機会のなかった彼らの多くにしたところで、右のように荷風がありありと戯画化した西欧文化への憧憬は胸に秘めていたので、この憧憬は、やがて古今に類例を見ない、極めて独創的な、奇怪な操作となって我が国の不毛な小説風土を糊塗するにいたった。

すなわち、作家達は現実に存在しない「懐疑苦悶」の亡霊を輸入し、その亡霊を誠実に信仰することからはじめたのである。》

江藤淳の日本文学界の賓客《マレビト》としての颯爽ぶりは、それをかれ自身の言葉によって描写すれば次のようになるであろう。すなわち、かれは軽蔑されるべき、《現実にありもしない亡霊を信仰している》文学青年ではなくて、《自然にそのようなからくりに反撥を覚える》《文学に利害関係のない健康な人間》の感覚を文学の世界に持ちこみながら、かれの最初の批評文を書きはじめたわけだったのである。もしかしたら《健康な生活人の感覚》を持った江藤淳は、かれの強引な裁断がひきおこすべき反感は余裕たっぷりに予想できたかもしれないが、ちょうど子供の投げた石で死ぬ苦しみをなめる蛙のごとき小説家の暗く陰微な場所での負傷については考えてみる必要もみない、無邪気ゆえになお強力な攻撃者であったかもしれない。

さて、江藤淳がこうした日本文学の世界の概括を試みたのは、《自らの鋭敏な感受性を西欧の風土に激突させて深刻な傷をうけていた》明治の作家達の問題にいたるためであった。とくに、《彼らのうちで最も致命的な傷手をうけた》夏目漱石にいたるためであった。

《漱石は何一つ完成したわけではないので、彼の偉大さは、彼がなしかけた仕事を我々に向って投げてよこそうとしているその姿勢にある。それを受けとめる以外に、漱石を現代に生かすことは出来ない。ぼくらはその姿勢を支えているものを探ろうとするのである》というのが批評文を書いて明敏な頭脳と勤勉な読書力の力だめしをおこなおうとしている一青年の採用してみせた動機である。そこまで読みすすんでくるだけでわれわれは、かれがいかにもやすやすと漱石を料理してみせるであろうという印象を持つ。

しかし、この余裕綽々の秀才の三田の学生が、漱石の「無」と「夢」について、すなわちかれが漱石の低音部と呼ぶところのものについて、漱石の神経衰弱と『文学論』について、そして漱石の深淵について考えているあいだに、いわくいいがたい、批評家をつくる錬金術のごときものがおこったのである。『夏目漱石』の第一部における、第三章から第五章までは、きわめて興味深い精神の自己変革作用のおこなわれる機械のならんだ暗いトンネルのようなもので、そこを通りぬけたあと、論文の書き手である青年はもとより、読者もまた、ひとつの根元的な体験をあじわったことに気がついた筈である。個人的な回想を記せば、本郷の学生であった僕は、これらの章を読んで、そこにまぎれもなく一箇の批評家が憂わしげな深い眼光と共に誕生するのを羨望の念において発見したものであった。かれはすでに、充分すぎる才能にはけぐちをあたえる力だめしをおこなっている正体不明の秀才でもなければ、われらの国に文学の根を育成するに足る腐植土がたまるかどうかと高みの見物している外国文学通でもなく、ひとつの危機的な緊張と共に自己表現をめざしている一箇の文学者である。しかもかれは批評家よりほかのなにものでもない文学者である。

《一人の作家が生き、そして死んだという事実が、重苦しくてこでも動かぬもので、その事実のあたえる戦

慄が、なまはんかな知的操作を拒絶するものだという
ことは、一つの教訓をぼくらにあたえる。つまり、ぼ
くらにとって重要なことは頭の切れ味を磨くことでも
なければ、整理統合の術に熟達することでもなく、ぼ
くらが現に生き、やがて死ぬ、というつまらぬ事実以
外にはないというのがそれであって、美の感覚などは
大方ここにつながっている。美しいと思われる絵を観、
音楽を聴き、詩を口ずさむ時、人の感じるあの哀しみ
のような感情は、いわば、一瞬のうちに自分の生と死
とを啓示されるような驚きから生れるといってよい。
そして、やがてその生涯を閉じる作家の晩年に立って、
彼の半生を展望する時にぼくらの精神に生じるある種
の緊張――仮りにそれを悲哀と呼ぶならばその悲哀の
性質もこの驚きに似ている。ぼくらの生と死が、作家
の生涯の重々しい時間に触れてはね返って来る。この
人間はこのように生きて来た。だとすれば、自分はど
うするのか？》

この文章は、いくら美しくても決してウサンくさくな
いタイプの、まことに美しい文章であるが、すでにこ
には、ひとりの批評家が誕生していることを誰の眼も認
めざるをえないであろう。ひとりの人間が芸術家、およ
び芸術に対してこのような態度をとるにいたった時、そ
してかれが、そこに《一瞬のうちに自分の生と死とを啓
示されるような驚き》をうける感受性を持っており、
《この人間はこのように生きて来た。だとすれば、自分
はどうするのか？》と果てしない思考をはじめるような
精神の持主である時、人は批評家となるのである。

（『われらの文学22　江藤淳・吉本隆明』解説。ただし、後半の吉
本氏に関する部分は割愛）

埴谷雄高

江藤淳

江藤淳は童顔で、まだ坊ッチャンのように見える。だが、話しているうちに、徹底して論理的な構造をもったその思考の働き方に驚かされ、若々しい正義感を一貫しているその清潔な態度に心から喜ばされる。こういう世代があとをひきうけてくれれば大丈夫だという気にいつもなる。

彼が吉祥寺へ越してきてから少くとも一週間に一度は会うようになった。各ジャンルを横断した文化擁護の連帯をつくらねばならないとの意見を彼は日ごろからもち、私もいささか煽動していたが、警職法改正反対をきっかけとして彼が世話人になり「若い日本の会」をたちまちに結集してしまったのには感心した。若い者は行動力があります、と彼は簡単にいうが編集者のI君と二人でまず話しあい、第一回の打合せに集ったのが五人、それが各自が仲間をひきつれてきて二回、三回と回を重ねるごとに鼠算式に増え、たちまち六十人になってしまった。マンボ・スタイルで、しかも、しっかりした意見を述べる会員がいるとのこと、幅をひろげると普通よくいわれる運動方針が、この若い世代にして、はじめてあっさりなしとげられたのはうれしくなる。

石原慎太郎、開高健、大江健三郎などの若い作家にとっては江藤淳という同世代の批評家の支持と忠告がどれほど心強かったかわからないし、今後もまたそうだろう。その心強さをただに文学の世界のみならず、各ジャンルのなかへひろげることになりそうだ。江藤淳はいよいよ忙しい。

（「読売新聞」一九五八年一一月一七日、『埴谷雄高全集第四巻』所収）

高山鉄男

江藤淳――存在の不安

三十年以上も昔のことになるが、私が慶應義塾大学文学部の一年生だったころ、上級フランス語（と、当時は呼んでいた。必修語学とはべつに、とくにフランス語を学びたい学生のための授業）の教室に、小柄で機敏な青年がいた。和文仏訳をE先生にあてられると、黒板に、活字体でていねいにフランス語を書いた。書かれたフランス語は、大変みごとなもので、E先生にも訂正の余地はないらしかった。噂では、この学生は文学志望で、すでにおびただしい量の原稿を書きためているということだった。二年生になると、彼は英文に進み、私は仏文に行ったので、近づきになる折りはなかったけれど、ときおり同級生から〈Pureté〉とか、「位置」とかいった題名の同人誌を買わされ、そこには例のフランス語のよくできる青年の評論や小説がのっていた。青年とはじつは江藤淳のことで、私は「マンスフィールド覚え書」とか、たしか「沈丁花の咲く頃」と題された小説を熱心に読んだ。熱心に読みはしたものの、私はそれほど感心したわけではなかった。才気はありあまるほど感じられたが、感傷的な脆弱さが気になった。けれど、大学三年生のとき、「三田文学」に『夏目漱石論』が発表され、一読した私は、文字通り驚嘆したのである。驚嘆した、ということは今もあざやかに覚えているのだがいったいなにに感心したのか、そもそもどういう内容のものだったのか、私の記憶はだいぶ怪しくなっている。そこで、この原稿を依頼されたのを機会に、江藤淳の処女作ともいうべき『夏目漱石論』を、三十年ぶりに再読し、そうして、私はふたたび感嘆した。むろん私は、二十三歳の青年が書いたこの批評が、作家論として今日でもすこしも価値を減じていないことに感心したのである。だがじつはこれだけではない。

『夏目漱石論』において、江藤淳が、彼の批評の主題ともいうべきものをいっきょにつきあてていることに、感慨を覚えたのである。では、江藤淳における批評の主題とはなにか。むろんそれは、はなはだ多岐にわたる。たとえば、文学における他者の問題であり、近代と近代以前の問題、戦後日本の言語空間の問題、等々である。けれども、江藤淳の作品のもっとも重要な主題を、あえて単純化して言うことが許されるなら、生の実存的不安ともいうべきものだと私は思う。『夏目漱石論』に即していえば、漱石の本質は、「則天去私」の悟達した境地などにはすこしもなく、むしろ心底にわだかまる「原罪的不安」にあったことを、江藤淳はくり返し論じている。それは、「人間的意志の無力感」に発するものであり、かつ「自己の呪わしい、どうすることも出来ぬ『我』の存在」についての意識である。この不安とは、私じしんの言葉で言わせてもらうなら、「我いずこより来たり、いずこへ行くか」という、あの有名なゴーギャンの画題につらなるような、そういう根源的な不安である。ともに、それは、生きることについての「欠落」の感覚であり、現に生きてあるだけでは足らず、なにものか「不在」を呼びよせようとする衝動である。

江藤淳のさまざまな作品、文芸批評はもとより、史伝、歴史に及ぶ広汎な業績をつらぬく一本の赤い糸は、まさしくこの「欠落」の感覚である。たとえば、『一族再会』は、現に生きてあることの不安ともどかしさに出発して、永遠に不在なるものを、つまり死者たちを言葉によってよび出そうとする試みではなかったろうか。『海舟余波』や『海は甦える』においてすら、すなわち、なまなましい現実と格闘した政治家や軍人たちの物語においてすら、江藤淳は、彼らの内面の孤独に思いをひそめることを怠らない。あたかも、歴史上の人物たちに著者が興味をいだくのは、彼らが歴史における成功者だったからではなく、むしろ逆に、不安と孤独と、つまり「欠落」の意識にさいなまれるものたちだったからであるかのようだ。

『夏目漱石論』のなかで江藤淳は、漱石の英文断片を分析して、「漱石の最低音部の世界は、人間の存在しない極地であって、時として僅かに彼自身と、その『永遠の女性』の影が長く投じられているにすぎない」と述べている。これは、人間の内面を、「計量不可能な、絶対的存在」とみなすものであり、同時にまた、人間の心の最奥部をもって、人間が現実を越え、永遠の時とむかいあう場所とみなすような考え方である。この場所が虚無となりあわせていることは、否定すべくもないが、しかしそこにこそ、あらゆる詩と哲学の原点があることを否定するなら、およそ作品というものは意味をなさなくなるだろう。それは、あらゆる欲望や打算が意味を失う純粋にして真正な場所である。つまりそれは、私たちが本当に真面目になれる唯一の場所である。というようなことを、『夏目漱石論』を書いた青年、江藤淳は私たちに語りかけているような気がする。

のみならず、このような考え方こそ、その後の江藤淳のさまざまな作品に、たえずそのほのかな光を投げかけているものではないだろうか。すくなくとも、人間の内なる世界と、文学上の言語表現の関連についての醇乎たる理想が、江藤淳の批評をつらぬいている、とは言えよう。ここでいう理想とは、『夏目漱石論』において、江藤淳が描きだした、あの魂の「極地」の透明な光に照らしだされて、はじめて意味をもつような、そういう理想である。この透明な光は、文学的テキストの原点であり、座標軸であって、それは、純正ならざるあらゆる言語の偽善を容赦なく照らしだしてしまう。ふたたび『夏目漱石論』に即して言うなら、漱石における実存的不安の発見は、すなわち小宮豊隆の教養主義的漱石像にたいする徹底的な批評であった。漱石じしんの内面の光――それはほかならぬあの「計量不可能な絶対的存在」から輝き出たものなのだが――に照らして見るとき、悟達の境地に遊ぶ完成された人生の師、などという漱石像は、たちまち雲散霧消して、その偽善をあらわにしてしまうのである。

近年、江藤淳は、『自由と禁忌』『昭和の文人』などの著書において、さまざまな文学的言語の欺瞞を論難してやまないが、これらの欺瞞は、じつはことごとく、かつて夏目漱石において発見された内面の絶対性、すなわち実存の不安な光に照らして見るときに、はじめて明らかになるような性質のものである。たとえば『自由と禁忌』のなかで、江藤淳が丸谷才一の『裏声で歌へ君が代』を批判しているのは、そこから作者個人の言葉が聞こえてこないからである。言いかえれば、漱石の内面にかい間見られたあの魂の「極地」とはまったく無縁な場所に、この小説が位置しているからである。『昭和の文人』において、著者は、堀辰雄を批判しているが、批判の視点は、すこしも変らない。江藤淳は、堀辰雄が、いかに自分の出自を隠蔽しようとしたかについて述べ、さらに作家としての堀辰雄の最大の欺瞞は、日本語の物語空間を破壊し、「架空な人工的言語空間を仮構しようとした」ことにあるという。いうまでもなく、堀辰雄が自分の生いたちの秘密について隠し続けたことと、その作品が人工的な言語空間を形づくることとは、表裏の関係にある。いずれにせよ、堀辰雄は、魂の故郷ともいうべき、「人間のいない極地」から、読者に語りかけたことはなかったのである。

それだけではない。江藤淳は、米国側文書による綿密な調査にもとづき、戦後日本の言語空間が、いかに禁忌と偽善にみちたものであるかを、くり返し証明しようとしている（『落葉の掃き寄せ』『一九四六年憲法——その拘束』）。これは具体的には、占領軍の検閲、現行憲法制定のいきさつなどにかかわることである。つまり政治史上の事実にかかわることだが、同時に、日本の言語生活の問題でもある。検閲とはむろん言語にたいする外的な束縛にほかならないし、憲法とはすぐれて言語的な存在だからである。

江藤淳は、小宮豊隆の『夏目漱石』や堀辰雄の作品のうちに鋭く看破したもの、つまり、言語表現における偽善と自己欺瞞を、戦後の日本人の生活そのもののうちに感じとっているのだ。江藤淳は、おそらく、私たち日本人が、いつわられた言語ゆえに、透明な光に満ちた内面の空間から、遠ざかって行くことを怖れているのである。かつて『夏目漱石論』において発見されたもの、あの「人間の存在しない極地」、私たちが遠く失われたものや、永遠なるものに対面する心の内奥の世界から、限りなく離れつつあることを怖れているのであろう。

（『三田の文人』所収、一九九〇年）

劣情について

江藤　淳

江藤　淳
単行本未収録
作品コレクション

大学紛争というものは、不思議に人の劣情を刺戟したり解放したりするものである。かつて漱石がいったように、「夫レ教育ハ建国ノ基礎ニシテ師弟ノ和熟ハ育英ノ大本タリ」にはちがいないが、大学という場所そのものに、他の社会には見られないような劣情を蓄積する装置が仕掛けられているのでなければ、これほどの怨恨とコンプレックスが、大学問題を論じるという名分の下に噴出するはずはない。これは、アメリカでも同じようなものだから、日本の学歴社会の悪弊だという解釈は、おそらくあたらない。教育という行為の根源に、なにか奇妙ななまなましいものが潜んでいるからだろうと思われる。

世間の劣情が刺戟されているのだから、もちろん私の劣情も刺戟されている。三田の山は、私にとってこの上なくなつかしい場所のひとつであるが、だれでも多少はそうであるように、私も多分そこでいくつかの傷を受けているにちがいない。よその大学の騒動の話を聞いているうちにも、その傷が少しづつうずき出す。そして私は、そのうずきが劣情に変化しないうちに、いそいで記憶のある部分に蓋をしようとする。蓋はしばらく長火鉢の銅壺の蓋みたいな音を立てているが、やがて静かになり、三田の山は、私の記憶の中で、「丘の上」の歌詞にあるような秋の――それとも春だろうか？――清澄さを取戻すという寸法である。

それにしても、昨年の秋、旅先のニューヨークで、慶應義塾のストライキがともかく収拾されたというニュースを聞いたときには、気持が明るくなった。上野の戦争のときにも洋書購読をやめなかった慶應義塾が、便々と愚にもつかないストライキをつづけていいというわけはない。国家のひとつやふたつが亡びても、建て直そうと思えば建て直せないことはない。現に徳川の国家が亡び、明治憲法の国家が亡びても、日本人はこうやって生存している。しかし建て直す人材を育てる慶應義塾が亡びてはならない。それが「私立」ということであり、「立国は私なり、公に非ざるなり」ということである。だいたい戊辰戦争帰りの学生の朱鞘の腰のものを睥睨していた着流しで丸腰の福澤諭吉の学校で、ヘルメットとかゲバ棒とかいうようなものがいつまでもはやりものになっているのでは、さまにならない。私はかねがねこう思って焦慮していたので、直接関係のないことながらほっとしたのである。

なによりもよろこばしいことは、全国七十いくつかの紛争大学の学生のなかで、塾生だけが自治能力を立証したということである。そのことを、諸君はどれほど誇りに思っても思い足りるということはないと、私は昨年暮に帰国して間もなく、日経ホールで催された慶應義塾命名百年記念委員会の講演で、集った塾生たちに話した。しかし、だからといって、収拾に立ち上った一般塾生に大学の現状に対する不満がないと速断しては、事実をみあやまることになる。彼らはおそらく受益者として行動したのではなく、ほとんど無意識のうちに塾の建設者・支持者として行動したにちがいないからである。

三田の山に通っているうちに、なぜ彼らがこのような自覚を持つにいたったか、私はつまびらかには知らない。いずれにせよ、それは、「親はなくとも子は育つ」かの「家貧にして孝子出づ」という態のものであって、現在の大学の状態がよいということの証明にはならない。もっとも危険なのは、局に当るものに安堵感と自己満足が生れて、「とにかく慶應はほかの大学とはちがうのだ」というような幻想がふたたびキャンパスにひろがりはじめることである。慶應義塾が慶應義塾以外のなにものでもないことは、はじめからわかり切っている。問題は過去の遺産を喰いつぶすことではなくて、今後の百年間に、義塾がこれまでに日本の社会のなかで果して来たような役割を果しつつ、存続して行くことができるかどうかを徹底的に自己検討することではないかと思われる。

存続の条件は、基本的には金であるから、この自己検討はまず果して金がつくれるかどうかというところからはじめられなければならない。「三田評論」昨年五月号に掲載されていた山口財務理事の四十三年度予算解説によれば、塾の大学予算規模は約六十五億円である。これは東京大学の年間予算二百五十億の四分の一にすぎず、彼我の学生数を比べれば、義塾の二万数千人に対して東大は一万数千人であるから、実質的には八分の一に相当することになる。私は、個人的には、東京大学を日本の大学のモデルと考えることに疑問を抱くものであり、今までにそのことを書きもしたし、いいもして来たが、それにもかかわらずこの数字はひとつの指標になるはずだと思うので、あげるのである。

さらにおどろくべきことは、この年間予算のうちで、学事費にあてられているのがわずかに三億四千四百万円にすぎないということである。私はもとより財務理事の御努力に敬意を惜しまないものなので、いかなる意味においてもこれを批判としていうのではない。単に塾が財政の面で、どれほど逼迫した状況にあり、このままでは大学の研究・教育のための必要最低限の基準すら崩壊しそうな有様だということを強調したいというだけである。いったい慶應義塾は、存続することができるであろうか？　それとも一部のシニカルなジャーナリストたちがいうように、塾をも含めて日本の私立大学というものは、すべて文部省に身売りをし、国立大学の糟粕をなめなければならぬ運命なのであろうか？

福澤の「私立」の精神が喚起されなければならないのは、まさにここにおいてである。福澤は、別段客観情勢が有利で、金があり余っていたから慶應義塾を開いたわけではない。無理を承知の上で、おそらく彼が「親のかたき」と感じていたものすべてへの怨恨をこめて、塾をはじめたのである。それなら私たちも、同じように無理を承知で、あらゆる劣情を昇華させながら、もう一度はじめなければならない。その手はじめとして、私が提唱したいのは、総額百億円にのぼる基金をつのって、慶應義塾学事振興財団（仮称）とでもいうべきものを設立することである。

現在塾員の総数は約十万人であるから、その各々が一口十万円の寄附をおこなえば百億円が集る勘定になる。

即座には無理としても、五ヶ年計画で推進すればこの目標額を達成することはかならずしも不可能ではないであろう。百億円集れば、銀行に寝かせておいても年に五億五千万円の利息があがり、この額だけでも現在の年間学事費を上まわることになる。現に設けられている福沢基金、小泉基金などはこの財団基金に統合し、決して人件費に流用することなく、学事振興に目的を限定して運用することとする。私たちの目的は、国家の力を借りず、純然たる民間の力だけで、慶應義塾を日本最高の開かれた学問の府にすることである。もし財界の賛同が得られれば、財団の活動は義塾の枠を超えて世界にまたがってもよく、百億円の基金は五百億、千億にまで拡大されてもよい。私は貧乏文士であるが、もし塾当局がこの提案を積極的に検討されるなら、僭越ながら一口を献ずる用意がある。そのほかのことについては、順次以下の号に書くつもりである。

（「三田評論」一九六九年四月号）

井筒先生の言語学概論

　昭和三十年のことだったから、今から三十七年前ということになる。私は慶應義塾の英文科の三年生で、結核の病み上りだった。したがって、授業にも出たり出なかったりしていたが、そんな私が必ず出席するようにしていたのは、井筒俊彦助教授の言語学概論だった。

　教室は新館（現在の第一校舎）の一〇二番教室で、井筒先生の授業は第二限と記憶しているけれども、曜日が何曜日だったかは覚えていない。いずれにしても、この教室は、早く行かないと席がなくなってしまうので有名な教室だった。正規の受講者だけでも百人に近かったが、その上他大学からのもぐりの学生やカトリックの尼さん、学生とも思われずさりとて教員ともつかない年長者等々が、毎週かならず前列を占領していたからである。

　あとになって知ったことだが、東京工業大学に勤務していた頃、筑波大学に集中講義に行って知り合ったある人が、井筒先生の言語学概論を聴講するために、京都大学からわざわざ三田山上まで通っていたという話をしはじめたので、さてこそと思い当ったものであった。こういうもぐりが沢山いたからこそ、あの当時の一〇二番教室には一種異様な雰囲気が漂っていたに違いない。それにしても、だからといって慶應義塾が、もぐりの受講者から聴講料を取り立てたという話は、聞いたことがない。呑気といえば、まだそんな呑気な時代だったのである。

　ところで、この授業に、何故私が毎週出席していたかというと、文句なしに面白かったからである。こんなに面白い授業は、その頃慶應の文学部にはほかに一つもなかった。いや、重要な授業はほかにもなかったわけではないが、これほど毎回のように知的昂奮を覚える授業はなかった。これが大学だ、この言語学概論が聴けるだけでも、慶應に入学した甲斐があったと、私は毎時間ひそかに歓声をあげていた。

井筒先生は、ベルが鳴ると同時に白墨をわし摑みにして教壇に現われた。ノートを持っているわけでもなければ、本を抱えているわけでもない。いつも太いストライプのワイシャツを着て、ネクタイピンで襟元をとめ、突然即興的に話し出すというスタイルの授業である。したがって、雑談もなければ脱線もない。仮りに脱線があったとしても、それはどこかで必ず本論につながり、話が元に戻って行くふうであった。

だから、この授業は、面白いといっても面白おかしいというものでは少しもなく、井筒先生には学生に迎合するなどという気配は皆無であった。それどころか、先生はときどき眼の前に学生がいるという事実を、全く忘れているように見えることさえあった。只先生の頭脳があり、思考が回転し、それがそのまま講義になったり黒板の上の文字になったりする。その思考の回転ぶりを、眺めているのが愉しいのであった。ここに頭脳を際限なく駆使して、言語という現象に挑んでいる人がいるという事実を、毎回確認できるのが頼もしいのであった。

実際、井筒先生の頭は大きかった。御飯を食べ過ぎると頭が悪くなるので、お粥しか食べないことにしているという、もっともらしい噂を撒き散らしている女子学生がいたが、その真偽のほどはいまだに明らかではない。私は単に、その大きな頭脳に敬意を表して、〝火星人〟という尊称をひそかに奉ったというに過ぎなかった。私には、井筒先生は、人間というにはあまりに知的であり過ぎるように思われてならなかったからである。

したがって、私は、井筒俊彦という人間に近づきたいと思ったことは一度もなかった。今日にいたるまで、私は井筒先生と言葉を交したことが、ほとんどなかったような気がする。ひょっとすると、只の一度もなかったかも知れない。これが誤解であったことは、のちになって明らかになったが、先生は文学をともに語るべき人のようには思われなかった。私は、文学をともに語るべき人に飢えていた。そして、そういう友人を、偶然にも同じ頃、山川方夫のなかに見出したのであった。

だが、そうはいうものの井筒先生の言語学概論は、知的刺戟に充ち充ちていた。それまで漠然と、言語学といえば歴史主義的な比較言語学しかないと思い込んでいた既成概念がたちまち破られて、メルロオ－ポンティ、コージュフスキー、ソシュールからB・L・ホーフにいたる耳馴れない名前が、速射砲のように毎週耳朶を打ち、ノートに書き込まれ、気が付いてみるといつの間にか、数週間前には思いも及ばなかった学問の地平線を望み見ているという体験がつづいていった。

そうして一年間が終ったとき、提示された単位論文の課題は、「言語の形式と思惟の形式の関係について」というものであった。今でも保存している当時のノートの最後のページを見ると、

二月八日迄に教務に提出

常に（言語を）ものとしてではなく、process の形式としてとりあつかうこと。

日本語をもって例示すること。

任意の題材で論じること。

という心覚えが記してある。そして、これも三十七年の歳月を超えて残存している論文の下書の断片に、

「過去の言語学では、言語をものとして、換言すれば把握し得る実体として把えて来た。これは、言語が世界を映している、という考え方であり、われわれはAristoteles の 'Categoriae'（3a、30）の『部分も又実体である』という命題の中に、この思想の端的な表れを見ることが出来る。しかし、この考え方は果して正しいか？」

などと、英文科三年の私は記している。

もちろん私は、大学生らしいことを課せられているという喜びに溢れて、このたどたどしい単位論文を書いたのである。言語学者になるつもりはなく、また自分にその能力があるとも思われなかったが、文学をやるにせよ文芸批評を書いて生きて行くにせよ、言語は自分と不可分で主体的ななにものかにほかならない。そのことを私は、井筒先生の言語学概論から習ったのである。これは前に述べた通り、私が慶應の文学部で得た最大の収穫であった。

その後私は大学院を中途でやめて、もっぱら文芸批評を書いて生計を立てるようになった。大学社会とのつき

あいもこれっきりかと思っていたところ、昭和三十七年秋から、思いも掛けずロックフェラー財団の研究員として、プリンストン大学に行くことになった。プリンストンでは東洋学科（Department of Oriental Studies）に所属することになったが、これは当時まだ東アジア学科（Department of East Asian Studies）が独立していなかったからであった。

ここで注釈を加えて置かなければならないのは、この東洋学科がヨーロッパ的概念における「東洋」学科で、ほとんど中近東学科（Department of Near Eastern Studies）というに等しい学科だったという事実である。日本や中国などをやっている者は、いわば東洋学科の軒先を借りているだけという存在であって、厳然と主流を成していたのはアラビックやペルシャ語の学者ばかりであった。

プリンストンの東洋学科を支えていた稀代の碩学、ヒッティ教授は既に退任していたけれども、学科長の職に在ったカイラー・ヤング教授はペルシャ語学者で、老いたる山羊のような朴訥な人柄であった。このヤング教授が、

「君はどこの大学から来たのかね？」

と訊くので、正確にいえば慶應との縁はとうに切れていたのだったが、一々説明するのも面倒だと思って、

「慶應から来ました」

というと、老いたる山羊はにわかに顔を輝かし、

「それじゃあ君は井筒先生の弟子か。井筒先生はお元気かね？」

と質問しはじめたので、私は少からずびっくりした。

実は、プリンストンに到着した直後、慶應といってもなかなか通じないので、私はかなりがっかりしていたのである。勿論日本研究者のあいだで、慶應義塾を知らない者は一人もいない。しかし、その狭いサークルを一歩出ると、慶應の名を知っている者がほとんどいない。それどころか、「慶應って、東京大学を構成するカレッジの一つですか？」などとやられて、うんざりすることもないとはいえない始末であった。

そういうわけで、少々クサクサしていたところへ、打てば響くように、

「慶應？　それじゃ君は井筒先生の弟子かね」

と来たのである。私は井筒先生の学恩を、このときほど痛切に感じたことはなかった。

まことに、大学というものは、建物でもつものでもなければ、フットボールのチームでもつものでもない。大学は学者でもち、只一人の独創的な研究者でもつのである。慶應といえば井筒と応えるというこのプリンストンの東洋学科長の反応に接した瞬間に、私は学生時代の自分の直観が誤っていなかったことを確認し得て、この上なく嬉しかった。

いうまでもなく私は、このとき〝井筒先生の弟子〟を僭称しはしなかった。そんなことをして、アラビックやペルシャ語で話し掛けられでもしたら、たまったものではない。だが、それにもかかわらず私は、いつの間にか井筒先生の大学から来た若い者として、プリンストンの東洋学科に受け容れられていたのであった。

ところで、井筒先生の『ロシア的人間―近代ロシア文学史』の復刻を出版社に勧めたのは、あれは一体どういうきっかけからだったろうか？　この本が出版されたのは昭和二十八年、私は帰国後その初版本を鈴木孝夫さんから譲られて所持していた。この本こそは、井筒先生が文学とは無縁だという私の当初の誤解を、木ッ葉微塵に打ち砕いてくれた名著であった。その「序」で、井筒先生は述べている。

「……今日、共産主義的ロシアを政治的意味で『吾が祖国』と熱狂的に叫ぶ人々があるやうに、それとは全く違つた次元で、ロシアに魂の故郷を感じ、それを熱狂的に愛してゐる人々があるのだ。そのやうな人達が深い感激の目を以て眺めるロシアは、政治的形態や、時代の流れによつて千変万化する現象的なロシアではなくて、さういふ現象的千変万化の底にあつて常にかはることなく存続する、ロシア、『永遠のロシア』だ。さういふロシアは現実の生きたロシアではなくて、単なる理念《イデー》であり、抽象物に過ぎないと人は言ふだらう。併し、理念が抽象物ではなくて、真に生きた具体的なものであり得ることこそ、ロシアといふ国の奇蹟なのではないか。ロシア文学そのものがそれの最も明白な左証なのではないか。……」

この「序」が書かれたのは、昭和二十八年一月であるが、旧ソ連崩壊後の今日この言葉を味わってみると、ことさらに含蓄の深いものがある。いや、それは既に十数年前に充分含蓄の深いものと感じられたので、私は知り合いだった小出版社に勧めて、この本の復刻版を出して

講義ノート。大切に紙のカバーをかけて保管されていた。本書158〜159ページに中面を掲載

もらった。井筒先生には、あるいは御迷惑なことだったかも知れない。だが私は、プーシキン、レールモントフ、ゴーゴリから、トルストイ、ドストイェフスキー、チェホフまでを論じたこの名著が、埋れているのを忍びがたい気持だったのである。

　どういうものか、ロシア文学を論じてロシアを感じさせる日本人の論文を、私はかつてこの本以外に読んだことがない。それは、英文学を論じて英国を感じさせる本を、吉田健一『英国の文学』以外によく見出し得ないのと一般である。全く同様に、イスラーム文化を語ってイスラームを感じさせる本は、井筒先生の『イスラーム文化』以外に一冊もないのかも知れない。

　昨年、湾岸戦争が起った頃、私は久し振りで先生の『イスラーム文化』を再読した。そして、この本が出た十年ほど前、毎日出版文化賞の選考会で、この本のユニークな価値について舌足らずに陳述したときのことを、懐かしく思い出していたりした。私は決して〝井筒先生の弟子〟ではない。いつまでたっても、あの言語学概論を受講していた学生の一人に過ぎないのである。

（『井筒俊彦著作集第三巻』付録、一九九二年六月）

文藝賞・三島由紀夫賞　選評（抄）

江藤　淳

文藝賞

田中康夫『なんとなく、クリスタル』

（第一七回文藝賞）

昨年の秋から今年の夏まで、ほぼ一年近くワシントンにいたあいだは、ほとんど小説というものを読まなかった。

そんなわけだったので、久し振りに四篇の候補作を読み、二十代、三十代の若い作家たちに、小説を作り上げようとする意志が復活しつつあることを確認したときには、新鮮な喜びがあった。それは、過去四、五年来衰弱の一途をたどっていたものだが、実は小説の基本である。小説は、私小説といえども丹念に作られている。そのことを忘れたとき、小説の空間は薄汚れた〝わたくしごと〟に収縮してしまう。今度の候補作中、只の一篇もそういう薄汚れた作品がなかったところを見ると、どうやら若い作家たちは、近頃礼節をわきまえはじめたらしいのである。

なかでも、田中康夫氏の「なんとなく、クリスタル」は、斬新さという点では四篇中右に出るものがない。気障な片仮名名前のコラージュのなかに、「ナウい」女の子を登場させて、しかも、〈惚れた殿御に抱かれりゃ濡れる、惚れぬ男に濡れはせぬ、とでもいうべき古風な情緒で「まとめてみた」点は、まことに才気煥発、往年の石原慎太郎と庄司薫を足して二で割った趣きがある。後生畏るべしというほかあるまい。

この小説に付けられた274の注は、「なんとなく」と「クリスタル」のあいだに、「、」を入れたのと同じ作者の批評精神のあらわれで、小説の世界を世代的、地域的サブ・カルチュアの城に堕せしめないための工夫である。とはいっても、名前という無次元の要素をいくらコラージュしても小説空間は生れないから、作者は女主人公に二人の男を配し、必要最小限の小説空間を確保して、小気味よくこの現代都市風景を締めくくってみせたのである。

（「文藝」一九八〇年一二月号）

山田詠美
『ベッドタイムアイズ』

（第二二回文藝賞）

山田詠美『ベッドタイムアイズ』を一読したとき、私は、受賞作はこの作品しかないと即刻心に決めた。それほどこの作品は傑出している。単に新人の作品として傑出しているだけではない、今年日本で書かれたすべての小説のなかでも、やはり傑出しているのである。

米駐留軍相手のクラブ歌手をしている若い日本人の女と、黒人兵スプーンとの風変りな同棲生活を描いたこの『ベッドタイムアイズ』を読んでいるとき、私は、ごく自然の成行きとして、同じ黒人兵の出て来る大江健三郎氏の出世作、『飼育』を思い出していた。

『飼育』も、私は好きな作品だった。だがこの『ベッドタイムアイズ』に比べれば、二十七、八年前に書かれたあの小説は、童話とも抒情的散文詩ともつかないもののように思われて来る。それほど『ベッドタイムアイズ』は、深い人生を感じさせる小説である。作者は、自分の言葉で、人生に対しても黒人兵に対してもほとんど零距離の近みにまで肉迫し、それを受け容れ、かつそうしている主人公を正確に見据えている。そういう意味で、この小説は、米谷ふみ子氏の『過越しの祭』に勝るとも劣らない迫力と重量感を兼備しているといえる。

『ベッドタイムアイズ』のもう一つの面白さは、一見セックスにまみれて〝飼育〟されているだけなのかと見えた黒人兵スプーンが小説の結末近くになって、突然某国大使館に米軍の軍事機密を売り渡そうとしている叛逆者の正体を露呈し、その意味で有島武郎の『或る女』の倉地を思わせる相貌を帯びはじめる点である。しかし、スプーンは、それでいながら、黒人兵である以上に一人の人間であり、叛逆者である以上の一人の男であるように描けている。到底凡庸の才のよくするところではない。

（「文藝」一九八五年一二月号）

三島由紀夫賞

高橋源一郎
『優雅で感傷的な日本野球』

（第一回三島由紀夫賞）

十二篇の候補作を通読して、受賞作は高橋源一郎『優雅で感傷的な日本野球』以外にないものと、最初から心に決めていた。なにしろ抱腹絶倒、笑いが止まらないという愉しさを味わせてくれた作品は、このほかに一つもなかったからである。

腹をかかえて笑いながら、しかし私はひそかに舌を巻いていた。殊に「腹ペコのオオカミ」と「早駆けのニワトリ」の追いかけっこのくだりでは、凡手ならず、後生畏るべしの感を深くした。この軽味は、只事ではない。言葉が解き放たれて、言葉それ自体に戻りつつ飛翔しているのでなければ、こんな愉しさが生れるはずはない。かくも爽かな言葉の魔術師の出現を目前にして、私は惜しみない拍手を送りたいという気持を、どうしても禁じ得なかったのである。

この作品のみならず、小林恭二『ゼウスガーデン衰亡史』、島田雅彦『未確認尾行物体』などの諸作が、申し合わせたように視点を近未来に設けているのは、いうまでもなく現在が、何かが終ってしまった時代だからに違いない。現在に視点を埋没させたままでは、容易にこの完了の形は捉え難い。一見SF仕立ての近未来小説が、若手の作家によって試みられる所以だろうと思う。

しかし、その上で比較すると、小林氏の『衰亡史』が、いわば現代の断片を加算・精算しただけという趣きを呈しており、その分だけ長過ぎもすれば、少々古いという印象をも与えてしまうのに対して、高橋氏の『日本野球』には、現代を果敢に積分してみせたという立体的な尖鋭さがある。しかも、高橋氏は、積分して置いて更にそれを〝日本野球〟というキー・ワードに、ものの見事に変換させてみせる。そこに作者の最も過激な批評が仕掛けられていることは、論を俟たない。

まことに『日本野球』の作品空間では、日本の中に〝日本野球〟という社会現象が存在するのではなくて、〝日本野球〟という記号の中に日本全体が収斂してしまうのである。もとよりこれは、単なる技法上の新しさにとどまらない。作者の批評と現状認識そのものの、鋭さ、新しさにほかならない。

（「新潮」一九八八年七月号）

久間十義『世紀末鯨観記』

（第三回三島由紀夫賞）

今回の受賞作は、久間十義『世紀末鯨観記』以外にないと心に決めて家を出たが、幸い他の選考委員諸兄も同意見だったので、快心の結果となった。

この長編小説は、メルヴィルの『白鯨』を下敷きにしながら、言語と想像力に対する信念の回復を力強く語ろうとした、極めて批評的な作品である。〝調査捕鯨〟と反捕鯨のエコロジストとの対立を題材に選んだという着想も秀抜なもので、この作者のスケールの大きさを窺わせている。

私は、石丸――イシマエル――「私」という分裂のあいだを、綱渡りしながら進行する小説が、一体どのように収斂されるのか、手に汗を握るような気持で読み進んだが、結末にいたって、あたかも巨鯨が波間から浮上するように「私」と言葉、つまりは作者と物語との新しい関係そのものが浮び上り、それが「ボォーン、ボォーン、ウィップ、ウィップ」という鯨の悲哀に充ちた鳴き声と共鳴しはじめるに及んで、思わず深い感動を禁じ得なかった。三年前に文藝賞の佳作になった『マネーゲーム』で登場して以来の、作者の精進と着実な成長振りを喜びたい。

（「新潮」一九九〇年七月号）

佐伯一麦『ア・ルース・ボーイ』

（第四回三島由紀夫賞）

今回の候補作は、篇数は少かったが、どれも枚数が多かった。どうしてこう長々と書きたがるのだろうと不審に思ったあげく、説明しないと不安なのだろうと思い至った。それなら三十年前、どうして作家は説明せずにいられたのだろうと思い返してみると、描写ができたからだとでもいうほかない。つまり、風景がはっきりしていたのだ。少くとも作家は、風景がはっきりしているという自らの確信を、さほど疑うことがなかったのだ。

だが、そう考えてみたところで、説明がそう易々と描写にとって替れるものとも思われない。早い話が、論より証拠というではないか。千万言を費してクダクダと説明してみたところで、証拠が一つ出てしまえば御仕舞なのだ。その証拠が描写だというつもりも別段ない。何故なら描写を活かすも殺すも、一に掛って作家の決断、つまりは作家の心意気だからだ。

というようなことを頭の中で繰返し唱えながら、六篇を読み進むうちに、受賞作候補として残すなら佐伯一麦『ア・ルース・ボーイ』か、芦原すなお『青春デンデケデケデケ』のどちらかという心境になっていった。いずれも長いことは長いけれども、町の風景が明瞭に輪郭づけられているところなど小説らしく書けていると思ったからである。『ア・ルース・ボーイ』については、作者と主人公との距離が、もう少し短縮されていれば作品はもっと激しくなり、その分だけ小説の締まりもよくなっていただろうという印象を抱いた。この手の小説としては、三十五六年前に書かれた坂上弘『息子と恋人』や『バンドボーイ』のような、いわば不朽の名作がある。坂上氏の場合には説明はむしろ欠落し、描写はより鋭く鮮明で、主人公の少年がこういう生活を送っている由来と理由のごときは、読者の方で勝手に考えろと突き放してうそぶいているようなところがあった。これに対して『ア・ルース・ボーイ』の作者の場合は、主人公の幼時体験の傷跡を示してそれに適切な説明を加えている。そしてまさに正確その分だけ、この小説は確実に弱くなっているのである。

坂上氏が当時、主人公とほとんど零距離の年齢だったのに比べて、佐伯氏が作中の少年と今や十数年の年齢差を現実に隔てているということは、この際あまり決定的な理由にはならない。作家は自分の身内に、いつも十七歳の少年を住まわせているはずだ。その少年を説明するのではなく、もっと大胆に提示してもらいたいというのが私の注文である。とはいうものの、私は『ア・ルース・ボーイ』の主人公に対して、電気工事とマンホールの開示する世界には、終始新鮮な驚きと喜びを感じた。この労働の爽かな味わいは、逆に坂上氏の初期作品の世界のどこにも見出し得ないものである。

（「新潮」一九九一年七月号）

車谷長吉『鹽壺《しおつぼ》の匙』

（第六回三島由紀夫賞／福田和也と同時）

車谷長吉『鹽壺の匙』を読んだとき、私は自分の心が深い敬意で充たされて行くのを感じていた。文学をやっていてよかった、何故ならここには醇乎たる文学があるからだ、という想いであった。

文学とは文章であり、文章とはその文章の存在感である。そして、存在感のある文章が書ける作者とは、その文章に責任を持ち、なによりも、自分の生きて来た道に対して責任を取る覚悟のある作者である。車谷氏は、そのような覚悟で時流に屹立し、描くに足りないものを流れ去るに任せ、描写に価いするものだけを見据えてこれを描き止め、その描写によって構成された世界を、敢えて「私小説」と呼んだ。

素材から見れば、これはいかにも「私」的なものだけから構成された世界であるが、この世界はまた凡百の私小説とは違って、歴史を映し得る世界でもある。私は、集中に収録された諸篇のなかに、時代が正確に刻み込まれていることに少からざる感銘を覚えた。ことに「吃りの父が歌った軍歌」は、日露戦役から支那事変・大東亜戦争を経て、ヴェトナム戦争にいたる各々の時代の姿を、的確に把え切ったスケールの大きな作品である。

そして、これだけの時の重みを湛えつつ朽ち果てようとしている郷里の古い屋敷の時空間を背景に、召集令状を受けてヴェトナム戦争に赴くアメリカ青年の「武運長久」を祈って水盃を交わし、正坐して、突然軍歌を歌い出す「吃りの父」の姿が描かれるに及び、車谷氏の「私小説」は、ついに前人未踏の光芒に輝きはじめる。いかなる歴史記述も、ここに描出された哀切なヒューモアとアイロニーに迫ることはできない。これこそ文学の、そして文学みのよく描き得る人生と歴史の真の姿だからである。（「新潮」一九九三年七月号）

（第六回三島由紀夫賞／車谷長吉と同時）

福田和也『日本の家郷』

一方、福田和也『日本の家郷』についていうなら、私は、新しい批評の出現が新しい時代の到来を告げるとすれば、それはいまこの本によってではないだろうか、という感想を抱かざるを得なかった。ここには、自閉し、徒党化し、哲学的語彙を弄びながら些末な技法的遊戯にふけり、そのことによって批評のみならず文学一般を衰弱させて来た最近十数年間の批評家たちの営みを、一挙に爆破して余りある危険なエネルギーが秘められているからである。

福田氏は気鋭の若い仏文学者であり、三年ほど前、シャルル・モーラス、ドリュ・ラ・ロシェル、ロベール・ブラジヤックら、フランスにおける反近代の系譜を論じた『奇妙な廃墟』（国書刊行会刊）によって批評活動を開始した人である。この業績を起点として、以後福田氏は政治・社会・文化を縦横に論評しながら『日本の家郷』に戻って来た。

この間に氏は、フランスと日本とにときには通底し、またときには断絶する批評言語の問題について、独自の思索を凝らして来たに違いない。その研鑽の実は、この本に収められた三つの論文が、それぞれ「くらさ」「みやび」「空無」という言葉を軸として展開されているという、独創的な工夫によくあらわれている。いうまでもなく、これらは単なる便宜的な概念ではない。「くらさ」とはこの批評家の存在の根に現に潜む「くらさ」であり、「空無」とはその眼前に現にひろがっている「空無」である。これらの間に、福田氏の批評が、今後どんな「みやび」を描き出してくれるか、期して俟ちたいと思う。（「新潮」一九九三年七月号）

笙野頼子『二百回忌』

（第七回三島由紀夫賞）

笙野頼子『二百回忌』の手柄は、まずこの「二百回忌」というカーニヴァリスティックな時空間の枠を着想したところにある。しかも、生者と死者がともに参集するこの時空間では、時間がいわばポリフォニックに伸縮する。「二百回忌に来るものの辿ってくる時間はひとりひとり違う」とされているからである。

つまり、「二百回忌」の会場、「ナラとミエの県境のカニデシという駅から一時間に一本のバスを使って行く」という本家の屋敷内は、そこで複数の時間が合流し、重層化し、渦を巻いている時空間だということになる。「二百回忌」ということになれば、死者が甦えって来てもそれほど生臭いことにはならない。そこでは戦前と戦後はおろか、近代と近代以前の仕切りも消滅して、本家・分家の別はあるにせよ、家族などというものの輪郭もおのずから「ぼんやり」したものになってしまうためである。

しかし、この小説の魅力は、単にこの着想だけにあるというわけではない。作者はこの夢のような時空間を、地域の方言を巧妙にあしらった言葉で埋めようとしている。その言葉がなによりもまず活き活きしていて、大体のところは快いのである。

が、瑕瑾というべきは、ときどきそこに作者の地声めいた金切声がまじるところで、これには少からず感興を妨げられる。地声は現代思想の表層にしか反響しないが、「二百回忌」の着想は、それを遥かに超えた発見の可能性を予想させる。笙野氏の今後の精進に期待したい。

（「新潮」一九九四年七月号）

山本昌代『緑色の濁ったお茶あるいは幸福の散歩道』

（第八回三島由紀夫賞）

山本昌代『緑色の濁ったお茶あるいは幸福の散歩道』は、もし受賞作が出るとすればこの作品以外にはあるまいという予感を抱きつつ読了することができた。しかし、最初から文句なしの候補作として推すことができなかったのは、この作品のどこかにひ弱いものが底流していて、もう一つグイと読者を手許に惹きつける力が乏しいように感じられたためである。

それは、あるいは宮本委員が指摘したように、この作品が一種のリハビリ小説であるからかも知れない。とはいうものの、葛藤を回避し〝静かな〟日常生活を描くことのみで能事足れりとする当今凡百の小説そっくりのはじまり方をしているこの小説は、一つには歩行することのできない鱈子の世界を相対化する姉の可李子の視線によって、もう一つには意外にも直腸癌だったことが判明する父親の血の匂いによって、確実に外の世界に開かれている。

ここに描かれているのがこの家族の日常の脆さであるのか、はたまたおよそ日常生活そのものの脆さであるのかについて議論を重ねた結果、受賞作とすることに意見の一致を見た。力量ある作者の、今後の精進に期待したい。

（「新潮」一九九五年七月号）

※各賞受賞作品の選評から抜粋。

大岡昇平

江藤淳『小林秀雄』

江藤氏にこの論文の執筆をすすめ、資料を提供したのはわたしである。そのことは、「あとがき」に明記されているので、あるいは、わたしはこの書評を書くのに適任ではないかもしれないが、注意して論文の成長を見守っていた者の一人として、あるいは人の気がつかないところを見ているかもしれないので、その一端を記してみる。

わたしは江藤氏の前著『作家は行動する』（昭和三十四年）に感心したが、そのなかの小林秀雄への言及が、小林の昭和文学史で果した機能だけから見られているのが不満で、かれの人間は少しちがうという意味を書いた手紙を出した。江藤氏からすぐ返事がきて、それは自分も感じていた不安で、つぎの仕事は小林秀雄論にするつもりだということだった。

当時、わたしは中村光夫、福田恆存などと同人雑誌『聲』をやっていたので、ではそれを『聲』にくれないかと依頼した。幸い快諾を得て、それからしばしば氏と小林秀雄のことを話合うために会った。わたしは小林の無名時代の断片を偶然持っていたので、その一部を氏にまかせた。わたし自身、いつか小林論を書くつもりであったが、ほかに仕事を持っているので、いつのことになるかわからない。資料をいつまでも死蔵しておくのは、小林秀雄が共通の文化財産になりつつあるこんにち、公正ではないのではないか、という自責を感じることがあった。江藤氏に使ってもらうことができて、むしろほっとした感じがあった。

江藤氏がどう処理するか、正直、少し意地の悪い好奇心があったことを告白する。しかし、江藤氏がそこから引出したものは、わたしの予想をはるかに越えた豊饒なイメージであった。そこには「Xへの手紙」の下書きらしい断片もあって、「様々なる意匠」以来のダイナミックな批評に転じる以前の小林の兵器廠、思想が鋳出されるルツボの構造と熱気をうかがわせるものがあった。江藤氏は、この「密室」を「志賀直哉論」から「モオツァルト」にいたる小林の批評活動の主調底音として定着することに成功したのである。

昭和一〇年代の『私小説論』や『ドストエフスキイの生活』、戦争中の『文學界』同人の動きとからみ合せて、一大交響曲に組上げたのである。そして、これは小林秀雄論として画期的なものとなった。

これまでの小林論としては、戦後の本多秋五、平野謙など近代文学派のものが、唯一の実証的な研究であったが、それらは多くの修正をしいられるであろう。その他、河上徹太郎、中村光夫など小林の友人たちの意見との関連は、これから他の人がくわしく考えねばならぬ問題であろう。

わたしとして一つ注意しておきたいことがある。それは、江藤氏のシンフォニーは、ただ資料集めと実証だけで組立てられているものではないことだ。『夏目漱石』以来の氏の批評活動の、年に似合わない視野の広さと迫力の秘密は、小林秀雄の影響力の秘密とともに、今日、案外考察の対象になっていない。

それは、ただの若さと衒学のカクテルとして表象されるのがつねだが、『小林秀雄』を読めば、江藤君自身も自分の「密室」を持っていることが明らかになるだろうと思う。それは小林とはちがった現われ方をしているが、それは小林が大正末、昭和初めに対決しなければならなかったものと、戦後の江藤氏を取巻いている思想環境の相違である。氏は力をつくして小林の環境を理解しようと努めているが、敗戦と三〇年の歳月は、決定的な了解不可能な部分を生んでいるのを、どうかするとうかがわされることがある。

江藤氏には、小林が慎重に避けた観念的解釈癖があり、多分これが、ことに、はじめの部分の欠陥となるかもしれない。しかし、氏には小林のしらなかったイギリス流の知恵がある。それは火にはいっても焼けずに通過できるてい
の保守主義であって、フランスのシンボリズムの系統を引く小林の安住できないものである。この相違はカーのドストエフスキーを論じたあたりに、はっきりと現われている。

小林の天才を「邪悪」と断じて、しかも「無常といふ事」の文体の美しさを、これほど手に取るように描き出した論文はなかった。それらはこのシンフォニーから浮上がって聞

えるソロの部分である。そしてそこには、まぎれもない、江藤淳という戦後青年がいるのであって、この精神の姿勢には、いまの若い世代にとって、手本とすべきものがあろう。小林と同じように、江藤氏もまた孤独の道を歩み始めたことを示す本として、作者にとっても、ひとつの記念碑となる労作であろう。

（「朝日ジャーナル」一九六二年一月二八日号、『大岡昇平集12』所収）

小島信夫

文学者の外国生活——江藤淳『アメリカと私』

外国へ見学や留学に出かける文学者の生活、仕方というものを見ると、その人がらや物の考え方というものが、はっきりとわかるのでおもしろい。

江藤氏は「見てやろう」というのでもなく、「見られてやろう」というのでもない態度でアメリカへ出かけた、と書いている。この態度には、私も共感ができる。先進国をもって任じているこの国へはいって行くとき、コンプレックスをなるべくもたずに、ということ自体が、すでにコンプレックスの現れであることはいうまでもないが、この大国にとっては、「見てやろう」とか、「見られてやろう」とかいうのは、迷惑千万であるばかりか、さっぱり理解に苦しむところであろう。

先方へ行けば、先方の観点しかない。その二つの観点の真中に立って、いったいこの「私」という人間は何者であろう、と思う。そこで鏡のなかをのぞいて見るが、自分でもあやしくなる。顔つきはフィリピン人にも、中国人にも、韓国人にも見える。そこで英語を使いながら、日本語のことを考え、「言葉」「言葉」とシェークスピアのなかの人物のように叫びたくなる。

江藤氏は、この、日本人としての認識の問題を、この旅行記のなかで語っているように見える。「アメリカと私」の「私」の意味は、日本人としての私の認識のことであろう、と思う。この認識というものは、実は容易なものではない。外国語を使い、外国語で考える習慣がつく。そうしなければ、生きられない。また江藤氏がいうように、日本人として打出して行くものがなければ、しばらくするうちに、見向きもされなくなるだろう。しかもその発表は外国語を使わねばならぬ。とくに、江藤氏のように日本文学のゼミをおこなったりすると、日本語や、日本があやしげなぐあいにして、ベールをぬいだりまとったり、ややこしく、ストリッパーのように操作をしなければならない。

しかし、外国のなかでの日本の認識は、多かれ少なかれ、こうした操作をへることになる。それは一学生であろうが、科学の研究者であろうが、おなじことなのである。しかし江藤氏は、直接この問題を俎上《そじょう》にのせているのがおもしろいのである。

江藤氏は、毅然たる態度を持する人である。だから、一介の無名の黄色人種である地位から、もう一度やり直して、実績を新しい大国で築きあげようとする。そのために、今までにないほど勉強する。またそういったところを、くわしく報告するところが、いかにも氏らしくておもしろい。

旅行記は通常最初の部分ほど新鮮であるものだ。そのわけは、あやしい胸のときめきと、やけつくような異質との対面による自意識と、それからサテツとがかならずあるからだ。

江藤氏は上陸後、すぐに夫人の病気のために、右往左往する。日曜日である。町に医者はいない（もっとも日本でも同様であるが）。病気は日曜日にしてはならないか、とかれは反問する。そしてこの国は「適者生存」の国だ、とこう発見する。「適者生存」はアメリカにかぎったことではない。思想と生活様式と言葉が違うだけであるが、まず、こう発見するところがおもしろい。

やがて氏は「東と西」のなかで、個人個人のワクをつけたうえで親しみを増すアメリカ人と、その逆である日本人との比較をおこない、日本通のある有名なアメリカ人の「日本人というのはどうしてこうなんでしょう」という嘆きを伝えている。この嘆きを読んで「それ見たことか」というところが私にもある。この外人に対して、「なめてはいけない」といいたくなるところがあるのは、われながらふしぎである。

江藤氏は「あとがき」で、帰国後に親友たちと会って、「分ち持てない一部分が自分の中に出来てしまった」という感じをもち、それがまだ消えそうにもない。「自分は死に、自分が蘇生したのだ」といっている。いわくいいがたいものがあり、それは書けるものではない、といっている。私はこの言葉がとてもよく分るような気がする。

なるほど、私はこの旅行記ぜんたいを読んで、多くを語りのこしているとか、もっと深くつかんだものがあったにちがいないという感想をもった。滞在期間の二年間が短かった、というようなことではない。「いわくいいがたい」ものが、いわくいいがたいかたちで書けるのではないか、という性質のことでもない。江藤氏のゼミの内容が書かれてないから、といったことでもない。

氏がいうように、大病からよみがえった、あるいはよみがえりつつあるものが、いったい何を早急に語れるのか、といったことでもある。江藤氏のなかに何かが生れてきていることは確かだが、それはむしろ、氏に沈黙をしいる性質のものであると私は信じる。そして、そういったことが、この著書のほんとうの意図であるように思う。

（「朝日ジャーナル」一九六五年三月二一日号）

柄谷行人

政治的人間の研究――江藤淳『海舟余波』

私は勝海舟に関心をもっていたが、海舟の著作をほとんど読んでいない。明治維新の過程についても通り一遍の知識があるだけで、『海舟余波』を正面から書評するに足る蓄積は私にはない。昨今の「海舟ブーム」に対して、私は妙に苛々して腹を立てていた。それは、「ブーム」とはかかわりなく書かれたこの本」を、雑誌連載中に読んでいたせいかもしれない。私の海舟に関するイメージは、実をいえばこの本からくる。だから、海舟像がよくとらえられているなどというのはおこがましいので、私が疑いなくいいうることは、本書からうかがわれる江藤淳像についてである。

私は、江藤淳という〝批評家〟について幾度か論じてきたが、その都度不可解なものがのこっていた。書かれていることは明快であり、何ら疑問の余地はない。それなのに、いつも不可解なものがあるのはなぜだろうか。それを考えてみると、私は結局江藤氏の気質のような部分に触れようとして、触れられないのだというほかない。むろん説明がつかぬことはない。しかし、たとえば、幼年期に母をなくすということが、どうして江藤淳という固有の存在を説明しうるだろうか。そんな人間はたくさんいるが、江藤氏とは似ても似つかぬ。あるいは、江藤氏自身が書いているさまざまな体験についても同じことがいえる。

たとえば、『成熟と喪失』には心理学者の理論と共通する部分が多くあるし、『海舟余波』には政治学者の認識と重なるところが随分ある。だが、どこかそれらとは似ても似つかぬ部分があり、そこには必ず処女作『夏目漱石』にあったものと同じ音色がきこえ、同じ風景がみえるのである。

江藤氏は常識を説く。だが、その内奥にはなにか気違いじみたものがある。それは、反常識的な文学者の奥に常識がちんまりすわっているものとはまったく逆である。江藤氏は「成熟」を説く。だが、氏は世間でいう成熟とは程遠く、いわば幼児的なものが濃厚に残っている。私は、それをむしろ病理的な性質のものだと考えた方がややまたないと思う。漱石がそうだったように、江藤氏のなかにはどんな分析（自己自析）も及ばないような何かがあるからである。

……それは彼という特殊な存在の孤独さのしるしであり、その孤独な人間をなおかつ生かした不思議な勇気と生命力の源泉でもある。あるいは彼がしばしばこれほど孤立しなければならなかったのは、海舟が自らそれとは知らぬ間にある思想を生きてしまうような人間だったからかも知れない。逆にいえば、それとは知らぬ間に思想を生きているような人間だったからこそ、海舟はこのような全的な崩壊のなかでなお且つ生きつづけられたのかも知れない。

（『海舟余波』）

江藤氏はべつに「新思想」をもってあらわれたわけではない。氏がその都度採用しているさまざまな新理論は、かえってそこをあいまいにしている。私は「江藤淳という特殊な存在の孤独さ」を思わないわけにはいかない。とにかく、戦後の文学者のなかで、江藤氏のようなかたちで孤立している人はいない。一見そうはみえないが、それはなかば錯覚にもとづいている。氏が孤立しているというのは、氏が根本的に異質な原理をもった人間であること、かつその原理が「近代」とか「西欧」といったことばで普遍化しえないような何か、すなわち思想というより存在感覚の次元で異質な何かをもっているということである。

『海舟余波』について、これは政治的人間の研究である、と氏はいっている。政治的人間とは必ずしも政治家と同義ではない。むしろ、江藤氏のなかでは、政治的人間とは人間の条件をまともに引きうける者の謂である。政治的人間にとって、歴史は非完結的であるという。だが、それは人間にとって、歴史は非完結的であるというのと同じことだ。

江藤氏は本書のなかで、文学者、思想家、批評家、革命家といったカテゴリーを「政治的人間」と対照的に使い分けているが、それらの区別は本書の文脈においてのみ活きている。人間はけっして理解しあえぬ他者と共存して生きねばならない以上、本質的に政治的人間である。おそらく江藤氏はそう考えている。そして、そこから絶対的なもの、完結的なものへ遁走することを、〝文学〟あるいは〝思想〟という名でよんでいる。しかし、べつの著作でなら、江藤氏はそれを詩と散文というふうに区別したし、また『小林秀雄』においては批評家こそそのような「政治的人間」にほかならなかったのである。

海舟は、人が動かし人を動かす現実の重層的構造のなかで、ある「作品」を書こうとする作家として考えられている。だから、広い意味では、これは作家論だといえる。海舟という現実の政治家は、「政治的人間」としてとらえられたとき、江藤氏のむしろ形而上的な問いかけのなかに包みこまれる。

みんなを「敵」としておいて、そのどの「敵」とも時と場合に応じて「正心誠意」合従を企てる。それが海舟のよって立つフィロソフィーであった。

なぜなら政治的人間とは、かりに愛することがあっても愛されることを断念しつつ生きることに決めた人間だからである。だからこそ彼は、海舟のようにその「跡を消」そうとする。少くとも民衆の憎悪が、自己の遺骸を白日の下に曝すのを避けるためである。このような人間を救うことができるのは、神のほかには後世の追憶と共感だけではないか。

これらはほぼ同じことをいっている。つまり、江藤氏は海舟のリアル・ポリティックスを近代政治学者のようにいっているのではなく、そこにひそむフィロソフィー、いいかえれば海舟の倫理性をいっているのだ。それは、絶対的・完結的なもの（神）がない場所で、それでも他者になにかを与えて生きようとする人間の倫理である。

海舟は地獄をみていた、と江藤氏はべつの文章でいっている。地獄は、しかし、政治的世界にだけあるのではない。この意味では、江藤氏は「政治的人間」である。つまり、政治的にふるまうとか政治に関与するという以前に、存在的に「政治的人間」である。しかし、江藤氏が批評家なのは、そのことに明確な論理――他者に通じる――を与えたからだが、それは依然として「特殊な存在の孤独さ」たることをまぬかれない。江藤氏が書いているのは、思想ではなく、まして理論ではないからである。

「あとがき」に、「幕府をも朝廷をも超越した国家を構想しようとした海舟は、当然国家を超える価値の存在をも感じていなければならなかった。その感覚なしには、おそらく国家の構想そのものが不可能であった。……これは、きわめて誘惑的な推論である。しかし、惜しむらくは、千葉氏の論文を読んだのが今年になってからであったので、この本のなかにはこの重要な機軸をとり入れることができなかった」とある。たしかにこれは重要な機軸であって、これがとり入れられていたら、『海舟余波』はいくらか変わっていたかもしれない。しかし、注意して読むと、江藤氏は「信仰」といわずに「感覚」といっている。超越性は「信じられる」ものではなく、「感じられる」ものでなければならないのである。そして、「時代は崩れ、人は死んで行く、それが歴史だ」という認識は、ある永続的なもの――われわれはその一コマを生きている――への感覚に裏打ちされて、はじめてみえてくるものだというべきである。


（「文芸」一九七四年八月号）

西尾幹二

政治的モチーフは仮面か ——『自由と禁忌』

大庭みな子氏の『寂兮寥兮《かたちもなく》』は評判作であったが、私自身はどう理解したらよいのか躊躇《ためら》うものがあった。どことなく作品の内側からの精気の欠如が気になった。加賀乙彦氏にある日そう告白したら、お前は老子の世界を勉強していないからそんな事を言うのだ、と叱られた。古典を勉強していないと分らない小説というのも妙だが、私は事情が逆ではないかと密かに思った。作者が老子を意識し過ぎているために、小説の肉体がその分だけ薄くなり、どこか観念的になるのではないか。私はそう思ったが、深く問詰めることもせずに打過ぎた。江藤淳氏の『自由と禁忌』の一節は、私のこのときの疑問を見事な分析で、メタフィジックに解き明かしている。

老子の世界はもともと固有名詞が消え去り、時間と空間の拘束から解放された非歴史的領域であって、小説の世界からは最も遠い世界である、と江藤氏は言う。その世界に一歩足を踏み入れれば、個性は消滅し、男女の別も「名」もなく、「かたち」もない渾沌の中に呑みこまれずにはいない。それだけに、人倫を越えたこの界域を小説に直叙することは不可能である。谷崎潤一郎はその事情をよく知り抜いた処で『鍵』を書いた。言い換えれば、彼はこの禁忌を越えた向こう側をちらと垣間見ながら、再び日常の世界に戻るという運動に夥《おびただ》しいエネルギーを傾注して、僅かにその運動の一つの瞬間を描き止めようとしたに過ぎない。小説に出来ることはそれだけであり、またそれ以上をすべきでもない。ところが大庭氏の『寂兮寥兮《かたちもなく》』は老子の世界を人倫の世界の彼方に垣間見るべきものとしてではなく、作品を作り上げるための観念的鋳型として利用した。全篇に「ある不可思議なエネルギーの欠如」がみられるのはそのせいである、と江藤氏は言う。「名」を拒絶しているはずの老子的渾沌の世界から、大庭氏は小説の登場人物の名として「泊」「沌」「万有子」等々の固有名詞を借りて来るという根本的な矛盾を犯し、「倒錯した儀式化」に陥っているという。『寂兮寥兮《かたちもなく》』はかくて結果的に老子的世界の単なる「絵解き」「『老子』の文字が醸し出す雰囲気に読者を誘うことしかできない」と江藤氏は断定している。

私はこの批評にほぼ説得された。漠然と抱いていた疑問を解いてもらったという思いがした。『自由と禁忌』は今日の政治と文学の関わりに楔を打込む一種の裁断批評と看做され勝ちだが、一見そう見えるほど単純な作品ではない。慥かに現代文学すべての衰弱の原因を、「戦後の言語政策と占領軍による検閲」に求めている同書の中心テーマは、ある種の単純化作業かもしれないが、しかしこの一元論はドグマでは決してない。単なる観念論ではない。右の例が示すように、作品の文体と作家の態度の検証を帰納的に詰めていく手続きをきちんと踏んでいる。しかも、本書で扱われた六作品の中で政治性を問うことが最も尠《すくな》かった『寂兮寥兮《かたちもなく》』の論評が批評的説得力を備えていることは、『自由と禁忌』が政治の文脈に切り込みながら政治の文脈を超えていることを物語っている。

『寂兮寥兮《かたちもなく》』にあっては「禁忌」もまたデザイン化し、図式化してしまうような現代人の「自由」に、作家が気楽に安座していることに対し、江藤氏は苛立っているのである。これは政治的苛立ちでは決してなく、現代の文学者の陥っているある活力の稀薄さへの苛立ちであろう。文学者の自己批評の欠如、現実への無疑問性、現状維持、一口でいえば精神の運動の停止に対する密かな怒りともいえるだろう。だとすれば、『寂兮寥兮《かたちもなく》』評だけでなく、『自由と禁忌』の全篇に流れているトーンはそれで、著者はその原因を「占領軍による戦後の言語政策」という一元的モチーフに敢て翻訳しているまでである。モチーフはあくまで仮面にすぎない。私にはそう読める。私は「占領軍による検閲」が現代日本文学の衰弱の全原因だと著者が本気で信じているとはどうしても考え難いのである。文学の衰弱は戦勝国の英仏にもみられる普遍的現象で、世界同時進行のニヒリズムの深化と関わりがあることを、江藤氏が知らない筈はない。

江藤氏によると、現代の作品がスタティックになるのは、現代文学が根源世界から発する深い声、ある人倫を超えた渾沌の界域からの発語《パロル》を欠いているからで、中上健次氏の『千年の愉楽』を唯一の例外として、扱われた他の五作品は程度の差はあれ、みな価値を失ったこの現代の状況そのものを、価値に摩り替えるという代償作用に陥っていると見る。氏が苛立つのは現代が無意味と化していることではなく、無意味と化している現代を無自覚に有意義と信じて安心している文学者の現状維持の態度である。そこからあの意表をつく吉行淳之介評、「一見もっとも非政治的に見える作家が、まさにその非政治性の故に最も政治的になり、制度の守護者と化した」が生まれるのであり――言われた吉行氏は心外に相違ないが――また「政治的であることによってではなく、性的であることによって、(吉行氏は) すぐれて〝戦後民主主義〟的」だ、という独特な論理の方向づけがなされるのである。吉行氏の「貫禄」は文壇の「人事担当常務」のそれだ、などという江藤氏の物議を醸した発言の仕方はいささか感情的で、私は感心しない。ただ、それは表面的なことで、奥にある江藤氏の批評衝動は、文学と世間の関係の新しい変化に照準を向けているのである。つまり世間からの脱落者の集まりが文壇であった時代には、文壇は「制度」ではなかったけれども、今は世間と文壇の間に境界がなく、文壇もまた「管理社会」になりつつあることは疑うべくもない。江藤氏はその点の反省を改めて問うているまでで、これは現代的な問いであり、「占領軍による検閲」云々と一応切離して考えるべき非政治的問いでもある。

安岡章太郎氏の『流離譚』を藤村の『夜明け前』と比較している最終章に、同書の長所と弱点は集約的に現われている。藤村は私小説と歴史小説とを書き分け、私小説の文体では歴史小説を書かなかった。ところが『流離譚』の文体は安岡氏の平生の私小説と同じ平談俗語で、しかも不確定語尾がやたら多いため締りがなく、歴史小説を現代小説と同質のものに矮小化している、と江藤氏は否定的に断じている。これは一つの見方で、私は必ずしも同調しないが、しかし次の指摘にははっと驚かされる新鮮さがあった。すなわち『夜明け前』では作者が自分の祖先の実名を出さなかったのに、『流離譚』では作者が血の繋りの感覚を唯一の手懸りとするかのように、祖先の実名を出し、古文書の感覚に縋りついている。それは戦後の作家がそれだけ歴史から遠くなり、「郷土に対する所有感そのものの欠如」を示しているのだ、という指摘である。批評的着眼の冴えている部分で、同書を活かしているのはこういう個所が無数にあることだが、読み進んで私は再びおやおやと首を傾げた。現代の作家がかく歴史から遠くなったのは、占領軍の指令で「大東亜戦争」を「太平洋戦争」と呼ばなければならなくなった日本人の歴史の自己抹殺に起因する、とまた例によって一元論が顔を出すからである。現代人が歴史に所有されず、歴史に取組っている生の稀薄さは、日本の戦後処理の失敗だけが原因ではない。地球的規模の「故郷喪失」の問題でもある。そんなことを知らない筈もない江藤氏が、なぜ大胆な一元論に固執するのか、その点だけが依然として私には分らない。

（「新潮」一九八四年一二月号「非政治的動機」を改題、『西尾幹二全集第九巻』所収）

吉本隆明

江藤淳『昭和の文人』

昭和という時代は、せめてわが子だけはじぶんみたいに苦労しないように、しかるべき大学を出して、スムーズな立身出世のコースを歩ませたいと願って、息子のために身を粉にして働いて献身した父親と、こんな父親は「恥」かしいとおもって反撥しながらも、どこかで父親を金銭や知識のだしに使ってはばからなかった息子のあいだの、父と子の問題として解けるはずだ。そしてこの問題は天皇制や国家にたいする知識人のアムビバレンツな態度にまで拡張できる。これがこの本の基底を流れているメイン・コンセプションだといえる。

著者に特有なつよい対象選択力をもった文体と、世俗に通ずる生々しい好奇心と、繊細でよく交響する感情のメロディと、負ん気のつよい報復の毒と。こういった要素がまざりあって大きな渦巻をつくり、一気呵成に読みとおしてしまうラジカルな魅力をつくりだしている。著者がこの本の弾劾の法廷にひきだしているのは、平野謙、中野重治、堀辰雄という三人の昭和の文人だ。著者の本音はこの三人の文人を介して「昭和」という年代と、この年代を生きるために「一身にして二生を経るが如く一人にして両身あるが如く」、自分を裏切り、肉親、知友を裏切り、民衆を裏切ってきた文学者のすべてを批判することだといっていいとおもう。はじめに「昭和の問題」ともいうべきものが（罪状が）著者に独特な言葉づかいで設定されている。著者の言い方では「子が父の子であることを『恥』じ、日本人が日本人であることを『恥』じて、熾烈な変身の欲求に取り憑かれた時代の問題」だということになる。こう言われると昭和の時代に、文筆をもって生業としてきた者には、大なり小なり思いあたる問題に転化されることになる。この本で犠牲の小羊になった三人の文人は、著者によればつぎのような罪状をもっていることになる。

平野謙

(1) 戦争中、共産党周辺の左翼からの転向者として、情報局に職を得たくて文芸課長井上司朗に平身して依頼にいったのに、戦後になると、軍国主義に芸は売っても身は売らなかったと図々しく書いて、その二枚舌を井上司朗から指弾された。

(2) 父親平野柏蔭が浄土真宗の僧侶であり、じぶんも後継者として得度をうけているのに、一度もそれに触れず隠しとおした。そして父親が私大の講師をつとめ、一冊の哲学概論の著書をもっていたことだけに触れている。また父親が子の生活費を貢ぎつづけ、子が文学者らしい構えをもつことを光栄とするような心性をもっていることに、きちっとした矜恃をもって、正面からうけとめることが生涯なかった。

中野重治

(1) 農民の父親が転向出獄した息子中野重治にたいして、お前が小塚っ原で処刑されて帰るものとおもっていたら、おめおめ転向して戻ってきた。これからは恥の上塗りのような弁解がましいことなど書かずに筆を折れというのにたいして、「よくわかりますがやはり書いて行きたいと思います」と答える小説(「村の家」)を書くことで、自分はほんとうには転向も屈服もしていないことを、同志や読者に信号する。それによって父親や周囲の温情や親切を二重に裏切ってはばからなかった。

(2) 天皇に同胞としての親和感や人格的な立派さへの親しみを感じている自分の日本人としての心情を、敗戦後、天皇制が指弾されているその時期に、指弾の先頭に立っていた共産党の幹部でありながら、作品(「五勺の酒」「米配給所は残るか」)に苦渋をこめて書いたのは立派だ。

堀辰雄

(1) 子供のころ育てられた職人の父親が義父であり、自分は官員の父親と玄人筋（芸者？）のお妾さんの子で、その妾の母親が職人の義父と連れ子で結婚したという出自なのを、よく知っていながら、自伝的作品（「幼年時代」「花を持てる女」）のなかで知らないふりをして、虚像の閲歴をつくりあげた。

(2) そのくせに学生時代の書簡をみると芥川龍之介、室生犀星、片山広子（松村みね子）、総子（宗瑛）の家族などを、一流の文人たちのサロンとみなして、軽井沢で仲間入りするために、学生の分際で、職人の義父から無理な金の工面をさせ、そのくせ義父を無教養無智な職人として侮蔑するような言葉を平気で吐き捨てている。

(3) 芥川の愛人と目された片山広子が日本銀行理事片山貞次郎の夫人であり、その娘総子（宗瑛）に取入ろうとして、実生活のうえでも、作品（「聖家族」「美しい村」「菜穂子」）のうえでも、あたかも恋人であるかのようなフィクションを故意に設定して、片山総子の縁談をこわし、総子からひんしゅくと憎悪をかった。

この本の著者江藤淳によれば、これらの罪状はたんにフィクションを事実のなかにそしらぬ風をしてまぎれ込ませて、おおきな自伝的事実にみせかけたというだけではなく、人倫上ゆるされない限界のすれすれであったり、ときに越境して周囲の人間関係を破壊したりして、人格的な崩壊をきたしている。そしてこれらの文学者たちをそこまで駆りたてた原因がどこにあるかといえば、子が父の子であることを「恥」じ、日本人が日本人であることを「恥」じて、熾烈な変身の欲求にとり憑かれたからだということになる。平野謙や中野重治のように、父の子であることを「恥」じながら東京の大学へ行き、左翼になり、傷つき、転向し、文筆家として再生し、場合により戦後ふたたび左翼になりという横の変身もあれば、堀辰雄のように立身出世願望のために出自を偽り、職人の義父をあしらい侮りながら金銭をせびり、その金で上流人士や、功成り名遂げた文人のサロンの仲間入りをしようとした縦の変身願望もある。これがこの本で解剖された昭和の文人の生態といっていいものだ。

わたしはこの本の著者ほど説得力のある文体をもって

いないが、平野謙や中野重治に象徴される昭和の左翼文人については、大筋のところわたしが以前に試みた「転向論」や「二段階転向論」とそれほど大差がない論旨におもえた。もちろんあっと驚くような新しい知見もある。一例をあげれば戦後すぐの中野重治と平野謙、荒正人との「批評の人間性」をめぐる論争についての視角がそれだ。わたしたちは、どこからどう考えても平野謙や荒正人の論旨の方が説得力も妥当性ももっているとおもい、そう論じてきた。中野重治の論調に、じぶんたちの手でじぶんを解放する力も見識も指導性もなく、占領軍に解放されたにすぎないのに、威丈高になっている共産党員文士の象徴的な姿をみて、当時駄目な奴だとおもっていた。またそう論評してきた。江藤淳は中野重治の威丈高な平野、荒への弾劾をまったく別様に解釈している。それは天皇にたいする同胞感覚も含めて、戦中転向期と敗戦期との「一身にして二生を経るが如く　一人にして両身あるが如」き瞬間に直面した中野重治が、日本人としてアイデンティティの問題に深く拘泥して、苦痛な内面に格闘をつづけているのに、平野、荒が易々と戦争と敗戦の問題を近代的自我の確立やヒューマニズム一般の問題に擦りかえてしまっていることに苛立ち、それに憤って威丈高になったのだ。こういう新しい解釈を、著者は大筋で採用している。これはわたしの知見の範囲では、いままで誰によっても提出されなかった新しい見解だといえる。

もうひとつ、堀辰雄の文学作品の仮構力の質を、かれの人倫的ないかがわしさから出てくる必然として論じきっている過激な堀辰雄文学の否定論は感銘を与える。その否定は著者にとっては、現在の芸能観光化した軽井沢の風俗や、それを生みだしている現在の文化の在り方にまでつながっている。わたしはこの著者ほど過激ではないが堀辰雄の文学にわたしなりの不満を感じてきた。それは概していえば堀辰雄が「貧困」や「知識」の問題の処理をどうしたか、それとも何もしなかったか、ということで堀辰雄の文学にたいする批判とつながりをもつものだといっていい。江藤淳のように堀辰雄の人格的な、あるいは人倫的ないかがわしさに手を延ばすほど否定的ではないし、まして現在の軽井沢の芸能観光化を虚偽として必然化するほどの問題意識を、堀辰雄文学にたいしてもっていない。だがこの本の著者がやっているような否定論は、当然あっていいもののようにおもえる。

もうひとつこの本には特徴があると思う。昭和初年から十年代の旧プロレタリア文学派やその周辺にいた文学者の作品に、すでに批評家として大家の域に達した後、はじめて本格的にぶつかった新鮮な驚きと戸惑いの表情が、この本の論調のいたるところに充ち満ちていることだ。せめて現在の左翼づらした文学者たちが、室生犀星や堀辰雄や中里恒子の文学に江藤淳の中野重治にたいするほどに新鮮な驚きを感じられたら、すこしは救いようがあるとおもう。わたしは江藤淳がこの勢いで、中野重治や平野謙などのような小者ではなくて、マルクスの著作や人格にもいつか本格的にぶつかってみて欲しい気がする。もっとずっとおおきな新鮮な驚きと戸惑いと否定と肯定が聞きだせるようにおもえるからだ。その意味でこの本は、自由な保守主義がマルクスなどを自在に読みこなし、噛みくだき、摂取するものは摂取し、捨てるべきものは捨て、というように、文学的、思想的シンボルを交換し、また一方でマルクス主義者やその周辺の同伴者が、ただの反動と保守にシンボルを交換し、歴史から退場しつつある現在を前駆的に象徴しているとおもった。とくに中野重治を論ずる著者の情感の交響のなかにそれを見ないではおられなかった。その意味でこの本は何かの予兆をはらむもののようにおもえてならない。

もちろんこの本には、左翼的な思考法や語彙の使い方に慣れていないための誤読とおもえる個所もある。「辛よ、金よ、李よ」という中野重治の詩「雨の降る品川駅」の読み方などがそれだ。この詩は「辛」や「金」や「李」が日本天皇に苦しめられている朝鮮人プロレタリアートで、作者中野重治は日本人のプロレタリアートだから、「日本プロレタリアートの後ろだて前だて」という言い方で、その同胞感覚のちがう距離を同一化するのは、たんに詩的なレトリックで「辛」や「金」や「李」と中野重治のあいだには厳然と朝鮮人と日本人という民族人種の区別と距離があるはずだと著者が言っているところは、それに当たる。このばあい左翼的な常識では、「辛」や「金」や「李」も一個の人間（性）であり、中野重治もまた一個の人間（性）であり、その同体感覚は普遍的な人間性からくるので、人種や民族の異同からくるのではない。それが国際プロレタリアートの連帯感情の源泉だと考えるのが、左翼の常識だとおもう。この本の著者は意識的にも無意識的にも、民族人種という概念を強力に押し出すことで誤読することになっている。そして、普遍人間性などは民族感情や国家感情を受肉することでしか成り立ちようがないので、抽象的な普遍人間性などは偽の実体だと主張しているのだとおもえる。この主張は堀辰雄が文学作品の世界でも実人生の生活でも「任意の父の任意の子」になりたがる偽の普遍にたいする憧憬と願望を方法化することで、文学をあやまり、身をあやまって人倫を危くしたと断罪するときにも貫かれている感情と論理だと言えよう。この本に触発されて言ってみたいことが山ほどあるが、何よりもこの批評家が老いてますます毒のある論理と感情を育んでいることを、祝福したい気もちが優先する。

（吉本隆明『新・書物の解体学』所収）

高橋源一郎

江藤淳とその時代——『漱石とその時代』全五部

『漱石とその時代』第一部・二部をわたしは実家へ戻る列車の中で読んだ。一九七〇年の八月、わたしは十九歳だった。その二日前、わたしは十か月ぶりに拘置所から釈放されたばかりだった。どこにも行くあてがなく、深夜横浜の友人の下へ転がりこんだ。ドアをノックするとパンツ一枚で友人がドアを開けた。「出てきたのか」「うん」。中に入ると、ベッドに裸の女が寝ていた。わたしはそのベッドの横の床で毛布をかぶって寝た。朝になって起きるとふたりはまだ寝ていた。わたしは黙って友人の家を出た。関内まで行き、有隣堂に入った。『漱石とその時代』第一部・二部が店頭に並んでいた。前日売り出されたばかりだと店員に言われた。わたしは本を買うと、喫茶店で読みはじめた。すぐに大きな感動がやって来た。わたしはそのまま大垣行きの夜行の中で読み続け、やがて朝が来て、大阪の実家に着いた。わたしは黙って自分の部屋に入り、最後まで読み、それから一日眠った。そんなふうにしてわたしは第一部・二部を読んだ。

第三部の連載開始が一九九一年、わたしは連載を欠かさず読み、刊行と同時に本を買った。第四部。連載には目を通していたが、本を買ったのは刊行から半年後だった。

そして第五部。著者の死によって未完に終わった最後の連載をわたしはほとんど読んでいなかった。

わたしの記憶の中では第一部・二部が圧倒的に素晴ら

しく、後半に行くに従って引用が無闇《むやみ》に多く、冗長になっていた。わたしの不満は、特に後半の作家になってからの漱石の部分にあった。漱石は次々と傑作を発表していく。けれども、『その時代』にはその謎めいた魅力の部分がうまくとらえられていないようにわたしには思えた。

わたしは一週間かけて全五部を読んだ。第一部・二部を読み返すのは三十年ぶりだった。読み終わると不思議な感想が浮かんだ。わたしの不満はあらかた消え去っていたのだ。『その時代』の主人公は漱石ではなかった。漱石もその登場人物のひとりにすぎない、一つの時代、明治という時空間が主人公だった。その中では、漱石の作品でさえ背景の一つにすぎなかった。著者は一つの禁欲的な「声」に徹していた。見栄えのする「作品論」という道を著者はあえて避けた。評伝と評論はまったく違う。わたしはそのことを忘れていた。愚かなのはわたしの方だったのだ。そう、そして、漱石はあまりにも著者である江藤淳に似ていたのだった。

「金之助が『漱石』になるためには、ひとつの時代の崩壊のなかに生を享け、もうひとつの時代の終焉《しゅうえん》を見送りながら生涯を閉じるというような体験が必要だったのである」（第一部）

『その時代』のほぼ冒頭部分にかかげられたこの文章は、この長大な評伝のライトモチーフとなっている。だが、同時にこれはおそろしいほどに著者本人の運命を暗示していた。

第一部・二部をわたしは、そして多くの読者は「ひとつの時代の崩壊」とその中に潜む胎動の中で読んだ。それは紛れもなく時代の刻印を帯びた本だった。わたしたちはそう読んだ。そうとしか読めなかった。やがて、著者は「もう一つの時代の終焉を見送りながら生涯を閉じる」。だが、わたしには「その時代の終焉」がよく見えない。それは、わたしがついに昭和という時代の子たりえなかったからなのかもしれない。

いつかその時代を知るために誰かがなにかを書くだろう。「昭和」を主人公とする長大な評伝を。そのもっとも重要な登場人物は江藤淳だろう。そのことだけは疑いようがないのである。

（「読売新聞」二〇〇〇年二月六日）

（井筒俊彦「言語学概論」講義ノートより）

最も肉体的な表れは、体で指し示すことである — とがっている部分。
人間は、そこに存在する、ということで すでに方向性を与えられている。
しかも、その方向が多様でしかも、それぞれの間に強弱がある。

その方向性は、先ず第一に足で決定される。しかし、この影響力は、最も弱い。上半身に、より強い決定権がある。更に頭は、最強の方向性を持つ。頭の中でも眼の方向性が最強である。しかし更に強いのは、手の人差指の先端が最も強い方向性を有するのである。この働きを有するのは、単に人間のみである。左を指して、go といえば左へ行けということであり、右を指して、go といえば、右へ行けという事になっている。このようにして空間に於ける方向が決定される。
汽車に向かってハンカチを取り、信号燈を振るのも、これと同様である。
記号は、背景をなしているものから浮き出していればいるほどいいが、しかし、記号それ自体に興味を覚える様ではいけない。禅の所謂、‘指を見て月を見ず’ということになってはいけない。

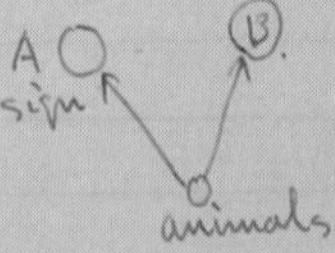

deixis は根本的には一般の記号と異らないが その機能が違うのである。

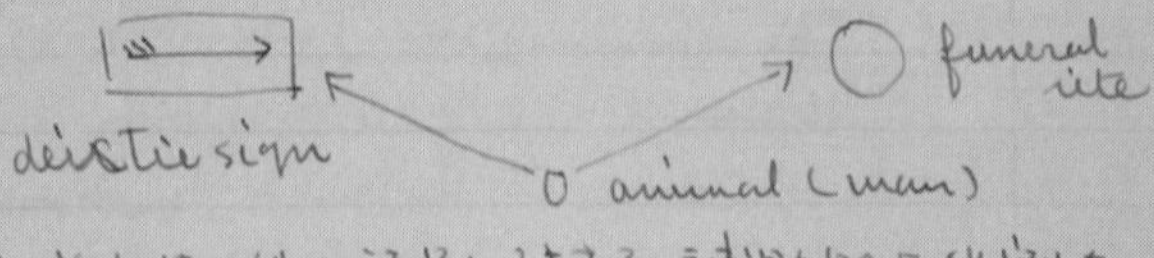

deictic sign ; それは、他の記号に対する補助的な役割を多く果す。

1) contextual 状況的、大きな場所を示す記号、記号の附近をさがせ、という意味を持つ。別れのハンケチなどは、これに属する。白くて目立つが目立ちすぎない。しかも方向附けをせずに、附近にいる、振っている人を示している、etc. 言葉の意味には、特殊な言葉である。

1/18 人間は単なる言語の利用者であって、言語はすでに植物にもある。刺激に対する反応の高度のあらわれにすぎない。特定の刺激に対する特定の反応。一人間という有機体に於ける一つの発展したものである。
deixis；指さす。 人間独特の記号活動は、この deixis の段階からはじまる。

人間
deixis
植物，下等動物 ⟶ deixis ⟶
類人猿

記号活動が passive である。
他所から記号を与えられなければ反応出来ない。高等になると、自分から記号を出して仲間に知らせられるようになる。
羊は、黒雲に対して反応し、雨を察知出来るが、他の動物に、意図的に、主体的に知らせる一記号を出すことは出来ない。

それからが active である。自から、記号を出す。それが、人間に到って最高度にまで達する。常に多様な記号を発している。これは deixis の段階を経てはじめて可能である。自分の周囲の特定の部分に対して、その部分の働きかけとまなざしに、積極的に興味を感じて、指さす。ここから、部分を切り取ることがおこり、又結合の可能性も出来て来る。多様な部分の再構成が可能となる。

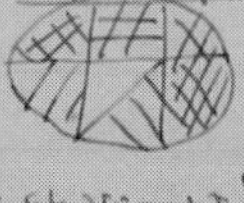

人間の理性は非常に primitive な段階では"指さす"という行為が出て来ている。自由に単位を（units）を現実から切りとり、それを結合し得る働きが、deixis に於てはじまる。人間は之の協会精神で deixis を行うという高等な記号活動を行うがその

論考

轟々たる雷鳴に死す

――江藤淳と喪失なき時代

與那覇潤

一

一九九九年七月二十一日に雷雨の下で手首を切った際、江藤淳はうつ状態にあったのではないかとする精神科医がいます[*1]。もとより本人が診たわけではなく、状況証拠に基づく憶測（これを本格的に展開すると、江藤の生涯の研究対象である漱石についてもなされた「病跡学」[*2]になります）ですが、その根拠とされる『妻と私』の以下の一節は、うつを体験したものの心に痛切に響くものがあります。

二月初旬のある晩、突然何の前触れもなしに一種異様な感覚に襲われた。自分が意味もなく只存在している、という認識である。このままでいると気が狂うに違いないと思い、とにかく書かなければ、と思った[*3]

江藤は執筆前年の一九九八年十一月に、長く連れ添った妻（慶子夫人）を癌で亡くし、直後に自身も感染症の手術で入院、一時はやはり死を覚悟しています。そうして書き出された夫人の看病記「妻と私」（『文藝春秋』九九年五月号）、また自身の――とくに四歳で死別した母親についての回想記「幼年時代」（『文學界』同年八・九月号、未完）を遺して、江藤は世を去りました。

その『妻と私』にある、「家内が逝ってしまった今となっては……ただ私だけの死の時間が、私の心身を捕え、意味のない死に向って刻一刻と私を追い込んで行く」[*4]（傍点原文）といった一節をすなおに読むと、江藤が記した「自分が意味もなく只存在している、という認識」は、愛妻を亡くしたことによる喪失感・心の空白、として処理されるでしょう。長年の盟友・石原慎太郎が著した追悼文、おそらくは彼のもっとも美しい文章が、「その自殺はトリスタンとイゾルデの順を違えた、典型的な妻恋いの末の後追い心中でしかない」[*5]と評しているように。

　しかし、そこには錯覚があったのかもしれません。まず二月に意味を喪ったという実感があり、生き残るためにそこから原稿が書きはじめられ、後から意味喪失の起源としての妻との別離が見いだされたのかもしれない。「妻を失って生きがいを喪失し、意味を感じられなくなった」という物語を創作することは、いわば意味がない状態に「意味を与えること」、少なくとも「なんの所以も来歴もなく意味が消えたのではない」という最低限の意味づけをする営為であったようにも思えます。

　たんに「パートナーを失って生きがいが消える」のではなく、原因もなくあらゆる意味が消滅する（実感できなくなる）というのは、体験者でないと想像しがたいことですが、精神の病気でそうした事態はしばしば起こります。たとえば哲学者で精神科医の木村敏は、遠近感を喪失するという離人症の症状を、以下のように分析しています。

> 「もの」としての知覚は完全に保たれているわけですけれども、遠いということ、近いということ、これがわからない。「遠い」とか「近い」とかいうのは、「もの」ではなくて「こと」ですね。あるいは山や家や木のもっている「意味」ですね[*6]（傍点原文）

木村はこの後続けて、同様の患者がテレビドラマを見る際、「場面場面は全部見えている」にもかかわらず、連続する「場面と場面がまったくつながらない」状態に陥った例を挙げます。視覚自体は正常なままでも、場面ごとの意味の連鎖を読みとれないがために、ストーリーが成立しなくなってしまうことがあり得るのです。

　それは病気の経験がなくとも、理解不能な事態ではありません。遠い／近いという意味は、山や家や木といった物体（もの）それ自体からは生じない。それを眺める――健康な状態の――人間とのあいだの「関係性」（こと）によって、初めて発生します。

　小林秀雄が著名な警句で示したように、[*7]文藝批評とは作品の内側にあらかじめ存在した意味を読みとる行為ではなく、作家のテクストに評者の精神が関わることを通じて、新たに生じた相互作用を記録し、他者との関係から物語を紡いで自己を語る営為でした。保守への転回を経た一九六五年の『アメリカと私』をはじめ、自著や論考のタイトルを「と私」の形式にすることの多かった江藤は、誰よりもそれを意識した批評家であったでしょう。

　その江藤が「自分が意味もなく只存在している」、もはや周囲との関係を取り結べず、一切の意味を剝奪され、ただの物体と化している自分を発見した。その恐ろしさは想像するにあまります。江藤の強靭な精神はその状態からもなお、「意味を喪う過程」を書く――物語化することを通じた自己の回復を試み、しかし果たせずして事切れたのではなかったでしょうか。

二

江藤が自死をとげた一九九九年は、元号で呼ぶと平成十一年。直前の平成ゼロ年代は、生涯をかけて江藤が問うた「自己と自立」という主題が肥大化すると同時に無効となってゆく、不思議な狂騒に満たされていました。

　改元とほぼ同時（一九八九年一月）に刊行された石原慎太郎とソニー会長・盛田昭夫の共著『「NO」と言える日本』が話題となり、保守の側からの対米自立論が旋風を巻きおこす一方、九〇年代初頭の東京にはブルセラショップや援助交際で「自主的に性を売る」少女たちがあふれ、自己決定を唱えて彼女らを擁護した宮台真司がスターとなりました。時代を診断する論壇の手法はいまや、重苦しい文藝評論からクリアカットな社会学へ一変したようでした。

　いまも読者の多い江藤ですが、平成初頭の活動を評価する声はあまり聞きません。九一年には親友・石原を助けて上記ベストセラーの続刊を作る一方、政界ではその宿敵だった政変のキーマン・小沢一郎を偏愛しては挫折し、評論でもかつては治者にあらずと退けた西郷隆盛に陶酔して、[8]ほとんど妄想まじりの讃辞を綴る。平成のリベラリズムに育てられた世代としては、老いゆえの「迷走」と評されてもやむを得ない気さえします。

それでも、一九九四年一月の『諸君!』によせた「「戦後民主主義」の呪い」の一節からは、江藤の混乱の奥底にあった深い絶望の吐露が聞こえます。

> かならずしも腹芸というのではない。言わないけれども分かっている事柄を、昭和のうちは日本人は共通の認識としてまだ持っていた。だから戦争の問題にしても、侵略と言われればまあ侵略でもいい、謝れと言われれば謝ってもいいが、言葉は玉虫色にしておく、頭だけは下げておく、あるいは頭は下げないまでも謝ったような表情をする、というふうにやって来た[9]

直後に江藤はこうした営為を「tacit consensus とでもいうべきもの」、すなわち暗黙の合意と呼びかえ、それが昭和の戦後日本を支えたとして高く評価します。本来、これは奇妙なことでした。論壇や学界における識者のもたれあいから、文壇にしのびよる同調圧力まで、はっきり口にされないからこそ誰も正体を暴くことができず、執拗に人々の思考を拘束し続ける無言の自己規制――それを「**オロチX**[10]」（強調原文）なる異様な造語まで用いて告発したのが、江藤淳その人だからです。著名なGHQの検閲に対する批判も反米主義というよりは、その正体を見極めようとする情念の産物でした[11]。

九四年一月の総理大臣は、小沢一郎が担いだ非自民連立政権の首班・細川護煕。組閣直後だった前年八月十日に「先の大戦を侵略戦争、間違った戦争だと認識している」と明言し、保守層の反発を招いていました。すべてをクリアに断ち切ろうとする同時代の刷新の気風を受けたものでしたが、後世から見たとき、それは決定的な逆転の始まりでした。

八〇年代の国会での論戦を通じて、いまだ侵略の反省が足りないとする社会党・共産党の批判に対し、政府自民党は「平和憲法（九条）を保持していることこそが、最大の反省だ」と答弁するという形で事実上の暗黙の合意が成立、また少なくとも中国に対しては侵略であった事実を、当時首相の中曽根康弘も認めるようになっていました[12]。そうした「腹芸」から一歩踏み込んだ細川の発言により、この戦後合意は破れ、九〇年代の後半は周知の歴史認識論争の季節となってゆきます。

江藤にとって、戦後的な tacit consensus はけっして心地よい状態ではなかった。しかしそうした自己欺瞞の不条理に耐えぬくことを通じて、かろうじて人は自己を維持しうるというのが、一九六七年の代表作『成熟と喪失』の主題でした。ところが、そうしてようやく見いだした妥協点としての合意までもが面前で否定された、すなわちいまが底だと思っていた状態が、じつは底ではなかった。その精神的な衝撃の深かったことは、察するに難くありません。

江藤はかつて、一九七〇年一月に『諸君！』に寄せた代表的論考「「ごっこ」の世界が終ったとき」で、三島由紀夫の楯の会を戦後体制との「黙契」に基づく「自主防衛ごっこ」と揶揄し[13]、同年十一月の三島の自決により「ごっこ」ではないと立証された後も、冷淡な姿勢を貫きました。九七年発足の「新しい歴史教科書をつくる会」で会長に就く西尾幹二は、保守系批評家の後達として長年、江藤と同席しながらも「当時、江藤淳は共に天を戴くにあたわず、と思った[14]」と回想する人物で、その執念は江藤の自死直後の九九年十月、運動体に支えられて単著『国民の歴史』をベストセラーにするに至ります。

一九九四年の『文學界』十月号から書きつがれた西南戦争論『南洲残影』は、江藤にとって三島——「ごっこ」を突破して散った人物への再接近をもたらすものでもありました[15]。自民・社会両党が連立して同年六月に発足した村山富市政権を「五五年体制の変形内閣であり……露出された黙契と親和力の腐臭が芬々と臭ってくる[16]」（『文藝春秋』九四年九月号）とまで酷評した江藤にとって、もはや欺瞞を耐えぬくという形の自己は維持できない。しかしその先には、三島とはまた別の絶望と自死が待っていました。

わずか四行の簡素な遺書の末尾は、「自ら処決して形骸を断ずる所以なり。乞う、諸君よ、これを諒とせられよ」。わずか二年前の一九九七年七月には、わが国初の臓器移植法が公布。自立・自律が言揚げされた平成初期の空気のなかで、当時は安楽死や尊厳死の可能性が話題となっており、江藤の決断もまた「死の自己決定」をめぐる論争に一石を投じました[17]。しかしこのときを臨界点として、平成という時代は大きく屈折していきます。

三

一九九三年に現行の文庫版となった『成熟と喪失』の解説で、当時フェミニズムの昂揚を領導していた上野千鶴子は「『夏目漱石』以来の江藤の一貫した……「近代」に根こそぎにされた日本が、どうやって自己を回復するか、という明治以来のあの見慣れた知識人の課題[*18]」に触れています。じじつ九八年十一月、妻の葬儀を終えて自身の手術を迎えた江藤の脳裏をよぎったのは「慶子の幻影に、もう少し仕事をしなさいといわれた以上、ここで自分から崩れてしまっては男が廃る……這ってでも書斎に戻り、『漱石とその時代』を完成させなければならない[*19]」との念でした。

一九三二年十二月生まれの江藤は、四五年八月の敗戦時に十二歳。少年期を送った帝国日本の時空間がうち砕かれた「後」を生きるうえで、前近代の儒教的世界観の崩壊を生身に感じつつ、近代西洋と対峙した漱石を範としました。つまり江藤にとって歴史とは物語の創作——叙述をつうじて過去からの系譜に自らを位置づける営みであり、文字どおり生きるための技法だったと言えるでしょう。しかしうつ状態とすらみえる夫人没後の苦境のなかでその執念は実らず、『漱石とその時代』は掲載誌『新潮』の九八年十月号で途絶し、未完に終わります。

戦後五十周年にあたる一九九五年を通過した九〇年代の後半は、「物語をつうじて自己を維持する」という江藤的な営みが、稀なほど広範に試みられた時代でした。九五年一月の『群像』で、「敗戦の以前と以後を貫いて他の国々との間で続いているゲームにおける「負け点」の引き継ぎ[*20]」を説いた加藤典洋の「敗戦後論」が戦前回帰と批判される一方、同年十月に『象徴天皇制度と日本の来歴』を刊行した坂本多加雄はのちに「つくる会」に加入、自他ともに認めるナショナリストとなってゆきました。九八年には同会の看板だった小林よしのりのマンガ『新ゴーマニズム宣言Special 戦争論』が爆発的に読まれ、翌年には前述した西尾幹二『国民の歴史』が続きます。

三島由紀夫はかつて、市ヶ谷駐屯地のバルコニーで自衛隊にクーデタを訴えたのちに自刃しました。しかし江藤は、もし「檄」を発すればはるかに容易に自身への支持を得られたはずの状況でなお、静かに自宅で独り自裁する道を選んだ。眼前の論壇・文壇で高まる「日本という物語」への欲求はむしろ、頼むに足らぬ偽物だとする意識があったのか。没後の世相の急変を目にしたいま、そうした連想がよぎります。

二〇〇〇年代の前半に繰り返された小泉純一郎首相の「毎年」の靖国神社参拝（〇一〜〇六年。最後の年は八月十五日に参拝）により、歴史は物語の幅をもって語られ、かつ生きられる存在というより、「外国の圧力に屈する（＝参拝をやめ歴史観を相手に譲る）か、否か」を判定する二者択一のテストの如きものになりました。[*21] 折しも二〇〇一年にはサブカルチャーを素材に、もはやストーリーではなくデータ（要素）の組みあわせが享受されるにすぎないと唱える東浩紀の『動物化するポストモダン』が刊行され、批評から物語の影が消えました。「つくる会」の教科書執筆者のうち坂本は二〇〇二年に癌で病没、小林は同年、西尾は〇六年に会の内情を激しく批判して退会。運動は新たな歴史像を生み出すこともなく、旧来の保守派と同様のロビイ団体に変容してゆきました。一九九八年に検索エンジンの覇者となるグーグルが発足、二〇〇七年にアップルがスマートフォン時代を拓くなかで、人びとは断片化された知識をデータベースからピンポイントで、文字どおり触覚的に拾いあげるようになり、情報処理に物語は不要となりました。

激変する社会のなかで、成長という神話に酔うのではなく、むしろ自分たちが喪いつつあるものを見つめ続け、その苦しみに耐える――そうした「喪失」を確認し「成熟」するための作法として、漱石の生きざまをはじめとする歴史を求めたのが江藤でした。しかし彼の死以降、私たちは過去を物語としてはふり返らず、たんに目前の対立者を論破するための道具《ツール》、あるいは知名度の高いキャラクターを造形するための素材《マテリアル》としてのみ扱い、あたかも「永遠の現在」を遊戯しながら、その死角で時が過ぎゆくままに任せています。

社会に範を示しうる大人がいなくなり「成熟」というモデル自体が有効性を失った、いわば『成熟の喪失』の時代として現在を捉える議論は、ときに江藤に対する批判も交えてしばしば語られます。[*22] しかし過去を誰も物語として掬い上げず、喪失感すらも覚えない時代――むしろ「喪失」の体験こそを喪失する時代の訪れを、ひそやかな形で先駆的に示したのが、いまより二十年前の江藤の自死ではなかったでしょうか。

＊　＊　＊

もはや喪失の歴史をひき受けて生きつづける人はおらず、物語は語られない。精神分析風に言うならば、喪の作業（mourning work）そのものが失われてしまった時代。そうした状況下ではもはや、過去を手繰ること自体が無意味になるのでしょうか。

じつは「妻と私」の後に二回のみ連載され、絶筆となった「幼年時代」のなかに、江藤は生きるための新たなヒントを埋め込んでくれていたようにも思います。

きっとそのうちに、この手帖を熟読しなければならない日がやって来る。それがどんな日か全く想像できないままに、私はそんな予感を覚えていた。

ところで、この手帖の存在をふと思い出したのは、ごく最近、母の声がどんな声だったかを、漠然と記憶の奥底にたずねていたときである。そうだ、声はよく思い出せないけれども、母の書き遺した文字がある[*23]

過去からの声は忘れ去られても、いつ開かれるともしれぬ手帖に記された文字のように、やがて読みとかれる可能性を秘めて歴史の痕跡は遺りつづける。江藤が著した膨大な書物と論考はそのようなものとして、（何種かの著作集はあれど）体系化された全集のないまま、いまも私たちの前にあります。

二〇一四年の六月――重度のうつ状態に私が陥るほぼ一か月前に、ちょうど江藤論の執筆を準備していた折、この箇所に栞を入れました。むろんその後、いつ終わると知れぬうつの暗闇のなかで「記憶の奥底」に埋もれていたのですが、本稿の依頼に接して数年ぶりに同書を開いた際、挟みこまれた栞とともに、当時書こうとしていた構想の封印がとけていった。そこからほの見えた景色の一端を、いま読者に献じた次第です。

1　岡田尊司『うつと気分障害』幻冬舎新書、二〇一〇年、五三~五四頁。なお、同箇所に「『漱石とその時代』の最終巻を書き上げた」とあるのは事実ではない。

2　千谷七郎『漱石の病跡　病気と作品から』勁草書房、一九六三年、など。

3　江藤淳「あとがき」『妻と私・幼年時代』文春文庫、二〇〇一年、一〇八頁。「妻と私」は一九九九年の七月七日(自死の二週間前)に単行本となり、その後記にあたるこの箇所の執筆日付は五月十三日である。

4　同書、八九頁。

5　石原慎太郎「さらば、友よ、江藤よ!」同書収録、一九七頁(初出『文藝春秋』一九九九年九月号)。

6　木村敏『自分ということ』ちくま学芸文庫、二〇〇八年、一〇九頁。

7　「批評するとは自己を語る事である、他人の作品をダシに使って自己を語る事である」(「アシルと亀の子　Ⅱ」『小林秀雄全作品1　様々なる意匠』新潮社、二〇〇二年、二一六~二一七頁)。一九三〇年五月の『文藝春秋』で、印象批評の主観性を批判する三木清への反論として述べたもの。

8　六〇年代に幕末史の探究を始めた時点で、江藤が「治者」に相応しいとみなしたのは西郷と対になる勝海舟であった。この点は拙稿「ふたつの「中国化論」——江藤淳と山本七平」『アスティオン』八一号、二〇一四年、二七頁、より詳しくは先崎彰容『未完の西郷隆盛　日本人はなぜ論じ続けるのか』新潮選書、二〇一七年、二〇〇~二〇五頁を参照。

9　江藤淳『日本よ、亡びるのか』文藝春秋、一九九四年、八三頁。

10　江藤淳「ペンの政治学」『批評と私』新潮社、一九八七年、一二六~一三四頁(初出『新潮』八四年七月号)。複数の頭部が見えない場所で結合する八岐の大蛇になぞらえた比喩は、反核の風潮に媚びる文学者の集合無意識を指弾したこの短文で十一回も連呼される。

11　著名なのは一九八二年から書き出され八九年(平成元年!)に単行本となった『閉された言語空間』だが、今日読まれるべきは自身の視点を冷笑する当時の保守論壇主流派を告発した「ユダの季節——「徒党」と「私語」の構造」(初出『新潮』八三年八月号。前掲『批評と私』所収、特に三九頁以降)であろう。

12　波多野澄雄『国家と歴史　戦後日本の歴史問題』中公新書、二〇一一年、一二七・一六一・一七一~二頁。

13　江藤淳『一九四六年憲法——その拘束』文春学藝ライブラリー、一三六~九・一四五頁、二〇一五年(単行本は原著一九八〇年)。

14　西尾幹二『三島由紀夫の死と私』PHP研究所、二〇〇八年、一六〇頁。特に西尾を激昂させたのは、事件半年後の『諸君!』(一九七一年七月号)に載った小林秀雄との対談で、江藤が「三島事件は三島さんに早い老年がきた、というようなもの」「老年といってあたらなければ一種の病気」と放言したことであった（同書、七五～七七頁に抜粋）。

15　平山周吉「江藤淳は甦える　二十七　三島由紀夫との急接近」『新潮45』二〇一七年十月号、三〇六～三〇七頁。この小論は西尾に代表される「江藤と三島」の見方への、諸資料に基づく鋭い批判を含む。

16　江藤淳「「やさしい政治」の虚構」前掲『日本よ、亡びるのか』一五頁。

17　江藤の追悼記事でも何名かがこの問題を論じたが、とりわけ平成末（二〇一八年一月）にやはり自死を選ぶ西部邁が、生前の確執にふれつつもその最期に満腔の賛辞を送った事実が注目されよう（「自死は精神の自然である」『文學界』一九九九年九月号）。

18　上野千鶴子「『成熟と喪失』から三十年」江藤淳『成熟と喪失――〝母〟の崩壊』講談社文芸文庫、一九九三年、二七八頁。『夏目漱石』はもちろん、一九五六年刊の江藤の処女作を指す。

19　前掲『妻と私・幼年時代』一〇〇・一〇二頁。『漱石とその時代』は一九七〇年に刊行されたのち、九一年から続編が『新潮』で連載されていた。

20　加藤典洋『敗戦後論』ちくま文庫、二〇〇五年、九七頁。もっとも、デビュー作『アメリカの影』（一九八五年）では江藤に私淑していた加藤だが、大岡昇平ら戦中派の感覚に依拠する同論説では、戦後派の江藤もまた潔癖症的に先人の断罪を行ったとして、その評価は辛い（八八～八九頁）。

21　元来、総裁選で衝突する橋本龍太郎の票田だった日本遺族会（橋本は元会長）を切り崩すために口にされた公約は、目算と異なる激しい中国の抗議により、かえって長期の政治問題となった。後藤謙次『ドキュメント平成政治史2　小泉劇場の時代』岩波書店、二〇一四年、一七六・一九九～二〇四頁。

22　宇野常寛『母性のディストピア』集英社、二〇一七年、二六～二九頁。なお同書が「かつて「人間」たちが獲得していた「成熟」と呼ばれたものを喪失した」現代を描写した（厳密には、し損ねた）作品の象徴とするのは、押井守監督・森博嗣原作による二〇〇八年のアニメ『スカイ・クロラ』（三四二頁）。

23　前掲『妻と私・幼年時代』一二三頁。

（よなは・じゅん＝同時代史）

論考

十条の江藤淳

苅部　直

中上健次の短篇小説「十九歳の地図」（一九七三年）は、発表の六年後、ＡＴＧで柳町光男監督によって映画化されている。大学生だったときに、その上映を教室で観たことがある。社会学のゼミの学生有志が上映会を開くというので、原作の題名以外に何の情報ももたずに会場へ向かった。

教室に入ったとき、すでに映画は始まっていたが、その途中の場面を目にして驚いた。主人公の青年が高いところからサッカーボールを蹴り上げる映像で、ボールが落ちてゆく先に広がっているのは、子供のころから見知った風景である。当時住んでいた東京北区の十条、実家のごく近くにあった国鉄の官舎であった。映画の撮影のころ、すでに取り壊しが始まっていたが、終戦直後に建てられたらしい木造の長屋が、いくつも建ち並んでいた。いまは完全に撤去され、その場所は広大な清水坂公園になっている。

「十九歳の地図」は、新聞配達店で働く孤独な青年が、配達先の地域でささやかなテロ行為をくりかえし、そのつど被害者宅に犯行声明の電話をかけるという暗い話である。映画はその全編が、王子・板橋・十条・赤羽と、その周辺地域で撮影されている。いまではそのおかげで、自分が子供時代に親しんだ風景を、この作品のＤＶＤで目にすることができるのだが、そういう物語なので、やや屈折した思いでふれることになる。

一九七〇（昭和四十五）年に、群像新人文学賞の選考委員として、受賞作となる勝木康介「出発の周辺」を読んだ江藤淳もまた、当方が映画『十九歳の地図』を観たときと同じような思いを選評で表明している。勝木（本名の高木利夫で日本文学研究者としても活躍している）は、一九三〇年生まれで江藤の二歳上。作者自身の戦時下における少年時代の生活を題材にした小説であるが、その舞台は先にふれた国鉄官舎の西隣に広がっていた、同潤会十条住宅であった。「一瞬にして決る、しかし……」と題した選評で江藤はこう記している。

勝木氏の「出発の周辺」に描かれている同潤会アパートの近くに、私は戦後の一時期住んでいたことがあった。同潤会アパートに住む鉄道員の子として中学（旧制）に通っている兄弟、というような世界は、意外に日本の近代小説に描かれることがなかった。［中略］私は同世代の深い共感をもって、もの﹅をしっかり見てそれを描き得た勝木氏に一票を投じたのである。
（『群像』一九七〇年七月号）

江藤淳は旧制中学三年生だった一九四八（昭和二十三）年から、結核の療養生活をはさんで大学三年までの七年間、同潤会十条住宅に隣接する三井銀行（五四年までの名称は帝国銀行）の社宅に住んでいた。その思い出は「戦後と私」（『群像』六六年十月号）、「場所と私」（『群像』七一年十月号）、『なつかしい本の話』（新潮社、七八年五月刊）といった作品で詳しく語られており、青少年時代の回想のクライマックスをなしている。文藝批評家としての出発を画した、重要な時期である。

しかし「同潤会アパート」と言っても、青山（現、表参道ヒルズ）にあったような鉄筋コンクリート造の集合住宅ではない。十条の同潤会住宅は大正大震災の被災者むけの住宅として建てられ、一棟に四世帯が入る小さな二階建の木造建築がびっしりと並ぶ形をとっていた。一九二五（大正十四）年の「同潤会住宅一覧表」は、全部で百十三棟に三百六十五世帯が住むと記している（『北区史　資料編　現代1』一九九五年）。現在も一部の家屋が残っており、近代建築遺産の探訪ブログにその写真が載ってもいる。

勝木による小説は「東京の郊外」「中原町」と記すだ

けで、王子区（当時の名称）の十条仲原三丁目という地名を明らかにしてはいない。だが、同潤会住宅ができてから約二十年後、一九四四（昭和十九）年のようすをよく伝えている。その情景は以下のようである。

最初は、青桐と楓の街路樹が青々と葉を拡げて並んでいる小綺麗な集団住宅だったのであろうが、速成の建造物だから、年月を経るに従って、スラムと呼ぶに相応しい外観を呈するようになっていた。

僕が知っているのは、スレート葺きの屋根に点々と剝げ落ちた個所が見え、羽目板が風雨に晒されて醜くそり返っている、そんな薄汚れた街であった。街路樹も何時の間にか枯れて、幹だけが、外皮を削りとられ、生身をむき出しにして立っていた。住民も変動していて、僕達同様震災とは何の関係もない低所得者が住んでいた。常に喧噪に満ちていて、特に晴天の日には、洗濯物や蒲団が並んでいる狭い露地に、緑色の鼻汁を光らせた子供達の喚声が反響していた。時折り母親達の金切り声も混じって聞えた。（勝木康介「出発の周辺」）

現在でも住宅群のあいだを東西に貫く通りは、やや幅が広く、両端は人が集まる小さな広場のような形にしつらえられている。いかにも一九二〇年代の郊外住宅地のように設計されているが、被災者むけの賃貸住宅として家賃を安くしていたために、まもなく「スラム」に等しい状態に変わってしまったようである。その空気を勝木は活写している。江藤淳はこの小説を読んだとき「ある名状しがたいなつかしさと胸のときめきを感じて、われながらおどろいた」という印象を受け、そこが十条仲原の「帝銀社宅」の周辺だと見抜いた、と「場所と私」に記している。同潤会住宅の風景は、江藤がその近隣に住んでいた終戦直後も、ほぼこの通りだったのであろう。

そして勝木の「出発の周辺」は、同潤会住宅とその周囲とのあいだにある、社会階層の違いについても記している。主人公の父親は貧しい鉄道員で、子供には何とか大学に進んでほしいと願い、旧制中学に通わせているのだが、中学校へ進学すること自体、「低所得者」の町では少数派である。しかも「同潤会」の子供は、「中原町」の子供から「貧乏人」と呼ばれいじめられていたことも、小学校時代の思い出として語られる。同潤会住宅ができる前から十条仲原に住んでいた農家や商家とは、大きな差があった。

その上に、勝木の小説に描かれてはいないが、この地域から北西へ進み、谷をはさんで反対側の位置にある西が丘一丁目には、やはり同潤会が開発した住宅地「梅の木荘」があった。これは十条住宅とは対照的に、赤羽駅から都心へ通勤するサラリーマンむけの分譲住宅地であり、「この一帯は、戦前、しゃれた雰囲気を持つ住宅街として有名でした」と言われる（北区立図書館『北区の歴史　はじめの一歩　赤羽西地区編』二〇一一年）。地図を見ただけでも、一つ一つの分譲区画が広いことがわかり、日本建築に洋風の応接間をとりつけた「文化住宅」がいまも残っている地域である。

徳川時代から続く田園風景のなかに新興の住宅地ができて、地域に住む人々が旧住民と新住民との二つに分かれる現象は、昭和期の東京の郊外にはよく見られたであろう。しかし十条仲原にはそこに同潤会住宅という「低所得者」の居住地区が入りこむ。さらに「同潤会アパート」には、没落して山の手地区から移ってきたホワイトカラーの一家も、主人公のように階層上昇をめざして高等教育機関を受験しようとする子供もいる。もよりの王子第三小学校は戦時中に空襲を受け校舎が焼けているが、周辺は被害をまったく受けなかった。そのためこの地域はまっさらな焼跡と化して再開発されることもなく、さまざまな出自、社会階層の人々が仕切られながら混在する、複雑な構成が終戦をこえて続いたのである。

こうした、格差をいやおうなく意識させてくる微妙な地域へ、江藤淳は父親とともに一九四八年七月末に転居した。『なつかしい本の話』で語っているように、一九三二（昭和七）年十二月に江藤が生まれ、もっとも愛着をこめて回想するのは、大久保百人町の家である。そこで江藤は母の死を経験し、肺病にかかり静養しながら自宅にある本を読むことをおぼえた。しかし不登校の状態になったのを悩んだ継母が、一九四一（昭和十六）年、継母の父が住む鎌倉稲村ヶ崎の家に少年を転地させる。三年後に父が鎌倉極楽寺に別宅を構えたため、そこで事実上の疎開生活を送るうちに、大久保百人町の家は、一九四五（昭和二十）年五月二十五日の空襲で焼失した。

終戦後、鎌倉極楽寺の家で同居していた父方の祖母が一九四八年三月に亡くなる。自筆による「江藤淳年譜」

（『新編　江藤淳文学集成　第五巻　思索・随想集』河出書房新社、一九八五年）では、「これ以後急速に家運傾く」と記し、さらに「家運急激に傾き、鎌倉極楽寺の家を去って東京王子の三井銀行社宅に移転のやむなきに至る。ヴァイオリンの練習を廃す」とある。没落の気配が濃厚である。「戦後と私」では家を「新興成金」に売ったと書いており、戦前の軍人・銀行員の家庭を含むような中流階層が貧困になり、新しい社会のもとで階層上昇を果たした人々が登場する、秩序の逆転を暗示させている。

当時は「帝銀社宅」と呼ばれた三井銀行の社宅について、「場所と私」では、その場所が戦前は軟式のテニスコートだったという勝木の回想を記している。一九四一年の『王子区詳細図』を見ると、たしかに十条仲原三丁目一番地、現在の三丁目二十二番地の場所にテニスコートがある。「同潤会アパート」の区画の北西の端に道路をはさみながら隣接して、南北に細長くのびる形の土地であった。

その東側、現在の二十一番地には、戦後、一九九〇年代初頭まで三井銀行の社宅があった。おそらく二十一番地には戦前から社宅があり、戦争で家を失った行員のために、西側の隣接地に社宅を急造したのだと思われる。テニスコートも三井銀行の厚生施設だったのかもしれない。終戦直後の空撮写真を見ると、二十一番地、二十二番地の双方に、同じように大きな建物が並んでいることがわかる。二十一番地の方も、戦前にあった建物が戦争末期の建物疎開によって壊され、その跡地に建てたものかもしれない。いずれも「同潤会アパート」と同じく、一棟を複数の世帯が借りていたのだろう。戦災者用の住宅であるから、復興が進めば用済みとなり、二十一番地のみが社宅として引き続き使われたものと思われる。

したがって、江藤と父親、江頭隆が住み始めたとき、居住区画は三部屋のみの十二坪、銀行内で「炭住社宅」と呼ばれていた（『なつかしい本の話』）とは言え、まだ新築の建物だったはずである。ところが、回想のなかで社宅の姿はとてもみすぼらしい。「場所と私」では、筋向かいにあった「同潤会アパート」は、「壁も本格的に塗ってあり、よく育った青桐が目隠しになっていた」のに対して、「炭住社宅」は「急造バラック」で「植木すら一本もなく、もともと緑の少ない十条界隈でもことに露出されていた」と記す。とりわけ江藤が強調するのは、

国土地理院ウェブサイトで公開されている、1945〜50年におそらく米軍が撮影した空撮写真。中央に白く見える建物が並んでいるのが帝銀社宅。江藤は左下の隅の棟に住んでいたと思われる。
写真右側に見える線路は現在の埼京線、赤羽駅と十条駅の間。下方で横に伸びている大通りは現在の環状七号線。（出典：地理院地図（写真）1945年〜1950年©国土地理院）

目隠しのない窓から、すだれ越しにさしこんでくる西日の強烈さである。

現存する「同潤会アパート」を見ると、外壁が塗られていないバラックのような棟も散見されるし、街路樹が植わっていたのは、広い通りにほぼ限られていたと思われる。恐らくは、緑の多い鎌倉や大久保から都落ちしたという落魄の感と、初めて銭湯を使うといった環境の激変が、低所得者が住む住宅よりも劣悪という印象をもたらしたのではないか。そして、平山周吉『江藤淳は甦える』が指摘するように、やがて一九五四（昭和二十九）年の夏、この社宅で江藤が自殺を図ったことも、記憶に影を落として、住宅の姿を実際以上に暗くしたはずである。

江藤の回想で西日と並んで強調されるのは、その光が照りつける西側の「路地」を通って、銭湯にむかって歩いてゆく女性たちの姿である。「十条銀座で買って来た西陽除けの簾ごしにその夕焼けを眺めていると、変動による混乱と解放感の底でうずいているものを、確かめることができた。そういう私の前を、路地の奥にある大黒湯に通う娘たちが、挑発的に腰を振りながら通りすぎて行った」（『なつかしい本の話』）。これも、十条に住む女性たちの「官能的」な魅力を誇張しすぎているように思われる。

家庭の没落、みずからの病、文学への道を歩みだすことへの不安。負の感情が渦巻くなかで、異性に対する欲望がわきあがる。そうした精神の経験が、江藤にとって強い現実感をともなう記憶として定着していたのだろう。のちに江藤は『自由と禁忌』（一九八四年）のなかで、中上健次の長篇小説『千年の愉楽』を論じたさい、産婆、オリュウノオバが、居住地である「路地」に生まれてきた一人ひとりの物語を記憶していることにふれる。終戦直後の江藤が住んだ路地は、そうした記憶の堆積とは無縁な新開地で、夕日に「露出」されるなかで欲望がわきあがる、荒涼とした空間だった。ちなみに奇縁であるが、「王子」「十条」の地名は熊野の若一《にゃくいち》王子権現、十条峠に由来すると言われているので、歴史の上では中上が小説の舞台とした故郷とつながりがある。

だが、江頭隆の一家はなぜ一九四八年になって没落したのか。その事情について江藤は語っていない。四六年の預金封鎖に続き、翌年には連合国軍最高司令官総司令部（ＧＨＱ）の指示に基づいて税制改正が行なわれ、すべての所得に対して最高税率六十七パーセントの累進課税が施行されるようになった。財閥系銀行の行員だった江頭隆にはかなりの負担が課せられたと思われ、それに加えて四八年に入ってからは総司令部が税務当局を指導して取り立てを厳しくし、「徴税攻勢」と呼ばれたという（村松怜《りょう》「占領期日本における税務行政と所得税減税」、『三田学会雑誌』一〇四巻二号）。恐らくその過程で、江頭家も鎌倉の家を手放すことになったと思われる。

また、「帝銀社宅」の西側、歩いて五、六分で着ける場所には旧陸軍の稲付射場（現、梅木小学校）があり、さらに奥に行けば兵器補給廠（現、国立スポーツ科学センターなど）が広がっていた。いずれも占領期には米軍が接収し使用している。そこに駐屯する米兵を十条の町で見かける機会も多かったはずである。女性連れで通りすぎる姿を、江藤宅の窓から見つめることもあったかもしれない。

江藤の回想には、そうしたアメリカの影がいっさい出てこない。そこには屈辱の記憶の、本当に重要な部分を封印する心理が働いていないだろうか。一九七〇年代後半から江藤は占領期の研究にのりだし、『閉された言語空間』（一九八九年）で、総司令部による言論統制と歴史観に関する宣伝工作の罪を激しく告発するに至る。それは、十条に関する回想を綴るさいには抑圧されていたものが、一気に噴き出したようにも思える。
ここで私事を記せば、当方が中学生のときから住んだ家もまた「帝銀社宅」跡地の近くであった。亡父が中古住宅を買って住み始めたものであるが、江藤がいたころはまだ建っていなかっただろう。父と江藤は仕事の関係で、少なくとも一回は会ったことがあるはずである。もしもそのときに居住地について話していたら、江藤はどんな言葉を返しただろうか。

（かるべ・ただし＝日本政治思想史）

論考

江藤淳の憲法論と天皇論

西村裕一

筆者に与えられた課題は江藤淳の憲法論及び天皇論を検討することであるが、紙幅の限られた小稿において、それを本格的かつ全面的に展開することはもとより不可能である。そのためここでは、それぞれのテーマに関わる江藤の代表的な著作を取り上げ、それらに対し憲法学の観点からささやかな検討を加えることで責めを塞ぎたいと思う。

一　江藤の憲法論

江藤は占領研究のために一九七九年から翌年にかけてアメリカに滞在していたところ、その際の成果の一つが、一九八〇年に文藝春秋から公刊された『一九四六年憲法――その拘束』である（なお、本稿では二〇一五年公刊の文春学藝ライブラリー版を用いており、以下の頁数は同書からの引用である）。同書の中心を構成するのは劈頭の表題論文であるが、その主張はおおむね、①一九四六年憲法（＝日本国憲法）が押しつけられた憲法であること、②しかしその真相は占領下における Civil Censorship Detachment（ＣＣＤ）の検閲によってタブーとされたこと、③交戦権を否認する憲法九条二項は主権制限条項であること、という三点にまとめられよう。もとより、①②と③との間における論理上の関連は一見したところ希薄であるようにも感じられるが、その点も含めて、以下ではこれらの各論点について憲法学の見地から検討を加えることにしたい。

　まず、一点目の押しつけ憲法論について。憲法制定過程をめぐる議論については専門書を繙いて頂くとして（手に取りやすいものとして、古関彰一『日本国憲法の誕生〔増補改訂版〕』〔岩波書店、二〇一七年〕）、現在の研究水準から見て興味深いのは、江藤が憲法調査会編『憲法調査会報告書』（大蔵省印刷局、一九六四年）や高柳賢三ほか編『日本国憲法制定の過程Ⅰ・Ⅱ』（有斐閣、一九七二年）といった日本側の資料を批判的に取り扱っているという点であろう。というのも、これらの資料は一九五七年に発足した憲法調査会による調査を基礎とするものであるところ、近時、その調査には制約及び限界があったという指摘がなされているからである（参照、廣田直美『内閣憲法調査会の軌跡』〔日本評論社、二〇一七年〕）。その意味において、それらの資料を鵜呑みにすることなく原資料を尋ねて自らアメリカに赴くという江藤の徹底ぶりは、憲法制定史研究に向かう姿勢として素直に見習うべきものがあると言えよう。

　もっとも、そのような調査によって何か新しい発見があったのかという問いには、否定的に答えざるを得ないのではないかと思われる。第一に、江藤は先述の『日本国憲法制定の過程』における翻訳の誤りを指摘しているが、これについては英米法学者たる編者から説得的な反論が提出されているし（田中英夫「私は江藤淳氏に抗議する」諸君一二巻一〇号〔一九八〇年〕二三四頁以下）、仮に江藤の指摘が正しかったとしても、そこで明らかにされた「事実」は憲法が「押しつけ」か否かという問題にとってさまで重要な事柄ではないだろう。また、江藤は九条に関する幣原発案説を批判する文脈においてそれが流布された理由を検討しているが、そのために同書で用いられているアメリカの資料はいずれも決定的なものではなく、「もし幣原首相が……ちがいない。さりとて幣原首相には……心外であったにちがいなく、……老首相の脳裡を一時も去らなかったに相違ない」（六〇―六一頁。傍点西村）などと、その論証は推測に推測を重ねる類のものとなっている（なお幣原発案説は後に、佐々木髙雄『戦争放棄条項の成立経緯』〔成文堂、一九九七年〕四五頁以下によって詳細な批判を得た）。こうして見ると、押しつけ憲法論の論証という点に限ってみても、江藤による徹底した調査が功を奏したとは残念ながら言い難いように思われる。

続いて、叙述の都合により順序が逆になるが、三点目について。ここでの江藤の主張は、日米安保条約等によって日本の自衛権は認められたが、交戦権が否認されている限り「自衛権の行使」は認められないため、日本の主権制限を意図する「マッカーサー・ノート」は、依然として生きつづけている」（一九七頁）というものである。この点、マッカーサーの真意がどこにあったのかはともかく、憲法学の観点から気になるのは交戦権と自衛権との関係であろう。というのも、すでに一九五八年には、時の法制局長官が「交戦権がないから……自衛行動権は認められないというものではない」と答弁していたからである（浦田一郎編『政府の憲法九条解釈〔第二版〕』〔信山社、二〇一七年〕四一三頁）。それでは、江藤が交戦権として何を念頭に置いているのかと言うと、同書の記述に従う限り、おそらくそれは「先制攻撃」の権利であろう（九八—九九頁）。したがって、江藤の議論は、「先制攻撃が認められないような国家は通常の主権国家とは言えない」という命題へと帰着するものと思われる。

けれども、そもそも交戦権は主権そのものではなく主権的権利にすぎないのではないかという疑問もさることながら、仮に交戦権の否認が主権に対する制限に該当するとしても、それは九条の改正を選択しなかった主権者国民による自己制限だと理解し得る（参照、松井芳郎「喪失の戦後史と戦後史の喪失」科学と思想三八号〔一九八〇年〕二一頁）。もっとも江藤は、このような批判には満足しないだろう。なぜなら、安保騒動以降に憲法改正が論議されなくなったのは、江藤によれば、保守・革新・米国による「黙契と親和力」によって成立した「密教」の世界の賜物とされているからである。それに対し、国民の眼前に存在するのが「ごっこ」の議論で充たされた「顕教」の世界であったとすると、彼らが「自らの意思によ〔る〕選択」（二〇三頁）を行うことはそもそも不可能であろう。ここから明らかなように、かかる江藤の顕教密教論は憲法が「タブー」であったという認識と表裏一体であると思われるため、大急ぎで話題を二点目に移したい。

というわけで、最後に二点目について。同書が公刊された当時、占領下における検閲の存在はすでに明らかになっていたし、制憲過程にGHQが——「押しつけ」か否かは別として——大きく関与していたことも周知の事実であった以上、この点に関する同書の学術的な意義は乏しいと言わざるを得ない（例えば、奥平康弘『現代の視点』〔日本評論社、一九八二年〕一八五頁を参照）。したがって同書に新味があるとすれば、かかる占領下の検閲に「現行憲法、特にその第九条が『一切の批判』を拒絶する〝タブー〟として規定され、今日にいたるまで一種不可侵の〝タブー〟として取扱われつづけている国民心理操作の原点がある」（一八頁）、という理解を提示した点にあると思われる。しかし、江藤を批判する当時の諸論考も口を揃えるように、戦後日本において憲法が「タブー」であったという認識は端的に誤りであると断言してよい（参照、小林直樹「反憲法の思想（上）」毎日新聞一九八〇年九月二日夕刊、長谷川正安「一九八〇年代と憲法第九条論」科学と思想三八号〔一九八〇年〕二頁以下等）。

にも拘らず江藤がこのような持論を「恬として恥じる様子」もなく展開できたのは、おそらくそれが、自らに対する批判をすべて無効化し得るという構造を有しているためではないかと思われる。この点は江藤を批判した憲法学者が「ＣＣＤの検閲官」に準えられる場面（二一二頁）に典型的に表れているのであって、要するに、「閉された言語空間」において（アメリカの資料によって）「タブー」から解き放たれた（と信じる）江藤は、自身の批判者を真実の抑圧者に措定できる特権的な地位を手に入れたのである。とはいえ、本当に江藤は占領政策による拘束を逃れられていたのだろうか。このような疑問を抱かせるのが、江藤の天皇論である。

二　江藤の天皇論

周知のとおり天皇制に対する江藤の態度は変遷を遂げているが、ここでは、江藤の天皇論におけるある種の到達点と思われる、一九八九年にＰＨＰ研究所から公刊された『天皇とその時代』を俎上に載せることとする（なお、以下の頁数は同書からの引用である）。

さて、同書を貫いているモチーフの一つは次のようなものであろう。すなわち、「象徴天皇制」は――その「もっとも重要な規定」である憲法一条及び二条において――「連合国側の対日占領政策が内包していた分裂と自己矛盾」を反映しているところ、かかる「分裂と自己矛盾を隠蔽する」ための「トリック」が「戦後民主主義」にほかならない（三六―四〇頁）。しかるに、昭和天皇の「御不例」という事態を前にして「われにかえった」日本人は、「象徴天皇制」と「戦後民主主義」という「不自由な枠組」からしばし「自由」に解き放たれて、天皇を必要としている自分たちの「本来の姿」に直面したのである（一二三―一九頁）、と。おそらくこのような理解の前提には、占領下の検閲によって日本人は「自分達の天皇に対する敬意と親愛の念」（三三頁）を忘れさせられてしまった、という認識があるものと思われる（一九五―一九七頁も参照）。

もっとも、他方で江藤も認めるように（二二頁）、占領軍は占領政策に「利用」すべく――九条とバーターであるかはともかく――天皇制を存続させたのであり、そのために天皇及び国民と「軍国主義者」とを分断して後者にのみ戦争責任を負わせたのである（参照、賀茂道子『ウォー・ギルト・プログラム』〔法政大学出版局、二〇一八年〕）。実際のところ、占領軍の検閲は昭和天皇が戦犯であることを示唆する映画にまで及んでいたのであって（参照、平野共余子『天皇と接吻』〔草思社、一九九八年〕一七三頁以下）、「天皇制が生き延びたのは占領軍の検閲のおかげ」（小谷野敦『江藤淳と大江健三郎』〔筑摩書房、二〇一八年〕三四五頁）という側面があったことは否定できない。ところが江藤は、「戦後の日本人は、天皇陛下にすべて悪いことを押しつけて逃げてしまえばいいということを何者かによって慫慂され、強制され」た（二〇四頁）と断じており、占領軍によって天皇が救われたという自己に不都合な「真実」には目を瞑ってしまっていた。もとより、江藤でさえ「真実」に辿り着けないほど「タブー」が強かったと考えることもできるかもしれないが、むしろこのような事実は、「タブー」の存在を暴露するという論法の恣意性をこそ浮き彫りにしているように思われるのである。

（にしむら・ゆういち＝憲法学）

論考

「アメリカ」と対峙する文明批評の将来
——江藤淳と柄谷行人の「他者」

酒井　信

1

　江藤淳は保守の批評家であると位置付けられる。江藤自身も晩年に『保守とは何か』と題した著作を出し、「保守」とは体系化される思想や、人々を動員するイデオロギーではなく、価値判断や歴史認識に根ざした感覚であると述べている。この限りで江藤のいう保守という立場は、文芸批評と深く関わるものだったと言える。

　このような江藤の感覚は、明治政府と近い関係にあった英国の保守思想（エドマンド・バーク等）や、『フィンランド駅へ』（一九四〇年）、『愛国の血糊』（一九六二年）等の著作で、アメリカのナショナリズムを「脱構築」した、エドマンド・ウィルソンの文明批評と近い。江藤はデビュー作の『夏目漱石』の第二章「文明開化と文明批評」から、文学を成立させる歴史的な条件に対する批評＝文明批評の重要性を説いている。

　若き江藤淳にとって「保守」という立場は、日本の文壇と論壇に違和を覚え、二年間のアメリカ滞在を通して獲得した「国際的なもの」であった。近年、江藤淳の批評が回顧される際に、この点が看過されることが多いのが残念である。

　江藤はウィルソンの文明批評に感化され、プリンストン大学の二年目は教員として滞在し、彼の仕事に対抗するように深夜まで日本の古典文学を読み、後に『近代以前』等の著書に「邦訳」される英文の講義ノートの作成に没頭した。

　このような経験を通して培われた江藤の保守思想は、国際的な視野を持つものであり、戦後日本の青写真を描いたアメリカという「他者」と、存在論的に対峙するものであった。『アメリカと私』で展開された、「適者生存」の社会秩序を批判する文明批評や、米軍の占領下での検閲問題を追究する『閉された言語空間』のような研究は、「アメリカ帰り」の江藤に固有の「日本のナショナリズムを脱構築する批評」として実践されたものに他ならない。江藤は、鎌倉の自宅で慶子夫人と銀のティーポットでお茶をするような英国式のライフスタイルを採り、晩年に至っても「アメリカ帰り」の自負を持ち、英語を交えて話をすることも多かった。

そもそも「保守」と一口に言っても、江藤淳の天皇や政治性を帯びた文学作品に対する距離感は、今日の右寄りの評論家や政治家とは大きく異なるものである。

例えば深沢七郎が一九六〇年に発表した「風流夢譚」は、「革命」が起きて天皇と皇后が殺害され、皇太子夫妻が首を切られる場面を「夢」として生々しく描いた問題作であったが、信濃毎日新聞の時評で江藤は「大胆な着想と奔放な幻想」であると評価し、次のように述べている。「これは天皇制否定の小説でもなければ、革命待望の小説でもない。むしろ革命恐怖、滅亡への憧憬をうたったファンタジーで、『海行かば』をロックンロールにしてジャズバンドで演奏したらかくもあろうという作品である」と。

また今日では「保守」の文学者として、江藤と近い関係にあったと考えられている三島由紀夫についても、映画「からっ風野郎」(一九六〇年)のポスターを見て「ああ間違えているな」と記し、『鏡子の家』(一九五九年)についても「ナルシストからは『他者』も『外界』も飛びすさって行くのが当然である」と批判している。

江藤は三島事件に際しても「反発を感じた」、「一種の病気でしょう」と冷ややかな態度をとったことで有名である。批評を含む文学的な表現に、政治思想や道徳を織り込む必要はない、という考えが江藤の批評の根幹にあった。

慶應の英文科出身で、元々は外交官になろうと考えていた江藤は、日比谷高校時代から英語を得意としていた。日本がまだ経済発展の途上にあった時代に、江藤は『アメリカと私』でいう「異教徒」としてアメリカのアカデミズムの世界に食い込み、二年間の滞在で信用を築き、人脈を拡げた。江藤が築いた信用の上で、一九七五年に柄谷行人はイェール大学東アジア学科に客員教授として推薦された。また、一九九一年に村上春樹は客員研究員としてプリンストン大学に滞在し、日本文学の授業で、江藤の『成熟と喪失』を用いた。

以上の点からも江藤がアメリカを経由して辿り着いた「保守の立場」が、今日のドメスティックな「右寄り」の評論家や政治家と大きく異なることが理解できるだろう。

2

「もしこれまでの私の仕事に何かの意味があるとすれば、それは文芸批評に『他者』という概念を導入しようと努めたことだろうと思う」と江藤淳は、「文学と私」と題したエッセイで、いくぶん唐突に述べている。現代思想に馴染みがある読者なら、江藤淳が「他者の哲学」を展開しただろうか、と疑問に思うかも知れない。またこの一節だけを切り取れば、柄谷行人の「他者の批評」を思い浮かべる人もいるかも知れない。

柄谷は初期の「江藤淳論」で江藤の批評の本質が、戦後日本における「外界の喪失」を論じることにあると考え、江藤の影響から「他者」及び「外部」を問う批評を展開した。上述の三島の『鏡子の家』の批評の引用箇所に記されているように、「他者」と「外部」に着目した批評を先に展開したのは、江藤であった。

柄谷は福田和也との対談の中で、「僕が批評というものを書こうと思ったときに、先行する批評家として小林秀雄と吉本隆明がいたけど、書くという面で意識したのは江藤淳だけでした」と述べている。これに呼応するように、晩年の江藤は「文章が書けるのは柄谷君だけだよ」と、柄谷の批評を高く評価していた（「江藤淳と死の欲動」）。江藤が亡くなった後、二〇年間、批評家として文壇を牽引してきたのは、福田和也である（と私は考える）が、江藤の批評の核心（「他者」と「外部」に向から批評）を継承したのは、柄谷行人だった（と私は考える）。

ただ江藤にとっての「他者」は、柄谷行人が代表作『探究Ⅰ』でヴィトゲンシュタインを参照しながら定義した「他者（自分と言語ゲームを共有しない者）」よりも、歴史認識に関わるものだった。それはジャック・ラカンの精神分析の理論でいう「大文字の他者（不可避に関わらざるを得ない言語活動の総体）」や「小文字の他者（個々人の欲望の対象）」のような概念上の区分とも異なる具体的なものであった。

批評家・江藤淳にとって「他者」とは何だったかを書

き出せば、江藤の代表的な仕事（批評）の区分が明確になると言っても過言ではない。

第一に江藤の文芸批評において「他者」とは、夏目漱石が切り開いた「日本近代文学」であり、それを可能にした「近代日本」であった。江藤の近代日本文学への関心と距離感は、近代日本の文学者が生きてきた時代への関心と距離感と重なっている。夏目漱石を頂点とする文学者を、日本の近代史から切り離して批評するのではなく、時代の制約の中で「孤立無援な苦悩」を抱えつつも、旺盛な生活者として生きる姿を「他者」として批評することが、江藤淳の文芸批評の真骨頂であった。

江藤は夏目漱石に、祖父・江頭安太郎の姿を重ねて論じている。これは江藤が文壇で展開した文芸批評と、論壇で展開した歴史批評が重なるポイントでもある。

江藤の祖父・安太郎は一八六五年の生まれで、海軍大学校を首席で卒業し、日露戦争で大本営の参謀を務め、将来の海軍大臣として期待された人物であったが、四七歳で亡くなった。夏目漱石は一八六七年の生まれで、江藤の祖父と一学年違いで、英文学者から小説記者に転じ、約一一年の作家生活の後、江藤の祖父とほぼ同じ時期に、四九歳で亡くなった。

江藤は漱石を論じながら、そこに祖父の姿を重ねることで、近代日本文学を可能にした条件＝近代日本を射程に収め、文壇と論壇に跨がる批評を展開したのである。第一二六代天皇の皇后・雅子は、祖父・安太郎の曾孫にあたるから、江藤の血統は近代日本の皇室とも部分的に重なっている。

江藤淳の文芸批評には、文芸批評の代表作『成熟と喪失――〝母〟の崩壊』や、遺作となったエッセイ「幼年時代」などに顕著に表れている通り、幼くして亡くした母親への恋慕が強い。言い換えれば、江藤の文芸批評の根底では、不在の母を補うための肉感的な文芸批評と、マザー・コンプレックスに似た欲望の流れが重なっている。

また江藤の歴史批評には、父親世代の歴史（大正〜昭和初期）を否定し、祖父の世代の歴史（明治期）を肯定する傾向が顕著に存在する。言い換えれば、江藤の歴史批評の根底では、父の世代の敗戦を補うための思考が、グランド・ファザー・コンプレックスとでも言えるような欲望の流れと重なっている。

敗戦の年の夏に、江藤は湘南の海を埋め尽くしたアメリカの太平洋艦隊の姿を、祖父が明治天皇から賜ったフランス製の双眼鏡で見たという。このエピソードを江藤が繰り返し記してきたことに象徴されるように、江藤の歴史批評には、自己の血統に関する強い自尊心＝グランド・ファザー・コンプレックスが根深く存在している。

江藤の漱石に対する文芸批評は、江藤の祖父が深く関わった海軍への批評に繋がり、文壇と論壇を架橋する批評へと成熟していく。

ただ、明晰でスケールの大きな江藤淳の批評には、小林秀雄の批評と同様に、文学的な創作も織り混ざっている。平山周吉が『江藤淳は甦える』で指摘しているが、昭和二〇年の空襲の被害に遭うまで江藤が家族と暮らしていた新大久保駅近くの「百人町」の家は、江藤が記したほど荒廃してはいなかった。

「温泉マークの連れ込み宿と、色つきの下着を窓に干した女給アパートがぎっしり立ち並んだ猥雑な風景」という描写は、江藤が自己の批評をドラマチックなものに仕立てるために創作したものであった。江藤の「敗戦の経験」には、その経験の陰影を濃く見せるための演出（創作）が織り込まれているのだ。

私は江藤淳の敗戦に関するエッセイを読むと、江藤の一家が経験した敗戦の経験は、生命の危険に曝されるほどのものではなかったと感じてしまう。大陸の前線で一兵隊として敗戦を経験した人々や、日本軍の支配下で敗戦を経験した外地の人々や、広島や長崎に投下された原爆災害の中で敗戦を経験した人々に比べれば、江藤家は恵まれていたのではないか、と。

何れにしても江藤にとって夏目漱石が切り開いた日本の近代文学や、祖父・安太郎が深く関わった海軍が切り開いた日本の近代史は、江藤の批評の起点となる「神話」であった。その「神話」は江藤にとって、批評を通して脱構築すべき対象であり、立ち向かうべき「他者」であった。

代表作『漱石とその時代』の「あとがき」で、江藤は次のように記している。


十五年前に『夏目漱石』を書き出したときから、私はいつか漱石の伝記を書きたいと思っていた。それはひとつには評伝というジャンルへの興味のためであり、より以上に漱石と、彼がそのなかで生きた明治という時代への深い愛着のためである。したがって時期が到来してこの稿に着手してみると、それはいわば漱石という人間と明治という時代との相互交渉をたどるような仕事になった。
作家の仕事は時代を超え得るが、どんな作家も昨日までの過去を背負い、明日なにがおこるかを予知できない一人の人間として日々を生きなければならない。そしてそれにもかかわらず、彼は時代というカンヴァスの上にしか彼の生涯の軌跡を描くことができない。私は漱石の軌跡を追いながら、このことをあらためて痛感せざるを得なかった。考えてみればわれわれもまたそのように生きており、そのようにしか生きられないのである。（『漱石とその時代　第一部・第二部』あとがき）

江藤淳は夏目漱石の「則天去私」の神話を破壊し、彼を時代の制約を生きた生活者として、『文明開化』の時代に外来思想に陶酔し得ず、自らの両の眼で、自らの周囲の現実を見つめ通さずにはいられなかった人間」として描いた。

江藤の『夏目漱石』が出る以前は、漱石は教科書に頻繁に採用され、紙幣に刷られるほど高い評価を得た作家ではなかった。江藤はデビュー作『夏目漱石』から、漱石と祖父の姿を重ねることで、「他者」として日本の近代文学とその背後に横たわる近代史と向き合った。

そして外発的な文明開化で、内面的な成熟の追い付かない、急速な変化に富んだ時代を、「旺盛な生活者」として生きた近代日本人たちの「文明論的な故郷＝西欧化ではない近代化のあり方」を模索したのである。

3

第二に、江藤の文芸批評において「他者」とは、「戦後日本の言論」とそれを可能にした「文明としてのアメリカ」であった。前出の柄谷行人やラカンの理論に即して言えば、江藤の批評にとって「大文字の他者」とは、「戦後日本のアメリカの影響下にある言語空間」だったと言い換えることができる。

江藤にとっては「死」や「母」もまた「他者」といえる存在であったが、「文明としてのアメリカ」こそが最大の他者であった。

江藤が理想とした「明治維新」は、江戸時代の鎖国的な社会システムを超克し、国際社会で生き抜くために必要な「保守思想の刷新」といえる出来事だった。これに対して江藤が批判した敗戦後の「アメリカによる維新」は、戦後憲法と閉ざされた言語空間を築き、国際社会で生き抜くための「保守思想の刷新」を不可能にするものであった。

江藤は一九六〇年の安保闘争の最中に「文藝春秋」に記した批評文の中で、次のように述べている。


十五年前には敗戦は天皇と軍国主義の責任だといわれた。今日では、「安保闘争」が革命にならなかったのは共産党の責任だということになっているらしい。恒に正しいのは「文化人」であり、その頭のなかにいる「大衆」である。

だが、それなら、これらの人々は自分が議論に熱中しているあいだに、充血した頭を置いてけ堀にして、日本の肉体がぶくぶくと肥って来たことをどう説明するのであろうか。

(「〝戦後〟知識人の破産」)


ここで江藤は、後にミシェル・フーコーが『言葉と物』(1966年) の中で「エピステーメー」という概念を使って「言語空間の構造的な断絶」に着目したように、戦後日本の言語空間を構造的に規定する「認識の枠組み」を断罪しようと試みている。

このような戦後の言論空間の条件を、手探りで探究するような存在論的な批評は、柄谷行人が指摘しているように、当時の批評として斬新なものであった。

批評家として早熟に過ぎた江藤は、戦後民主主義の下で台頭してきた「近代文学」派の先行世代(埴谷雄高、平野謙など)や、戦前から批評家として「日本的な批評」を展開してきた小林秀雄や福田恆存、「若い日本の会」に集った石原慎太郎や大江健三郎のような「文化人」などと距離を置いた所で、批評家として成熟していくことを余儀なくされる。

つまり江藤が「保守の批評家」と見なされるようになったのは、六〇年の安保闘争後に、孤立して行く過程においてであった。「孤独であることは、ここでは『悪』ではなくて、強さのしるしとされた」と『アメリカと私』で述べているように、江藤は日本を追われるようにプリンストン大学に滞在し、孤独に「文明としてのアメリカ」と対峙することで、戦後日本の言語空間の「構造的な問題」と向き合い、批評家として本格化したのである。

「合衆国はおそらく今日まで依然としてソーシャル・ダーウィニズムが暗黙の日常倫理になっている唯一の国である」(同前) と江藤は述べている。江藤は「適者生存」の原理を有するアメリカが、日本に原爆を投下した点と沖縄を占領した点を批判した上で、『アメリカと私』で次のような結論に至っている。「もし『近代化』の問題が適応の問題であるなら、日本人がかかえているのと同じ問題を米国人もかかえている。米国式生活は魅力のある生活様式であるが、それを唯一の『近代化』の基準にしようとするのは、おたがいに不幸のもとであろう」（同前）と。

晩年の江藤は、「文明としてのアメリカ」について石原莞爾を引きながら次のように述べている。「日米戦争を、〝世界最終戦〟と規定したのが、稀代の戦略家石原莞爾のおかした最大の誤まりだったと、私はこのごろ考えるようになった。／それは〝最終戦〟（war of annihilation）ではなく、〝持久戦〟（war of protraction）であり、消耗戦である。つまり、じつはそれは〝終わりなき戦い〟なのである。」（『日米戦争は終わっていない』）と。

江藤にとって、祖父をはじめとする一族の誇りが詰まった海軍を壊滅に追い込み、占領国として日本に君臨してきた「アメリカ」は、批評家として「成熟と喪失」の双方を自覚させる最大の「他者」であった。

アメリカで保守化した江藤の代表的な批判者である加藤典洋も、江藤の「敗戦の文化」研究の普遍性については高く評価している。もちろん『成熟と喪失』の解説で上野千鶴子が指摘しているように、「アメリカ」に敏感に反応する江藤の姿には、彼の世代に固有の「アメリカンコンプレックス」が感じられなくもない。

ただ現代でも「文明としてのアメリカ」は、逃れがたく、日本の内側に染みこんでいる。

近代の原理を、伝統的な規範にさほど影響されることなく、率直に体現した「文明としてのアメリカ」は、情報産業から軍需産業、小売業から農業まで独占的な資本主義を育み、ショーアップされたデモクラシーとエンターテイメントで世界の関心を集め、未だに「世界の覇者」として繁栄の絶頂にある。

このような時代、「文明としてのアメリカ」と批評的に対峙することは、いかに可能だろうか。「生来理想主義というものを信用しない実際家」を重視した江藤淳の立場を踏まえて、「治者」というよりは「実際家」らしく、最後に「文明としてのアメリカ」と対峙する批評の条件について思考してみよう。

例えばアメリカの「適者生存」の原理に対して、江藤が影響を受けたイギリスの保守思想を援用して、「東洋版のBrexit」を推奨し、現代日本が「東洋のイギリス」

であることは、現実的に可能だろうか。

試みにオックスフォード大学のThe Migration Observatoryを参照してみると、二〇一七年のイギリスの人口は約六六〇四万人で、内約九三八万人が移民であることが分かる。移民が人口に占める割合は約一四％に上り（日本は二パーセントに満たない）、二〇一〇年に保守党が政権を担ってからも変わらず上昇している（一五年ほどでほぼ二倍の増加である）。

保守党政権下でイギリスのEU離脱が迷走している背景には、移民の受け入れによってイギリスが順調に人口を増やし、結果として国力（税収や国内の経済規模等）を維持し、少子高齢化に伴う問題を回避してきた事実が存在する。

現代のロンドンを訪れて、人々が働いている姿に目を向ければ、この国の経済が移民によって支えられていることは、容易に実感できるだろう。アメリカでもイノベーションを牽引しているのは、シリコンバレーの従業員の半数以上を占める、アジア系の人々である。

日本は先進国の中でも突出して早く少子高齢化が進行することが予想されている。しかし危機感に乏しく、移民の受け入れについて現実的な議論は、未だに進展していない。日本が「東洋のイギリス」に限らず、ドイツやオランダなど他の先進国と同程度に、国力の維持をはかろうとするなら、東アジアの近隣諸国から、公平なルールで移民を受け入れ、教育機会を与えるための法整備を、現実的に行っていくより他ない。

現代日本を生きる私たちが江藤淳から、「国際的な保守」の立場を継承するとすれば、かつて左右の思想が混交した「アジア主義」に、その問題点も含めて学び、江藤がアメリカに見出した「適者生存」の原理を、東アジアにおいて相対化しながら、「西欧化」と異なる「近代化」の道を模索するより他ないのではないだろうか。

何れにしても江藤淳の批評を、論争的で、多様で、オリジナリティの高い「国際的な保守」の立場に仕上げたのは、「他者」として、戦後日本と表裏一体のものとして存在してきた「文明としてのアメリカ」であった。そして現代日本を生きる私たちが問われているのも、依然として「文明としてのアメリカ」と対峙する「批評的な姿勢」に他ならない、と私は考える。

（さかい・まこと＝文芸批評）

論考

江藤淳と新右翼

中島一夫

フォルカー・ヴァイス『ドイツの新右翼』の訳者である長谷川晴生は、巻末の「解説」において、ドイツの新右翼の理論的支柱たるアルミン・モーラーと江藤淳との類似を指摘している。モーラーは、ドイツの戦争犯罪という「過去の克服」は旧連合国がドイツ国民を奴隷として飼い馴らすための「鼻輪」であると非難し、一方の江藤は、占領期におけるGHQの情報教育政策に過去の戦争に罪悪感を覚えさせるような「洗脳」があった（いわゆる「ウォー・ギルト・プログラム」）と指摘した（『閉された言語空間』一九八九年）、これらが「極めて似通った思考」だというのである。両者はともに冷戦終結後の右派の再活況のなかで世に出された点でも共通している。

長谷川の指摘は、江藤の一見ドメスティックで孤立した思考が、「右からの六八年＝新右翼」が継承する「保守革命」的なものとして世界史的な文脈にあったことを示していよう。日本の「戦後の保守革命」については、その副題を持つ千坂恭二「蓮田善明・三島由紀夫と現在の系譜」（『思想としてのファシズム』）が、蓮田―三島という「師弟」をまさにモーラーの掲げる「保守革命」の日本版に当たる「系譜」として論じている。また日本の「新右翼」というと、牛嶋徳太朗＝「日本学生会議（ジャスコ）」や鈴木邦男＝「一水会」などが、「六八年」に源流を持ち、新左翼に影響を受けつつもアンチテーゼを打ち出していった存在として、また反共親米一色で当局の手先でしかなかった既存の右翼団体からも切断をはかっていった勢力として挙げられよう。それらの勢力とは別に保守団体のネットワーク「日本会議」も、近年注目されてきている。だが、その蓮田―三島の「保守革命」と「新右翼」諸勢力とのつながり具合については、思想的に今ひとつ見えにくいところがあった。こうした状況に対して「右からの六八年」という文脈に江藤を媒介項として置いてみることで、確かにクリアになるところは少なくない。

ドイツの保守は伝統的にヨーロッパを「夕べの国」と呼んできた。「夕べの国」とは、もともとはカトリック教会と神聖ローマ帝国からなる西ヨーロッパを指していたが、この概念はその都度多様な意味と雑多な目的のために利用されてきた。「「夕べの国」の側には理性の世界、科学の世界、自覚した個人の世界が、逆の側には情動の世界、宗教の世界、無定形な大衆の世界が置かれる。あるいは、前者には文化と守るべきものが、後者には野蛮と脅威があるとされる」(『ドイツの新右翼』)。「夕べ」と言われるのは、それが日の「昇る」「東方」に対して日の「没する」「西方」を含意しているからだ。すなわち「夕べの国」には、西洋の没落や近代の故郷喪失といった西洋近代にとって不可避のテーマが内包されている。ハイデガーも、ヘルダーリンの「帰郷=故郷喪失」にそのような「夕べ」を見た。「むしろヘルダーリンは、その本質を、西洋の運命への帰属性にもとづいて、見ているのである。しかしながら、その西洋もまた、日の昇る東方と区別された、日の没する西方として、地域的に考えられているのではなく、またたんにヨーロッパとしてだけ考えられているのでもなく、むしろ、根源への近さにもとづいて、世界の歴史に即しつつ思索されているのである」(『ヒューマニズムについて』)。

「夕べの国」概念の変遷については『ドイツの新右翼』に委ねたいが、それは戦間期には、反リベラリズム、反マルクス主義、反「東方」をあわせ含む、いわば「反革命勢力のインターナショナル」(リヒャルト・ファーバー)となり、さらに第二次大戦後の冷戦期に入ると、アメリカまでもが「夕べの国」に含まれるようになっていく。モーラーはこのとき、ドイツは共産主義に飲み込まれる前にアメリカニズム=リベラリズムに破壊されてしまうだろうと言った。冷戦期とは、米ソの「平和共存」の中でソビエト社会主義がリベラリズムの一変種になり果てていく過程だった。したがってモーラーは、ソビエト・マルクス主義とアメリカ・リベラリズムの双方をともに超克（近代の超克！）していくことを主張した。こうして「夕べの国」は「アフターリベラリズム」（ウォーラースティン）に向けた「反革命勢力のインターナショナル」の「旗」となっていく。

その後の「六八年」革命とは、端的にリベラルイデオロギーへの反発であった。社会主義がリベラリズムでしかない以上、「左」の理論的支柱であったマルクス主義への信頼が低下し、したがって「六八年」はある程度「右からの」ものであり「保守革命」をはらまざるを得なかったといえる。その意味で「六八年」革命とは、「反革命勢力のインターナショナル」にほかならなかった。問題は第一次大戦後（リベラリズム以降）、地続きなのだ。

日本においては「六八年」のリベラルイデオロギーへの反発は、「戦後民主主義批判」という形をとった。「戦後」にもたらされた「民主主義」とは、アメリカニズム＝リベラリズムによる占領＝統治にすぎないとして、主に「検閲」の問題を通して「戦後」の欺瞞性を告発し続けた江藤の思考とは、まさに「戦後民主主義批判」であり明らかにこの「右からの六八年＝保守革命」の文脈にあった。江藤のあからさまな「反米」も、「天皇」へのフェティシズム的な回帰も、こうした文脈で見なければその思想的意味を捉え損なうだろう。

例えば江藤は、第一次大戦後、日本は「支那革命外交」、「アメリカ革命外交」（ウィルソン主義）、「ソ連の赤色革命外交」という「三つの革命外交に包囲されるにいたった」と述べている（井尻千男との対談「昭和天皇とその時代」、『天皇とその時代』）。これら革命の輸入を受け入れよと扉を叩かれ、それに応じて「日本人であることから逃れたいという願望がいっせいに噴き出しはじめる」なか、「ただ一人を除いてみな、日本人でなくなることができた」、その一人が天皇であり、それは「日本人というアイデンティティを絶対放擲できない最後の日本人が天皇だから」である、と。すなわち江藤にとって天皇とは、「夕べの国」にも似た、リベラリズムの包囲に抗する最後の「反革命勢力」なのだ。ドイツの新右翼がヨーロッパの「アイデンティティ運動」だったように、江藤の天皇は、日本人の「アイデンティティ運動」の最後の砦であり、リベラリズムという世俗化《フォニィ》の波にさらされるなか、ただ一人屹立する純粋性＝本来性なのだ（例えばここで、「世俗化の波」を「サブカルチャー」や「母の崩壊」、「純粋性」を「純文学」や「少女」と言い換えれば、大塚英志が見た江藤淳の像となろう（『サブカルチャー文学論』、『江藤淳と少女フェミニズム的戦後』ほか））。

「昭和」の終わりから「平成」にまたがって連載された『昭和の文人』にしても、中野重治の天皇への「回帰」を論じた部分ばかりが議論されてきたが、平野謙、中野重治、堀辰雄と書き継がれたその全体が示しているのは、「昭和」の日本人がリベラリズムの波に飲み込まれ、いかに「日本人」からの「転向」を余儀なくされていったか、ということだろう。

天皇をリベラリズムに抗う純粋性の根源（これまた「夕べの国」同様、融通無碍な概念である）と捉えていた江藤は、当然にも「開かれた皇室」論には否定的だった。その帰結として、必ずや日本に共和制をもたらすと考えていたからである。

「大原：歯止めを失った〝開かれた皇室〟とは何か。（中略）これは共産党のようなあからさまな反天皇論よりも一般の人たちの耳に馴染みやすい囁きですから、時間をかけてじわじわと毒が回ってくるたいへん問題の多いキャンペーンではないでしょうか」、「江藤：開かれた皇室、国際化の先頭に立つ皇室云々というのは、共和制に近づけたいという議論でしょう」（大原康男との対談「昭和史を貫くお心」、『天皇とその時代』）。

江藤と大原は、明らかに「開かれた皇室」論を、大衆社会の到来に合わせて共産党講座派から市民社会論＝構造改革論へと転回した、松下圭一の「大衆天皇制論」（一九五九年）の一般向け「キャンペーン」と見ている。「開かれた皇室」論は、日本の共和制化に向けた革命への「キャンペーン」として、「陣地戦」（グラムシ）的に「じわじわと毒が回ってくる」に違いない——。江藤は、コミンテルンによる「天皇制」なる概念を退け、ゆえにそれと曖昧に癒着した「戦後民主主義」の欺瞞性を告発し、ついには戦後日本は民主国ではなく君主国であると主張することで、反革命的にリベラリズムの「毒」におびえ対抗しようとした。それは「などてすめろぎは人間《ひと》となりたまいし」（「英霊の聲」）と言って戦後を「鼻をつまみながら通りすぎた」（「私の中の二十五年」）三島の保守革命に連なるとともに、戦後の「ヤルタ体制」や占領憲法による「ポツダム体制＝日本支配」からの脱却を目指した「新右翼」へと接続する思考だったといえよう。江藤を単なる天皇崇拝者と見ることは、「右からの六八年」に規定された世界史的な現在をも見失うほかはない。

六九年発表の「ヒットラーのうしろ姿」は、新宿・紀伊國屋ホールに三島の『わが友ヒットラー』の公演を観に出かけた時のエッセイだが、こうした文脈で読み直せば極めて示唆に富む。外国人相手に英語で当時の学生運動について講釈していた三島は、別れ際江藤に「ときにこのごろ大江君はどうしてる？」と聞き、かつてお互いに「ファシスト」と「褒め」あった大江健三郎（とりわけ六〇年代前半の大江作品は保守革命的だろう）を気にしながら車に乗り込む。江藤はその三島の「うしろ姿」を、舞台で見た「ヒットラーのうしろ姿」――終幕で、レームの突撃隊に対して「あいつらの兵隊ごっこも」「あいつらの夢みてゐた革命もおしまひだ」と言い放つヒットラーの姿――を重ね見るのだ。そして江藤はこう結ぶ。「まさしくひとつの時代が終ろうとしているのである。作者にとっては、青春の同義語だった〝戦後〟という時代とその〝夢〟が」。

明らかに江藤は、作中粛清されながらもヒットラーを「わが友」と呼ぶレームではなく、「戦後」の「革命ごっこ」を真に終わらせようとするヒットラー＝三島の方に惹かれている。それは戦後天皇制も戦後民主主義も「ごっこの世界」にすぎぬと退けた江藤自身とも重なってこよう。千坂恭二は、「三島の「文化防衛」の軍隊構想は、自衛隊＝ドイツ国防軍に対する、ナチス親衛隊のそれに近」く、それはいわば「「文化概念としての天皇」の親衛隊」だと言ったが（前掲論）、江藤はすでに「六八年」革命のさなかに、「革命ごっこ」に対する「反革命勢力のインターナショナル＝保守革命」の先行者として、三島とヒットラーの「うしろ姿」を重ねて見ていたといえよう。

「戦後（民主主義）」という「革命ごっこ」は、保守革命もファシズムも単なる悪として思考から排除した。中上健次が言った「江藤淳隠し」、「三島隠し」があったとすれば、その結果である。だが、それではいつまでたっても江藤や三島が「天皇」と言った意図はつかめないままだろう。
日本のリベラルは、「明治」の自由民権運動からして、憲法や議会を制定するという天皇の詔を受けて発動した天皇主義だった。現在のリベラルに蔓延する天皇主義はその当然の帰結であり、それは「戦後」も「革命」が起こらなかった証である。「戦後」を真に終わらせるには、江藤や三島の言う「天皇」と現在のリベラルの天皇とが、まったく別物であることを見極めるところから始めるほかないだろう。

（なかじま・かずお＝文芸評論）

論考

動揺する精神

——江藤淳の生と死

浜崎洋介

I

よく人は、処女作に向かって成熟すると言う。が、江藤淳ほどにこの言葉が当て嵌まる批評家もほかにはいない。ただし、それは後で見るように、一つの逆説を含み込んだ意味においてなのだが。

江藤淳二十二歳の処女作『夏目漱石』（一九五六年）のなかには、次のような一節がある。

> 漱石の全作品を展望すると、ぼくらの耳には、how to live という問題と how to die（=how to annihilate himself）という問題との二つの諸音が、全く独立した次元から別々に響いて来るのがきこえて来る。彼の一生はこの二つの問題を別々に解決しようとする二つの背反した衝動の連続であって、彼の精神の悲劇は、ともに強烈なこれらの衝動の葛藤から生じるといっても過言ではない。前者の提出するのが倫理の問題であるなら、後者のそれは超倫理《アンモラル》の問題である。

ここで「倫理の問題」（how to live）と言われているのは、どのように他者と関わり、どのように生活を支えていくのか、広い意味での「政治」の営みを支える問いだと言っていい。対して、「超倫理の問題」（how to die）と言われているのは、「いかに死ぬべきか」というよりは、「如何にして人間を離れるか――植物たり得るかという憧憬」、つまり、人間世界を超えた彼岸への欲望を描く「文学」の営みを支えている問いだと言える。前者は「生」の地平で、他者に対する「倫理」を要求し、後者は「死」の地平から、今ここにある「存在」を問い質す。

　そして、その後の江藤淳の軌跡を考えたときに決定的なのは、おそらく次の一節だろう。江藤は言う、「前者〔倫理〕を後者〔超倫理〕によって解決しようとするのは不可能」である。そして、そうである以上、「漱石自身、少くとも、小説の世界では超倫理〔現世否定の衝動〕の要素を拒まざるを得ないものとして制作を続けて行ったのである」（〔 〕内引用者）と。

　この「小説の世界」を「批評の世界」と言い換えれば、それはそのまま、ほぼ江藤淳の姿と重なってくる。事実、江藤淳自身、誰より熾烈に「超倫理」の世界（死の世界）を希求しながら、しかし、それゆえにかえって、他者との生活（生の世界）を考えることを「倫理」としなければならなかった批評家ではなかったか。この生と死、政治と文学という「二つの機軸」（『作家は行動する』）に対する思考は、その後における江藤淳の批評の「宿命」を照らし出しながら、その葛藤と動揺のリアリティにおいて、今もなお、その可能性の中心を形作っている。

Ⅱ

　ただし、この「超倫理」（死への憧憬）の拒絶による「倫理」（他者との生）の確立という主題は、その資質によってだけではなく、おそらく、それを問わなければ戦後という時代を生きることができなかったという江藤淳の「現実」によって強いられたものでもあった。

　幼くして母を亡くし、戦災で家（故郷）を失い、戦後の焼け跡でいつ死ぬとも知れぬ病弱な体を引きずりながら妹と弟の面倒を見、学費の為にアルバイトを掛け持ちし、学生結婚の後は、『三田文学』の編集手伝いの傍ら、奨学金と家庭教師で何とか暮らしを支え、「ものを書いているなら大学院を辞めるように」と言われてもなお生活のために筆を握り続けたという江藤淳において、「他者」のことを考えるということは、そのまま生きることを考えることであり、また、それによって自分とその愛する者たちを守り支えていくということでもあった。

その経験は、後に、甘美な「死の世界」への誘惑を語る者たちに対する愛憎――たとえば、堀辰雄や三島由紀夫に対する拒絶、また『作家は行動する』における小林秀雄批判など――となって現れることになるだろう。と同時に、それは『アメリカと私』(一九六五年)などに見られるように、一切の甘えを許さないアメリカ社会の「苛酷さ」に対する一種の親近感と、そこで「適者」になることに対する江藤淳自身の「意地」となっても現れることになるのだった。

そして、アメリカから帰国して後に書かれた『成熟と喪失』(一九六七年)において江藤は、自らの問いを次のように自覚し直すことになるだろう。すなわち、敗戦によって支えとなる〈父=天皇〉を失い、高度成長によって頼るべき〈母=自然〉をも失った〈戦後日本人=第三の新人の文学〉において、いかにして「成熟」は可能になるのか、いかにして「治者」の倫理は可能なのかと。

ただし、ここで注意すべきなのは、このとき江藤の言う「治者」が、ほんの僅かだが、〈生の世界〉に対する「適者」のイメージからはズレていたという点である。「治者」の像が単なる社会的「適者」でしかないのだとしたら、アイデンティティの問題は不要となる。逆に言えば、自らのアイデンティティを問わずに「治者」たらんとすれば、それこそ江藤淳の説く「不寝番」の論理は、アメリカ人の説く「適者生存の論理」と変わらぬものとなってしまい、その「倫理」も、取り換え可能な単なる処世術へと堕してしまいかねないということである。

いや、だからこそ、その後に江藤淳は、この〈生の世界〉を支えるために、これまで抑圧してきた〈死の世界〉、すなわち「死者との絆」という「私情」を呼び出さざるを得なかったのではなかったか。

そして、ついに一九六〇年代後半、江藤淳は、戦後における父の不幸を鏡にして、戦前において海軍提督・中将だった祖父を、そして、その祖父が学んだ海軍兵学寮を創設した勝海舟を想い出しながら、その系譜の背後に見え隠れする「耐えつづけている国家のイメイジ」(「戦後と私」一九六六年)を呼び覚まそうとするのだった。生と死、倫理と存在、公と私、そして政治と文学とが交わるその交点に、江藤は、不在の「日本国家」を幻視しようとするのである。

しかし、アイロニカルなのは、その時にこそ、奇妙なジレンマが江藤淳を襲っているように見えることだった。それは、たとえば「国家」政策を語った次のような言葉において明らかである。

いかにも戦後のわが国の政府の基本政策は、米国からの相対的自由を獲得し、一歩ずつ自己同一性《アイデンティティ》を回復しようとする努力にあったともいえる。しかし、さらにそれ以前に政府には、国家と国民の生存を維持するという責務が委ねられていたのである。〔中略〕自己同一性《アイデンティティ》の回復と生存の維持という二つの基本政策は、おたがいに宿命的な二律背反の関係におかれている。自己回復を実現するためには「米国」の後退を求めなければならず、安全保障のためにはその現存を求めなければならない。（「「ごっこ」の世界が終ったとき」、一九七〇年）

そして、この「自己同一性の回復」と「生存の維持」というジレンマを同時に解こうとしたとき、江藤淳は、これまで「他者」を主題としてきた批評家とは思えないほどにナイーブなシナリオを語り出すのだった。すなわち、経済面での日本の譲歩（米国資本に対する日本市場の開放）によって、軍事面での米国の譲歩（在日米軍のグアム撤収）を引き出し、それによって、アメリカとの同盟を失うことなく（生存の維持）、アメリカの従属国であるという意識も払拭できるのではないか（自己同一性の回復）と。しかし、考えるまでもなく、軍事面での譲歩が、結局はアメリカの意志次第であるという限りで、江藤の思い描くシナリオは、あまりに〈他者＝アメリカ〉を甘く見たものだと言わざるを得ない。

　事実、冷戦後の状況を鑑みれば、米国資本に市場を開放した日本は、それによって何らの軍事的譲歩も引き出せなかったばかりでなく、逆に、日本市場の自立性を奪われることによって（グローバリゼーション）、その「生存の維持」をさえ危うくしてきたのではなかったか。

　つまり、江藤の言う、「生存の維持」を失わずに「自己同一性」を回復するという方法、言い換えれば、〈how to live ＝政治〉から始まって、そこに〈how to die ＝文学〉を接木するという方法は、あまりに虫がいい話だということだ。「あれも、これも」欲しいという御都合主義は、ついに「あれも、これも」失ってしまいかねないのだということである。

Ⅲ

だから、おそらく議論は転倒しているのだろう。なるほど、漱石論でも言われていたように、「政治」の問題を「文学」で解決することはできない。が、それでもなお「政治」の問題は、それが「実際家」(「〝戦後〟知識人の破産」一九六〇年)の眼にどんなに非現実的に映ろうが、やはり「文学」の側から接近すべきなのである。言い換えれば、他者との間に見出された「倫理」(生存維持)とは、それ自体が価値を持つものではなく、己の「存在」(自己同一性)が他者のために譲った部分として見出された時、はじめて力を持つ思想になり得るのだ。さもないと、私たちは七〇年代の江藤淳と同じように、「生存の維持」を図っているつもりで、結局のところ自己喪失してしまっているということにもなりかねない。が、それは、もしかすると晩年の江藤淳自身がすでに気づいていたことなのかもしれない。

八〇年代以降、バブル景気の中に「自己」を見失っていく日本人を横目に、ただひたすらに占領研究に打ち込み、戦後という「虚構」=「how to live」の論理が何を押し隠していったのかを徹底的に見定めようとした江藤は、ついに、冷戦が終わった九〇年代、勝海舟の「開かれたナショナリズム」に対して、かつては、「盲目的な閉ざされたナショナリズム」(「二つのナショナリズム——国民理性と民族感情」一九六八年)として批判したこともあった西郷隆盛の「how to die」の論理を、つまり、その「失敗への情熱」を、改めて肯定的に論じ直すことになるのだった。

この〔西南戦争の〕ときもまた海舟は、〔旧幕臣の暴発を、あらゆる手立てを使って未然に防ぐことによって〕現実の保全に見事に成功したのである。

しかし、そのような海舟が、政治的人間としては大失敗者ともいうべき西郷南洲を、却って追慕してやまなかったというのは、どういうわけか。それは、西郷の残像によって政府を牽制しようという魂胆からか、それ以上のものか。ひょっとすると、海舟もまた失敗したかったのか。失敗した政治的人間が後世に遺す思想というものの力を、海舟はここにいたって認めようとしているのだろうか。だが、それなら西郷の思想とは何か。そんなものがどこにあるのだろうか（『南洲残影』、一九九八年、［ ］内引用者補足）

これは江藤淳自身による自問自答の言葉だと言っていい。が、重要なのは、このとき江藤淳が、ようやく素直に、つまり、死を抑圧せずに、政治と文学との関係について語りはじめているかのように見えることである。

政治（how to live）から文学（how to die）には手が届かない。が、文学（how to die）を譲ることによってなら政治（how to live）に手が届くのかもしれない。譲れるものが何で、譲れないものが何なのか、それを見定めることだけが自己喪失から私たちを守る方途なのではないか。その自覚だけが「政局」ではない「政治」を、もっと言えば、「後世に遺す思想というものの力」を可能にする〈生き方〉なのではないか。むろん、それが政治と文学を混同することではない以上、その〈生き方〉には絶妙なバランス感覚が必要となる。「how to die」の論理の方に踏み込み過ぎれば、それこそ三島由紀夫のように、あるいは、晩年の江藤淳自身のように（一九九九年）、他者との間に紡がれる「倫理」は見失われてしまうことになるだろう（江藤淳の場合、死を積極的に求めた三島由紀夫とは違って、妻との関係を失ったことから、〈私の心情＝死者の世界〉の方に過剰に引き寄せられてしまったと言えるのかもしれないが）。

しかし、いずれにせよ、晩年の江藤淳において、「政治」とは「死」を抑圧した後に見出される営みではなくなっていた。むしろ、それは「死への欲動」（西郷隆盛）が「生の世界」（勝海舟）に譲ったものとして見出されていたのである。そして、この認識こそが、生涯、「二つの機軸」をめぐってそのあるべき姿を問い続けて来た江藤淳の、その最後の「批評」の姿でもあった。

死の一年前、江藤淳は、はっきりと次のように書いていた。「人間は不幸でちっともかまわない。失敗して何が悪いのか。それを直視するところからこそ勇気が出てくるからである。……成功だけが目的の国家は卑しい国家である」（「西郷隆盛の〝失敗を選ぶ〟気概に学べ」一九九八年）と。

（はまさき・ようすけ＝文芸批評）

論考

「冷戦」という忘却された地層

ロックフェラー財団研究員という体験

金　志映

「ロックフェラー財団研究員とは何か」という問いかけ

戦後を代表する文芸評論家であり、保守論客として知られる江藤淳の批評において、アメリカは最も重要な主題系の一つを占める。戦後批評の金字塔と評される『成熟と喪失』(一九六七)をはじめとして、七〇年代末以降の憲法問題、無条件降伏論争、占領軍の検閲問題に関する諸論考に至るまで、その発言は狭い意味での文学にとどまらず政治・文化問題など幅広い領域に跨り、戦後日本の形成に深く関わった存在としてアメリカを問題化し続けた。

その江藤にとって、二九歳の時に体験したアメリカ留学は、アメリカ観の土台を形作る上で決定的な影響を及ぼしたとされる。江藤は一九六二年九月にロックフェラー財団の招きを受けて渡米し、ニュージャージー州プリンストンに過ごした。財団の支援による留学期限が満期となった後、プリンストン大学東洋学部の客員助教授(Visiting Lecturer with Rank of Assistant Professor)に身分を変えて、さらに一年滞在している。この足掛け三年間の体験が、江藤のなかにある決定的な変容をもたらしたことは、彼が滞米中に日本に書き送った「アメリカ通信」や、帰国後に上梓した『アメリカと私』(一九六五)に繰り返し描かれる。

この留学体験について、江藤淳は後年『自由と禁忌』（一九八四）のなかで、次のような問いを投げかけている。

小島氏や私のような、あるいは安岡章太郎氏や庄野潤三氏や有吉佐和子氏のような、ロックフェラー財団研究員とは、いったい何だったのだろう？　これらは後世の批評家や文学史家が、解き明さなければならない一つの興味深い宿題である。[*1]

江藤が同時期に展開していた占領軍検閲に対する激烈な批判とは対照的とも映る、どこかわだかまりを感じさせる書き方である。作家たちに共有された「ロックフェラー財団研究員」の体験とは、何であったのだろうか。

ロックフェラー財団の留学プログラム

江藤の問いに答えるための重要な手がかりとなる資料が、ニューヨーク州スリーピー・ホロウ所在のロックフェラー財団文書館（The Rockefeller Archive Center）に残されている。財団のフィランソロピー事業と関連した膨大な資料群のうち、各研究員毎に分類されたフェローシップ・ファイル（Fellowship Files）には、財団の内部文書や関係者の間に交わされた夥しい数の私信類が含まれる。留学の様相を伝える貴重な記録である。

それらの諸資料に基づけば、江藤を招いたプログラムは、日本の文学者を対象として一年間の留学を支援する創作フェローシップ（Creative Fellowship）であった。講和発効直後の一九五三年から一九六二年までに、福田恆存、大岡昇平、石井桃子、阿川弘之、中村光夫、小島信夫、庄野潤三、有吉佐和子、安岡章太郎、江藤淳（渡米順）がこのプログラムの招きを受けてアメリカへと渡っている。

財団研究員にはこれといった義務はなく、ただ自由にアメリカを体験することが求められたようである。フェローの自主性を尊重する財団の支援方針に基づき、文学者たちは各自が研究のテーマを定め、全米各地のさまざまな地域に出かけた。財団は文学者それぞれの関心や事情に合わせて個別に支援を行い、留学が意義あるものとなるように親身に助言を与え、さまざまな人物を紹介して引き合わせた。

ロックフェラー財団の文学者に対する留学支援プログ

ラムは、フェローらに対して自主性を尊重しながら寛大で親密な支援を行うことにより、アメリカに対する理解を促し、親密な関係性の形成を図ったところに特徴があったといえる。[*2]

アメリカ留学と冷戦

一見したところ、善意に基づく自由な文化交流に見えるが、このような寛大なプログラムが計画された背景には、アメリカの冷戦戦略があった。

米ソが世界の人々の心を勝ち取るために文化を通した影響力を争った冷戦の時代、両陣営は世界各国から競うようにして知識人・文化人を招いた。そうしたなか、講和後にアメリカは日本に対する冷戦文化外交を強化させ、政府と多様な民間組織が協同して人的交流を推進した。例えば、一九五八年に米国務省の招聘を受けて二ヵ月間アメリカを視察した火野葦平は、アメリカの主宰する人的交流の規模と実感を次のように記している。

日本から招待される各界の客も、年間少ない数ではないが、ドイツ、インド、イラン、フィンランド、パキスタン、フィリピン、アフリカ、フランス、イタリアなど、ソ連の衛生国《ママ》を除く世界中の国から招んでいるから、その数もその経費も莫大にのぼる。年によって違うが、これまで一年平均六千人くらいは招待しているとかで、政府はこのために二千万ドルの予算を計上している。(…)これだけ熱を入れて外国客を招待し、アメリカを見てもらいたいというのは、率直にいつて、アメリカを理解して、アメリカの味方になつて欲しい気持があるに違いない。(…)外国から客を招待したり、留学させたりしているのは国務省だけではなく、フルブライトとか、ロックフェラーとか、フォードとか、その他にもあるのだから、アメリカの招待政策は一大国策の観があるといつてよい。[*3]

右の言葉は、東西陣営の対立が知識人への攻勢として現れたことを鮮明に物語る。

江藤の人選をめぐる財団文書からも、こうした文化政治は看取される。『アメリカと私』のなかで「今ではマリアスというファースト・ネームで呼ばなければおさまりが悪いほど近しい友人」と紹介されるプリンストン大学歴史学科教授のマリアス・B・ジャンセンは、財団の紹介を受けて渡米前の江藤に日本で面会している。江藤について意見を求める財団に応えた返信とみられる書簡のなかでジャンセンは、江藤から「極めて好意的な印象」を受けたことを伝え、次のように綴っている。

ご存じのように、日本の文士は国内政治や国際政治に関して自由奔放に振舞っている。江藤氏のこの方面における現在の関心や今後については私には判らないが、もし彼が文芸評論において頭角を現し、よって将来的に大衆の注目の的になるとすれば、彼が意見を形成する上で基盤となる直接の経験を持つことは、他の理由からも好ましいことであろう。[*4]

政治的発言をも視野に入れた社会的役回りへの期待が垣間見える発言である。六〇年安保闘争の只中で進められた江藤の人選が、日本の知的状況への介入でもあったことを窺わせる。[*5]

付言すれば、江藤の留学当時、プリンストン大学では日本近代化論のプロジェクトが進められており、明治維新を専門とする日本史家のジャンセンはその中心人物であった。日本の近代化を民主主義的資本主義社会へと平和で進化論的な発展をとげた成功事例として意味づけし、共産主義の歴史観とは異なる発展のモデルを第三世界に向けて提示せんとする動機に支えられた日本近代化論は、[*6]ハリー・ハルトゥーニアンが指摘するように、日本を冷戦下におけるアメリカの歩みにふさわしいパートナーとして認知する知の言説でもあった。[*7]江藤の留学をめぐっては、冷戦の文化政治が幾重にも張り巡らされていた。

「戦後」の影の「冷戦」

ロックフェラー財団研究員としての江藤淳は、始終強い自己主張に貫かれていた。一例として、『アメリカと私』のなかには、江藤がアメリカに到着してすぐに財団に給費の増額を掛け合う場面がある。「あなたの場合別に交際費が必要ではないから足りるでしょう」と応対する財団担当者に江藤は、「日本を出るとき財団のアドヴァイザーから、出来るだけ多くの人と交わり、アメリカを知るのが何より肝要だときいて来たのに、財団は方針を変えたのですか」と畳み掛ける。そして二ヵ月後に要請が聞き届けられたとき、江藤はそこに「American Justice のひとつのあらわれ」を見て取り、「その官僚機構のあらゆる複雑さと、担当者の私的感情にかかわらず、それが正当な事実によって証明されさえすれば、ロックフェラー財団は、ひとりの気むずかしい外国人の要求を一度はほぼ率直に聴くだけの度量を持っていたわけである」と論評する。[*8]

ところで、財団文書館には件のやり取りを記録した文書がある。ニューヨークの財団本部で江藤に面会した財団担当者は江藤の要求について報告する書簡のなかで、「財団から自身が受けるべきと考える分について、些か僭越(presumptuous)であるという印象を受けた」と書き送った。[*9]この逸話は図らずも、江藤の自己主張の拠って立つ足場が冷戦の文化政治を離れては成立し得ないことを露呈しているように見える。江藤が掲げた「正当な権利」は、アメリカの冷戦戦略のなかで選ばれた知識人に与えられた「特権」であった。

帰国後の江藤は、アメリカを直に経験した立場から、外部の圧力による近代化の脅威に晒された「治者」の位置に自身を重ねて、自らの批評を構築していく。江藤の批評の基軸を論じた優れた評論『アメリカの影』のなかで加藤典洋は、江藤の戦後批判に見られる「弱点」を、「アメリカとの自由かつ平等なパートナーシップ」を実現するための「決め手」を、アメリカの「善意」と「寛大さ」に委ねている点にあると指摘している。[*10]このような特質は、江藤淳が冷戦の磁場のなかで思想を形成したことと無関係であろうか。冷戦期の文化交流においてアメリカは、戦略的な寛大さとして現れた。しかし江藤が留学した一九六〇年代に未だ米軍占領下におかれていた沖縄を想起するまでもなく、アジアにおいて冷戦は均しく寛大であったわけではない。

占領政策の拘束のもとにある日本の戦後を手厳しく批判した江藤淳は、自らが身を置いた文化交流に潜在していた冷戦の政治学については多くを語らなかった。そして冷戦の前線(「熱戦」)から相対的に後方に位置づけられてきた日本では、冷戦が文化に及ぼした影響への意識は希薄である。しかし、「戦後」がさまざまに顧みられる今、「戦後」という名の影のもとに忘却されてきた「冷戦」の地層を掘り起こす言葉として、財団研究員をめぐる江藤の問いかけを読むべきではないか。

1　江藤淳『自由と禁忌』（河出書房新社、一九八四）、八七頁。

2　ロックフェラー財団の創作フェローシップについては詳しくは、拙著『日本文学の〈戦後〉と変奏される〈アメリカ〉――占領から文化冷戦の時代へ』（ミネルヴァ書房、二〇一九）を参照。

3　火野葦平『アメリカ探検記』（雪華社、一九五九）、五九頁。

4　Marius B. Jansen's letter to Chadbourne Gilpatric, Feb 7, 1962, folder Eto, Jun, Box 121, Series Fellowship Files, RG 10.1, Rockefeller Foundation Archives, Rockefeller Archive Center, Sleepy Hollow, N.Y. 以下、財団文書館資料の引用は全て拙訳に拠る。

5　江藤の人選をめぐっては、財団文書館資料を駆使した梅森直之の考察「「占領中心史観」を超えて――不均等の発見を中心に」『守る――境界線とセキュリティの政治学』杉田敦編、（風行社、二〇一一）がある。

6　佐藤泉『戦後批評のメタヒストリー――近代を記憶する場』（岩波書店、二〇〇五）、一二九～一六二頁。

7　ハリー・ハルトゥーニアン『歴史と記憶の抗争――「戦後日本」の現在』（カツヒコ・マリアノ・エンドウ訳、みすず書房、二〇一〇）。

8　江藤淳『アメリカと私』（文芸春秋、一九九一）、三七～三八頁。

9　Jun Eto, H-fellow, Interviews:RXC, September 12, 1962, folder Eto, Jun, Box 121, Series Fellowship Files, RG 10.1, Rockefeller Foundation Archives, Rockefeller Archive Center, Sleepy Hollow, N.Y.

10　加藤典洋『アメリカの影』（河出書房新社、一九九一）、四五～五五頁。

（きむ・じょん＝日本近代文学）

論考

評伝作家としての江藤淳

山田潤治

その位置と特性

江藤淳の代表作はなにか、と問えば、回答者によってさまざまなタイトルがあがるであろうが、少なくとも江藤本人の回答は明確で、自身の代表作は『漱石とその時代』であった。日本文藝家協会の理事長をつとめた江藤は、富士霊園にある「文学者の墓」の一画に生前、自身の墓をもったが、そこに刻まれた代表作が上記著書であったことからそのことはわかる。『漱石とその時代』は、評伝文学作品である。文芸批評家、評論家、文学者、大学教授として活躍した江藤であったが、その主だった仕事に評伝があることをあらためて考えてみようと思う。

江藤の評伝文学の主だったところを初出順にあげると、デビュー作「夏目漱石」（一九五五）、「小林秀雄」（一九六〇）、「一族再会」（一九六七）、「勝海舟」（一九六八）、「海舟余波　わが読史余滴」（一九七〇）、「漱石とその時代」（一九七〇）、「海は甦える」（一九七三）、「明治の群像─海に火輪を」（一九七六）、「昭和の宰相たち」（一九八七）、そして最晩年の「南洲残影」（一九九四）等がある。

江藤は、一九六一年のエッセイ「評伝の愉しみ」の中で、評伝に興味を持ったのは大学入学の頃で、きっかけになったのは、作品を美的秩序として鑑賞しようとする批評と、作家の実生活に基礎をおいた創作物と理解しようとする私小説的批評と、読者がどちらにつけばよいかで逡巡する二律背反の存在を教えてくれたのが評伝だと述べている。本格的に評伝作品へと傾斜していくのは、一九六四年にアメリカから帰国して以降である。帰国直後に書かれた「アメリカと私」、「日本文学と『私』」では、他者との出会いやアイデンティティの再構築の必要が、その論旨の基調をなしているが、アメリカという他者に出会い、自らのアイデンティティを問い直す必要に問われた江藤は、歴史を描くこと、しかも、人間個人を「完全に心理的に、人間の個体としての側面だけで」「人間を、いわば蒸留水のようなものとして捉える」(「作家とその時代」)ことを追究しはじめる。江藤の探究は、まずは、目に見える「父」ではなく、喪失した「母」の探究であり、「祖父」や「祖母」の明治の精神を描き出すことからはじまる。『一族再会』である。欠落した歴史の穴埋め。要は《空虚なシニフィアン》としての明治であり、敗戦によって喪われた明治を、さまざまな資料をもとに再現していく作業は、江藤淳の想像力の渇望、文学的渇望を十二分に満たしてくれたものと思われる。『一族再会』と自らの一族について描きながら、昭和、大正、明治へと筆をのばした江藤は、個人を軸に描きながら、個人の中に反映された時代精神を描こうと奮闘している。

江藤淳の評伝文学の意義

同時代における評伝作家としての江藤淳の位置づけについて述べておきたい。評伝作家としての江藤の活躍時期は最初に述べたとおり、一九六〇年代から七〇年代にかけてとなるが、高度経済成長期に重なり、まさしく日本人が歴史を見つめ直し、また歴史への関心が飛躍的に高まった時期である。一九六〇年は安保闘争、岸内閣の退陣と政治的に節目となる年であったが、戦後の歴史叙述にとってもターニングポイントとなる年であった。この年一月に発表された第四二回直木賞受賞作は、司馬遼太郎『梟の城』であり、続く第四三回直木賞受賞作は、池波正太郎『錯乱』であった。司馬遼太郎と池波正太郎、戦後の歴史小説を代表するふたりが同じ年に、しかも一九六〇年という年に直木賞を受賞しているのは象徴的である。六〇年代に入ると、一九六三年には、NHK大河ドラマ第一作となる「花の生涯」(原作舟橋聖一)が放送され、平均視聴率二〇パーセントを超える人気番組となる。以後、大河ドラマは、一般の歴史物語人気を高めるのに大きく貢献することとなった。

池波正太郎は、エンターテインメント性の高い小説を書いたが、司馬遼太郎は、大量の資料に基づき、とりわけ、『坂の上の雲』以降は、実証性が高く評伝色の強い小説により人気を博していく。池波正太郎やNHK大河ドラマが、旧世代の歴史小説家たち、吉川英治、村上元三、舟橋聖一の正統嫡子だとするならば、司馬遼太郎はより史実への関心の高い読者層を惹きつけたあたらしいタイプの作家だったといえる。そして、司馬以上に実証性を厳しく求める創作態度で臨んだ作家が、江藤淳であった。

江藤は、「漱石とその時代」を書くにあたって、漱石と同時代の東京朝日新聞のコピーを数年分用意し、書斎の脇において隈なく資料に目を通していたことに象徴されるとおり、高度なprose literacyを駆使して、対象人物をその時代の中において作品を書くことをその基本的な創作態度とした。エンターテインメント色を抑制しつつ、史実に忠実であることをよしとした。一九七〇年スタートのNHK「日本史探訪」には、海音寺潮五郎らとならんで度々、番組に登場したし、一九七六年には、NHKのドキュメンタリードラマ「明治の群像──海に火輪を」の脚本を手がけ、一九七七年には、「海は甦える」が、仲代達矢、吉永小百合、加藤剛のキャスティングで日本初の三時間ドラマとしてTBSで放送され、視聴率は二八・五パーセントに達したというから、お硬い内容であるにもかかわらず、流行の作家となった。

評伝作家としての江藤の成功の背景には、当然ながら社会一般の需要が存しているにちがいないのだが、それはどこからきたのであろうか。私は、解答としてふたつの系譜を指摘しておきたい。ひとつめは、「ノンフィクション・ノベル」というジャンルの輸入である。この言葉は、トルーマン・カポーティが『冷血』(一九六五)を書くにあたって、自らの作品をそう呼称したことにはじまるが、その後、トム・ウルフが自身の文業をニュー・ジャーナリズムと名付けたのが一九七三年であり、日本にもこうしたアメリカでの文学運動がすぐさま影響した。江藤自身、『海は甦える』のあとがきにおいて、「ノン・フィクション」あるいは、「自然発生的なドキュメンタリー・ノヴェルとでもいうべきもの」と自作を性格づけており、その影響がうかがえる。

もうひとつは、戦後ジャーナリズムで猖獗した記録文学からの系譜である。一九五〇年代は、戦争体験を一般の人々が「キング」や「雄鶏通信」といった雑誌に投稿し、記録文学としてひじょうに人気を博した。また、広島や長崎の原爆手記、沖縄戦の手記など、自分たちの体験した生の戦争経験を記述した作品が多数出版された。それ以来の、「ほんとうの事実」を見極めるための読書体験が、江藤の評伝作品を支持したものと思われる。ひとつだけ事実を指摘しておくと、「ひめゆりの塔」の脚本を手がけ、もとは生存学徒たちの手記の集積であったものを、ひとつの物語に完成させた脚本家水木洋子は、NHK大河ドラマ第六作となった「竜馬がゆく」（司馬遼太郎原作、一九六八年放映）の脚本を手がけている。

江藤の歴史観・歴史叙述観

最後に江藤の歴史観について述べておきたい。江藤の思想は明確で、歴史に個人を従属させない、という態度であった。当時、マルクス主義的唯物史観が流行った時代であり、人間がその力で歴史をうごかすことがひとつの思想となっていた。歴史は進歩する（＝人間が歴史を進歩させる）というのがその最たるものであった。しかし、江藤の評伝においては、個人がいて、そして個人が決して無縁ではいられない時代に対峙する、というのが基本的な思想であり、個人を超越した思想の存在というものを認めない。むろん、歴史を凌駕するような超人的な個人といった考えも排している。晩年の『南洲残影』において、江藤が「「西郷南洲」は思想である。この国で最も強固な思想である」といったとき、それは、個人が決してその「矩を踰える」ことがないのだということをしめしている。

『海舟余波　わが読史余滴』のプロローグにおいて、江藤は、「歴史を限りない大海」にたとえた河上徹太郎の比喩をひき、あわせて、ハンナ・アーレントの比喩を引いている。「人の生は循環する自然のなかを帆を張って横切る一艘の船に似ている」――個人と歴史との関係についての江藤の思想はこの一節に凝縮されているのではないだろうか。


（やまだ・じゅんじ＝日本文学）

江藤先生が教えてくれたこと

加賀谷友典

慶應ＳＦＣでの「現代芸術論」講義の衝撃

江藤先生とは、「飲み友」というと軽い感じですが、本当に、なんだか気づいたら仲がよくなっていた、という不思議な師弟関係でした。

そもそも僕は慶應のＳＦＣに一九九一年に、政治思想を学びたいと思って入学しました。ですが、その頃、政治システムの研究者は多かったものの、政治思想を研究している先生はいなくて、大学がつまらなくなり、やめてアメリカにでも行こうかなと思っていました。そんな時に、有名な日本文学の重鎮「江藤淳」が現代思想を講義すると知って、授業に出たのが、最初の出会いです。江藤先生のことはほとんど知らず、『断固「ＮＯ」と言える日本』（石原慎太郎との共著）くらいしか読んでいませんでした。

江藤先生は病気療養からの復帰で、先生は初回の授業で、「今まで現代思想について教えたことはなかったけれど、病気をしたことで、自分があとどれくらい教えられるかわからなくなったので、教えることにした」とおっしゃっていました。この授業が、ものすごく、刺激的でした。打ちのめされた僕は、大学にそのまま残り続けることにしました。

当時のシラバスが手元に残っています。

ロシア・フォルマリズム、マルクス主義文芸理論、構造主義、受容の理論等々、一九八〇年代までの西欧において影響を及ぼした各種の文芸理論を批判的に逐次紹介する。〝批判的〟とは、その一々の普遍妥当性を、日本文学（古典及び近現代）の具体的な文脈にてらして検証する作業をいう。

（一九九二年度春学期「現代芸術論b」のシラバスより）。

この授業は、すべて板書で行われました。バフチン、マルキシズム、ソシュール、と出てくる講義に、僕は完全に圧倒されました。そもそもSFCは実学を教える授業が多かったですから、江藤先生の授業は異色でしたし、別格でした。

毎回出てくる思想家たちの名前とその解釈、流れになんとか食らいつきながら講義を受け続け、最後に試験です。江藤先生の試験は、前もって課題を出しておき、当日は何を持ってきてもいいから試験会場でプリントに書け、というスタイルでした。その時の課題はめっちゃ、難しかった。「西欧近現代の文学における科学主義と反科学主義について考えるところを述べよ」です。僕は家でワープロで解答をつくり、会場ではそのまま書き写しました。だからあっという間に終わってしまって、ぼんやり終了時間がくるのを待っていると、江藤先生がふらりと「何やってんだ？」という様子で近づいてきた。終わっていることがわかると、「へぇ」という表情で通り過ぎていったことを覚えています。

そのレポートは、我ながらいい出来でした（笑）。そのあと、三年生になって、先生のゼミ（研究会）に入り、「君があの（答案の）加賀谷くんか」と言われて、先生と親しく話すようになります。SFCは半年ごとにゼミを移動してもよいことになっていましたが、僕は二年間ずっと江藤先生のゼミにいました。

テクノロジーと言語

文学好きや、思想系の本をたくさん読んでいる学生たちも江藤先生の周りにいましたが、僕の場合は、情報論の視点から、江藤先生に引かれていったんです。SFCは特にテクノロジー系に力を入れていて、当時学内ではカオス理論が盛り上がっており、僕も注目していましたが、このカオス理論は、江藤先生の講義ともリンクしているように感じたんですね。

インターネットが広がるにつれて、これまで扱えなかったものも、バラバラのままでも扱えるようになってくる。そういったことが起きていることを感覚的にはわかっているものの、言語化することができない。でも、先生の講義を通して、その歴史の流れのなかに位置付けることができたんです。老子の話になっていったところで面白いことをおっしゃっています。当時のノートから引いてみます。

我々は漢字圏だから、言葉がなくとも物事は伝わると考えている。言語を否定するような言語理論とhigh-tech をまぜて論じるような理論ができればそれはノーベル賞級のものになる。

これは、テクノロジーへの肯定的評価でしょう。当時の僕の考えとも非常に近かったことを覚えています。

聖書は「はじめに言葉ありき」だが、東洋思想は違う。混沌が始まりにあって言葉でそれらを分節化する、つまり、混沌をこわすところから始まる。だから西洋とは違う、という話の流れもすごく印象に残っています。

SFCというのは、文系と理系の垣根をなくそうとしてできた学部でしたけれど、江藤先生の授業を聞いて初めてそれを実感することができましたね。

翻訳をのりこえる表現

ゼミの一期目のとき、僕は本居宣長をテーマに論文を書きましたが、それは江藤先生の講義のなかで、サイデンステッカーの「細雪」の英訳と谷崎の原文との間にどういう違いがあるか、という話をされたことがきっかけでした。翻訳というのは、別の言語から別の言語に移すこと。このとき、失われるものがものすごくあるのに、作品がきちんと伝わるのは、いかなる理由によるものか？という問いですね。

言語は、秩序体系だが、なぜ秩序でもって、秩序とは正反対にあるような「こころ」というものを、文字が表現できるのか？　それはおかしいのではないか？　と僕もすごく納得できました。

言語で心情を表現しているとき、そのままを書くのではなく、情景描写をしていることも多い。つまり、ダイレクトに表現することでは心情を表すことはできず、別なものに反射させることで、ゆらぎの部分をとりこめるのではないか、ということを情報論的に書いてみた論文でしたが、その考え方は、最近の僕の仕事にもつながっています。

僕は、ここ数年のあいだ、脳波を使って非言語を可視化するというものをつくっています。宇野常寛さんに以前インタビューをされて気づいたことですが、失われてしまった非言語領域を可視化するということは、翻訳によって失われたものを、いかにして取り戻して、言語をまたいでダイレクトに表現できるか、につながるんですよね。それは、江藤先生の授業の延長線上にあることだと思います。

先生から教えてもらったこと

江藤先生とざっくばらんに話をするようになったのは、研究室で出す論文集の編集委員になって授業以外での接点が増えたからかもしれません。先生と論文集の体裁について相談したり。

たとえば、「先生、論文集のタイトルはどうしましょう?」と伺うと、『近代のうしろ姿』はどうかな?」と言うんですね。「わかりました」ということで「近代の後ろ姿」とデザインして持っていったら、「うーん……加賀谷くん、この〈後ろ〉はひらかない?」と(笑)。あ、じゃあわかりました、ひらきましょう、みたいなやりとりですね。

そのまま大学に残りたいとも思いましたが、江藤先生のところに残ると、文学をやらなくてはいけない。僕がやりたいことは、情報論でした。ということで、学部を卒業したあとプラプラしていました。

卒業してしばらくした一九九七年に、江藤先生の最終講義がありました。手ぶらで行くのもなんだかなと思ったので、湘南台の駅前で、一番高そうな日本酒を買って一升瓶をぶら下げていったんですね。教室は超満員で、階段に座って聴きました。最前列は教員がずらっと並んでいました。最終講義も話しているうちにどんどん熱が入っていって、「人が人に教えるとは何か? わかっているのか?」と目の前に教員がいるのに大説教をぶっていました（笑）。

講義が終わった後、うしろのほうの席から「先生！」と呼んで一升瓶を掲げて持っていったら、先生がめっちゃ喜んでくれたのを覚えています。「いきなり日本酒飲むのもなんだから、研究室からシーバスを持ってこい」と言われて、それを取りに行って一緒に飲みました。

その時だったか、就職していなかった僕に、「きみね、いまいくつだ？」「二六です」「きみ、大丈夫だよ。おれなんて給料をもらったのは三〇すぎてからだ。それまであと何年ある？」と。とりあえず生き残ればいいんだよ」と先生はおっしゃったんですね。とにかく生き残れ、というのがメッセージだと。僕はそれを、「そのままいけ、安易に就職するな」という意味だと思って、今なお就職しないまま生きていますす（笑）。先生のその言葉がなければ、人生はだいぶ違ったように思います。

もうひとつ、先生から言われたことばで印象に残っていることばがあります。「どんなに出来の悪くて、やる気のない生徒であっても、教員が本気で取り組んでいるかは、驚くほど敏感に感じ取る。だからこそ、われわれ教員は、常に本気で生徒に接しなければならない」。これは心に残っています。

最近、自分でも講演をすることも増えてきました。どんな場所であっても、どんなに相手の人数が少なくても、全力投球することにしています。人が人に教えるということは、知識を教えることじゃない、姿勢を見せることだ、というのが先生の強い教えです。

先生は普段はノリのいい先生、という印象で、本当に気軽に話していました。もしかすると、文学の話を僕が一切しなかったから良かったのでしょう。先生に直接本の感想を伝えたことは、あったかな。授業で出てきた言語学の井筒俊彦の本は図書館で読みました。あの頃出た『人と心と言葉』というエッセイ集が僕は好きですね。……何を話していたんだかひとつひとつは思い出せないのですが、僕にとって師匠というのは、江藤先生しかいませんね。（談）

（かがや・とものり＝プランナー）

（二〇一九年二月二七日、汐留オフィスにて）

1999年1月、慶應SFCでの最終講義終了後。右が加賀谷氏。手には一升瓶が下げられている。
（産経新聞社提供）

論考

言葉にならない言葉

中島岳志

江藤淳は、絶筆となった「幼年時代」の「二、初節句」の冒頭で、亡き母の手紙を紹介している。手紙が書かれた当時、江藤は生後二か月。母が義姉に近況を報告している。

母は、敦夫（江藤淳のこと）の様子を「この頃は大変愛嬌よくなつて参りまして顔をみましては笑ひお話をいたす事もございます」と書いている。

この記述を受けて、江藤は言う。

このとき私は、どんな「お話」を母にしたのだったろう。自分が母の顔を見分けていかに満足しており、此の世にも稀な「幸せ者」だと感じていることを、音節だけがあって意味の定まらない言葉（？）で、懸命に表現しようとしていたのだろうか。

一方、母はといえば、その「お話」の意味するところを、いうまでもなく十二分に理解していたに違いない。それはもとより禁止もなければ、検閲も存在しない世界である。無論私は、この頃のことを何一つ覚えてはいない。しかし、他の乳児たち同様に、自分にもかつてはそういう世界が確実に在ったのは、まぎれもない事実なのである。（『妻と私　幼年時代』文春文庫、二〇〇一年、一三六―一三七頁）

江藤の批評の中核は、自死の間際にかかれた文章に集約されている。彼が生涯を通じて追い求めたのは、「言葉にならない言葉」の世界である。大切なことは、そう簡単に「言葉」にならない。「言葉」にしようとすると、大切なものが逃げていく。だから、沈黙せざるを得ない。しかし、その沈黙の中に、本当の「言葉」が存在している。言語ゲームを超えた「言葉」の世界が存在する。赤子が母と「音節だけあって意味の定まらない言葉」で会話するように。亡くなった人たちと、無言の会話を交わすように。

江藤の批評の切迫感は、戦後日本において、この次元の「言葉」が遺棄されていることに向けられた。大切な死者たちとの会話を切断するものは何なのか？　なぜ私たちは、死者の声を聞くことができなくなっているのか？

そこにあるものを、江藤はアメリカ占領軍の「検閲」による自主規制とみなした。だから、「禁止もなければ、検閲も存在しない世界」の回復を追究し続けた。彼にとって、「言葉にならない言葉」によって繋がっている世界の存在は、何よりも明確な「事実」だった。この「事実」を追い求める作業が、江藤の批評だった。

＊

江藤は晩年、最愛の妻を亡くした。妻との会話は、生きている時から、沈黙によって交わされた。

死の淵にあった妻は、やはり無言で語りはじめた。江藤は静謐な時間の中、声なき声を聞き、無言で返答した。病室で二人だけの「無言の会話」が続いた。

妻が亡くなったとき、江藤は妻の左手の薬指から、翡翠の指環を抜き取り、鞄の中に入れた。それは「彼女が母の形見として特に大切にし、私に託していた指環だった」。

江藤はその後、体調を崩し、手術を受ける。しばらく入院し、一時は深刻な状態だったものの、次第に健康を取り戻した。

久しぶりに鞄を開くと、内ポケットから「翡翠の指環」が出て来た。

何だ、慶子、君はやっぱりここにいたじゃないか、ずっとぼくと一緒にいてくれたじゃないか、と言葉にならない言葉で指環に語りかけると、涙が溢れ出て来た。

（前掲書、一〇七頁）

大切な思いは、やはり「言葉」にならない。しかし、そこにはたしかに「無言の言葉」が存在する。「言葉にならない言葉」が私からあふれ出す。涙と共に。

この「言葉」への確かな意識は、幼少期に孤独の中で摑み取った。

四歳の江藤は、母の死に直面する。死の間際の母を前に、彼は大人の真似をして正座し、両手をついてお辞儀した。母はそこにいる。しかし、「同時に無限の彼方にいて、私はどうしても手をのばして母の頰に触れることができない」。

そのとき、いわば私は自分と世界とのあいだの距離を識った。それは言葉によって埋めるほかないものである。その言葉に、私は学校でではなく母の死後その遺品が納められた納戸のなかで、感覚というよりは意識のとらえた沈黙にひたっているうちに出逢ったのである。（『一族再会』講談社文芸文庫、一九八八年、五四頁）

この「言葉」を、江藤は『近代以前』の中で、リチャード・ブラックマーのいう「沈黙の言語」（The language of silence）と同じだと言い、「思考が形をなす前の淵に澱むもの」と言い換えている。

私たちはこの「沈黙の言語」によって、時代を超えた死者たちと繫がっている。そして、日本文学の連続性は、表現された言葉よりも、「沈黙の言語」によってこそ担保されている。

言葉は、いったんこの「沈黙」から切りはなされてしまえば、厳密には文学の用をなさない。なぜなら、この「沈黙」とは結局、私がそれを通じて現に共生している死者たちの世界――日本語がつくりあげて来た文化の堆積につながる回路だからである。このような言葉の世界に「近代」と「近代以前」との人為的な仕切りを設けることは不可能である。私はむしろ連続を問題にしなければならない。連続を意識することがそのまま「近代」と「近代以前」との共生を明らかにするような、そういう歴史のかたちを。（『近代以前』文春学藝ライブラリー、二〇一三年、二九―三〇頁）

「沈黙の言語」は「文字に記される以前の言葉」であり、「虚体であって実体ではない」。しかし、その虚体を摑まなければ、死者と共生することができない。

*

雑誌『諸君!』一九七〇年一月号に、江藤は「「ごっこ」の世界が終ったとき」という文章を寄稿した。沖縄返還が目前に迫る中、日本がようやくアメリカの支配から脱却し、主体性を回復できると論じた。

江藤にとって、戦後日本は死者を忘却した時代に他ならなかった。「生存の維持のみを目的とする「ごっこ」の世界」に覆われ、死者との対話はないがしろにされ続けた。しかし、「ごっこ」の世界は終わろうとしている。真の意味での主権回復の時が近づいている。死者と共にある世界を回復することができる。

> 日本人が自己回復を達成したと同時に、死者たちはいっせいにこの国土に帰り、もうそこから動こうとはしない。そこには特攻隊の青年たちだけでなく、脱走してのたれ死をした老兵もいる。さらに広島・長崎の犠牲者だけではなく、名もない田舎町で焼け死んだ人もまじっている。いったんわれわれにかえれば、われわれは生きている自分のことだけを考えているわけにはいかなくなる。しかもいったんわれわれにかえった日本人は、死者の霊に手を合わせようとはしても、死者をわたくしごとに利用したりはしないのである。(『一九四六年憲法――その拘束』文春学藝ライブラリー、二〇一五年、一六三頁)

しかし、江藤の期待はあっさりと裏切られる。沖縄が返還されても、「ごっこ」の世界は終わらなかった。日米安保の発展的解消はなされず、対米従属はますます深化した。日本人は依然として世界史の舞台に立とうとはせず、ひたすら決定権をアメリカに委ねる「うわの空の時代」が続いた。

これでは死者との共生は実現しない。「沈黙の言語」が成立しない。

江藤が直面したのは、アメリカ占領軍の検閲という問題だった。吉田満『戦艦大和ノ最期』は、軍国主義的との烙印を押され、発禁処分となった。しかし、吉田にとって、この本の出版は、「氏と死者たちをつなぐもっとも深いきずなであり、作品を公刊する以外にその存在を確認するすべはあり得なかった」。(「死者との絆」『落葉の掃き寄せ——敗戦・占領・検閲と文学』一九八一年、文藝春秋社、二六一頁)

一方、検閲に従順に対応したのが、戦後日本文学だった。そこでは過去は否定され、進歩的なものばかりが確認された。本質的な「葛藤」は無視され、階級的な葛藤のみがもてはやされた。

文学とはそのようなもののみでなければならないのだろうか? 文学の創造とは、自己を絶え間なく過去と再統合しようとする努力の連続ではないだろうか? 帰属する文化の有機的全体に対して、絶えず自己を試み、確かめることによってしか、われわれは真の自分と呼ぶべきものに出逢えないのではないだろうか。

(前掲書、二六二—二六三頁)

江藤は「アメリカで隠蔽されている戦後日本の歴史の一こまを探りつづけなければならない」と決意する。それはアメリカの検閲政策の実態を明らかにすることで、強いられたマインドセットから、戦後日本を解き放つ作業だった。

一九七九年、江藤は渡米し、検閲をめぐる一次史料を読み漁る。この作業は、彼にとって文学的な仕事そのものだった。そして、それは死者との「沈黙の言語」を取り戻す仕事そのものでもあった。

絶筆の中で想起した「禁止もなければ、検閲も存在しない世界」。江藤の批評は、母との時間を取り戻す闘いだったのだろう。そして、彼は意志をもって自分の生にピリオドを打ち、死者たちの世界に旅立った。

その死もまた、彼の批評の一環に他ならない。

(なかじま・たけし=政治思想)

論考

「文芸時評家」江藤淳は「痴愚とスリル」で決断する

平山周吉

しかし、批評とは何かということをいろいろと定義できるでしょうが、僕の考えではそれは「小説を読めるかどうか」なんですよ。僕は、日本には戦後ふたりだけ、小説が読める批評家がいたと思っているわけです。それは平野謙と江藤淳です。

平野謙は、書いたものはつまらないですけど、まず作品を読んでそれを判別する能力が、抜群にあったと思うんです。それは江藤淳にもありましたね。その点に関しては、他の批評家は信用していない。そして、3番目は僕だと思っているんですよ。

二十年前に、こう発言している第三の男「僕」とは誰か。文芸批評からは既に遠ざかっていた思想家・柄谷行人である。二十年前とは、江藤淳が自裁する年である。江藤はまだ生存していたが、柄谷と福田和也のこの対談は若向きの文芸誌「リトルモア」（一九九九年夏号、福田『スーパーダイアローグ』所収）に発表されたから、江藤は目にしていない。もし読んだならば、柄谷の評価に江藤は躊躇なく賛同したのではないか。

江藤淳は平成元年（一九八九）に『全文芸時評』（上・下巻）を出版した。昭和三十三年（一九五八）から五十三年（一九七八）まで、新聞の文芸時評欄に書き続けてきた原稿用紙三千枚分の時評をすべて収録した大著だ。文芸時評家としての総決算の書であり、読者からすると、文

「生きた戦後文学史」であり、作家たちにすると、うるさ型の開業医による精密なファースト・オピニオンの束であった。文芸誌を毎月読んで良否を「判別」した作品の総枚数はどれくらいか。概算百万枚か、それ以上か。その大海の中から、三島由紀夫「憂国」が、小島信夫「抱擁家族」が、中上健次「岬」が釣り上げられた。江藤は文芸時評の任から降りる際には、論じる側の醍醐味を書いている。

確実なことは、今日の時評家が、芥川の『鼻』を発見したときの漱石や、谷崎潤一郎を発見したときの荷風の、あの身の震えるような喜びを味わおうとする期待を、ほとんど最初から放擲しているように見える、ということである。／この喜びは、賭けの喜びである。誰がなんといおうと、俺はこの作品に入れ上げてみせるという、痴愚とスリルと批評家としての誇りとの渾然一体となった喜びである。この喜びを失ったとき、批評はなにほどか機械的な営みとなる。（略）漱石や荷風に比ぶべくもないが、私は大江健三郎氏の『飼育』や『芽むしり仔撃ち』を発見したときの喜びをいまでも忘れない。そして、私がこれら一連の大江氏の初期作品に託した夢を、少しも後悔しようとは思わない。

江藤の『全文芸時評』とは、江藤の全身を賭けた決断の記録であった。江藤に先行した平野謙の『文芸時評』（上・下）が時間切れや体調不良の言い訳を「芸」にまで昇華させたのとは対照的である。江藤は常にメリハリ鮮やかに黒白を表明し、灰色の判断を避けた。江藤が朝日新聞の「文芸時評」に起用されたのは、六〇年安保の余韻が残る昭和三十五年の暮れであった。江藤はようやく二十八歳で、文壇デビューしてから四年しかたっていない。前任者は大御所の中村光夫だった。江藤を抜擢したのは「週刊朝日」を百万部雑誌に育てた扇谷正造《おおぎやしょうぞう》で、朝日の学芸部長に転じての、こちらも一種の賭けであったろう。最初の時評の原稿を読んだ扇谷は、江藤に「一読して安心した。この調子で思い切ってドシドシやって下さい」という走り書きのメモを届けている（『西御門雑記』）。「思い切って」やるのは、江藤の得意中の得意ワザであった。

当時、毎日は平野謙、読売は河上徹太郎が文芸時評を担当していた。江藤も交え、三大紙の時評家が集った座談会「文芸時評というもの」（「群像」昭和三十六年七月号）で、江藤は大先輩に挟まれて、自分の抱負を語っている。

「文芸時評というものは、そういう対文壇的な配慮もさることながら、もう一つ対社会的な役割、作品と読者の橋渡しみたいな役割の面から考え直してみなければならぬ所に来ていると思います」「読者が多いとどうしても紹介的、啓蒙的部分が出てくるということ、今の文芸時評は初めからそういう宿命を持っているのだけれども、ただそういう中でどれくらい正確な批評ができるかということが問題ですね」「たとえば、かなりの部数を持つ新聞に出ている時評というものと、作家が新聞小説でどれだけ芸術的な試みをするかということの難易は、ほぼパラレルなものと考えていいのじゃないかな」

江藤のこの新聞への、特に新聞読者への対し方は、夏目漱石が明治四十五年（一九一二）元旦の朝日に書いた「彼岸過迄に就て」を想起させる。江藤が好んで引用したのは、朝日読者のうちで「自分の作物を読んでくれる人は何人あるか知らないが」、その「文壇の裏通りも露路も覗いた経験」のない、「是等の教育ある且尋常なる士人の前にわが作物を公にし得る自分を幸福と信じている」という部分であった。この漱石の覚悟は、江藤が拳拳服膺していた覚悟でもあった。江藤は先の座談会で、作家が小説の文章を彫琢するように、「片々たる時評を書いていても、その文章がやはり文学になることを望んで書いている」のが批評家だと言い、「批評家としての社会的機能」を果しながら、「一個独立の文学にしたい」という抱負を述べていた。朝日の文芸時評から発展して書かれた文芸評論が江藤の代表作『成熟と喪失』である。江藤が時評で論じた「抱擁家族」、庄野順三『夕べの雲』、遠藤周作『沈黙』といった「第三の新人」たちの代表作をあらためて微に入り細に入り読み込んで、戦後日本の家族を「母」と「父」をキーワードに問うたのである。

毎日の文芸時評は、平野謙が十三年余続け、安岡章太郎が一年間リリーフした後、昭和四十五年（一九七〇）から九年間、江藤が務めた。江藤は『全文芸時評』の「あとがき」で、「昭和四十五年秋の三島由紀夫の自裁、昭和四十七年春の川端康成の自殺という二つの象徴的な事件を経て、オイル・ショックの余波が収った頃になると、文学は明らかにカルチュアの座から滑り落ち、サブ・カルチュアの一隅に低迷していた」と、この九年間を振り返っている。自分が時評家であった二十年間とは、「社会の不可欠な一部分を形づくっていた文学が、いつの間にかその片隅に追いやられ、自らを閉して行く過程だった」というのである。

『全文芸時評』を通読していると、江藤の不機嫌な顔が段々と多くなってくる。時評家の幸福よりも労苦のほうが滲んでくるのだ。最後の一年間を読むと、つらい表情が頻出する。「昭和二十年八月十五日以降の日本においては、もっぱら戦後現象の一つとして存在して来た」文学が、「いまや破産に逢着している」という断定がある。芥川賞の選評を読み、「選考委員諸氏の語調にどことなく釈明の調子が潜んでいる」という指摘もある。この年には平野謙が亡くなった。江藤は時評で、平野を追悼している。見ず知らずの大学生が書いた最初の本『夏目漱石』に序文を書いてくれたことへの感謝、文芸時評は「重い荷を双肩に背負い、遠い道を一人行くのが人生だと観念しているところがなければ、できるはずがない」労働であるという述懐、「平批評家」を自称した平野は役柄としては、「いわば笠智衆、志村喬といった味わいの脇役であって、決して主役ではなかった」のに、「いつの間にか日本の戦後文学を体現する象徴的存在となった」不思議が、そこでは語られていた。

文芸時評の筆を擱いた半年後、江藤はワシントンのウッドロー・ウィルソン・センターに赴き、占領軍の検閲研究に「没頭」する。江藤は吉本隆明との対談で、文芸批評と検閲研究の関係を述べている。どちらも同じ「文学」であると。「吉本さんは私の仕事についてつまらぬことにかまけていると言われますが、私のいまやっていることはなんら政策科学的な提言などではありませんよ。そんなものに熱中できるわけがない。私はこれが私にとっての文学だからやっているのです」(傍点は江藤)。毎日で時評を書いていた九年間ずっと持ち続けていたのは、「キツネにもらった小判のような言葉を操って、どうして文学ができるのだろう」という疑問であったと(『吉本隆明 江藤淳 全対話』)。

検閲研究の数年間、「文学」廃業かと見えるほど、江藤淳は思いっ切り文学から離れてしまった。それでも文芸賞、三島賞などの選考は行なっていたし、『自由と禁忌』、『昭和の文人』などを書き継いでいた。平成二年（一九九〇）秋からは『漱石とその時代』の執筆を二十年ぶりに再開する。その江藤が実に久しぶりに文学の現場に戻ってくる機会がやってくる。「群像」の「創作合評」という、もっとも文壇的な場への復帰である。平成五年、六年、八年とも各三ヶ月間、新作小説を読み、小島信夫・高橋源一郎と、川村二郎・大庭みな子と、田久保英夫・富岡幸一郎と、じっくり論じ合っている。復帰当初には、「久しぶりの創作合評だからと思って、鉛筆で線を引きながら読んだんだ」と殊勝なことも述べているくらいだ。「僕が時々は創作合評させてくれといっているのは、義務だと読むからです」とも述べているので、文芸時評家時代に味わった新鮮な衝撃に飢えていたのであろう。この間、二十六編の新作を精読する機会があったわけだが、これぞという作品に出会っていない。「ああ、ついに小説もここまで来たか。（笑）」という嘆き節ならあるのだが。

ここであらためて残念なのは、江藤が村上春樹の作品を「義務」で精読する機会がなかったことだ。担当の回が何ヶ月かずれていれば、「レキシントンの幽霊」などを読んだはずだ。江藤が村上春樹作品を読んだという形跡はうすい。吉本隆明との対談では、未読の『ノルウェイの森』を、批評家の第六感でサブ・カルチャーだと断じた。「創作合評」では、『ねじまき鳥クロニクル』について、スパゲティばかりで、米を食うシーンが一回も出てこないと安岡章太郎が言っていたとわざわざ言及している。桂芳久との対談（「すばる」平成八年三月号）では、夭折した親友・山川方夫の小説を語る際に引き合いに出した。「華やかさと都会的な味わいは、村上春樹がどんなにしゃっちょこ立ちしたってかなわない。けれども、どこかで一脈相通ずるかもしれないと思って、若い読者が触れてみるというだけの魅力を持っていて、読んでみると春樹が絶対扱わない、文学の正道にあるテーマを見通すことができる」。

この頃、江藤にとって村上春樹は気になる存在になっていた。教え子たちからの影響もあるだろう。もしも江藤が「義務」として春樹作品を精読したらどうだったか。「入れ上げてみせ」たか、全否定か。予想はまったくつかないのだが、刺激に満ち満ちた議論を仕掛けたことだけは間違いない。その機会が訪れなかったのは「文芸時評家」江藤淳にとって不幸だった。それは村上春樹にとっても、平成の日本文学にとっても不運だったのではないか。

村上春樹は江藤がかつて日本文学史を講じたプリンストン大学で、第三の新人を中心にした戦後文学の講読をしている。「江藤淳の『成熟と喪失』をサブ・テキストにした」と村上春樹は『やがて哀しき外国語』に書いている。この本は、村上春樹のプリンストン滞在記である。江藤のプリンストン滞在記『アメリカと私』を当然意識していたであろう。出版された平成六年（一九九四）は、江藤がちょうど「群像」の「創作合評」に出席していた時期にあたる。『やがて哀しき外国語』には、「小和田雅子さん」という固有名詞も出てくる。江藤の親戚であり、五月からは新皇后である。「とくに小和田雅子さんという個人が一般のアメリカの人々に及ぼした影響力は思いのほか強かった。ハーヴァード出のエリートということもももちろん話題としては大きいけれど、たぶん彼女のパーソナリティーの中に何か人々を引きつけるものがあったのだろう。そりゃ皇室報道なんてものはどこの国でもミーハーなものなのだけれど、ミーハーなものはけっこう強いのだなという感を新たにした」。

村上春樹と江藤淳という幻の関係については、内田樹が村上春樹の近作小説を読んで仮説を立てている。内田はブログ原稿「境界線と死者たちと狐のこと」、「村上春樹の系譜と構造」で、「上田秋成－江藤淳－村上春樹というライン」を想定している。補助線として引かれるのは「上田秋成の「狐」」の章を含む江藤の『近代以前』である。『近代以前』は若い日の江藤がプリンストン大学で講義した「日本文学史」を基にした文芸批評であり、「沈黙の言語」の自覚と確認の書であった。内田が引用している『近代以前』の一節をここで引用しておく。「この「沈黙」とは結局、私がそれを通じて現に共生している死者たちの世界――日本語がつくりあげて来た文化の堆積につながる回路だからである。このような言葉の世界に「近代」と「近代以前」との人為的な仕切りを設けることは不可能である」。

（ひらやま・しゅうきち＝雑文家）

江藤淳主要著作解説

塩谷昌弘（日本近代文学）

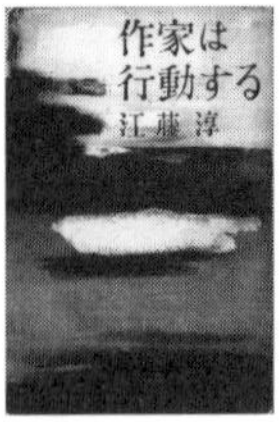

『夏目漱石――作家論シリーズ12』（東京ライフ社、一九五六年）

批評家江藤淳の記念すべき第一作にして、漱石研究の画期をなした評論。当時の漱石研究においては、漱石門下の小宮豊隆が創り上げた所謂「則天去私」神話の影響力が絶大だった。しかし、まだ慶應の学生であった若き江藤は、本書で「英雄崇拝位不潔なものはない。ぼくは崇拝の対象になっている漱石に我慢がならなかったのだ」（「あとがき」）として、神話を否定し、まったく新しい漱石像を打ち出したのだった。とりわけ、漱石を生活人として捉え直し、「他者」がまなざす地平から『道草』を読み替えた第七章と、「則天去私」神話を否定する作品として『明暗』を位置づけた第八章、第九章は圧巻である。なお、本書の扉の裏には「To Keiko」とあり、翌年結婚することになる慶子夫人への献辞がある。

『奴隷の思想を排す』（文藝春秋新社、一九五八年）

江藤には論争家としての一面がある。表題作の「奴隷の思想を排す」は、「文学はこれでいいのか」論争の最中に発表された。名だたる先輩文学者を相手どり、多くの芸術論や言語論を参照しながら、論争の背後にあるものを浮き彫りにしていく。江藤は、この論争は「文学の自律性」という問題に発展すべきであったという。そのように発展しなかったのは「文学の自律性」への疑惑を持たなかった「文壇」の「怠惰」にあるとする。「偶像」としての「文学」を批判し、「文学」を社会と連続したものとして捉える視点は『夏目漱石』と通じている。その他、七本の論考が収められているが、いまなお読むべき論考は多い。

『作家は行動する――文体について』（講談社、一九五九年）

初の書き下ろし長編評論。前半では文体論を展開している。サルトルの想像力論、I・A・リチャーズらニュークリティシズムなどの理論を援用しながら、文学における「文体」は作家の主体的な「行動」の軌跡だとする。作家は、その「行動」によって現実を作り変えていかなければならないという。ここで「負の文体」として痛烈に批判されたのが小林秀雄であった。それに対して後半では、大江健三郎や石原慎太郎といった同世代の作家に「新しい文体」を見出し、さらに福沢諭吉にまで遡り、「散文」の可能性を検討している。本作までの江藤は、戦後の「現実」に「新しい」可能性を見出していたという意味で、進歩派の言論と即応していたと言えるだろう。

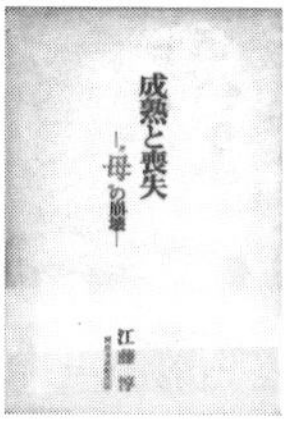

『小林秀雄』（講談社、一九六二年）

初の本格的な評伝。冒頭の「人は詩人や小説家になることができる。だが、いったい、批評家になるということはなにを意味するであろうか」という一節はよく知られている。『作家は行動する』で小林を痛烈に批判した江藤だったが、その直後、小林に対して「不公正な態度」（「あとがき」）をとっているのではないかという疑いにかられたという。小林はなにを「代償」として「批評家」になり、そこにはどのような「宿命」があったのか。未発表資料などをもとに、小林の出発期から戦後までを検証し、「現実」に「耐える」小林を評価した。しかし、周囲は江藤のこの態度変更を「変節」だと批判したのだった。江藤が保守批評家としての一歩を踏み出した分水嶺となる著作である。

『アメリカと私』（朝日新聞社、一九六五年）

江藤には「〜と私」という題をもったエッセーが多くあるが、その端緒というべき著作。一九六二年からロックフェラー財団の研究員として二年間、江藤はアメリカのプリンストン大学に留学する。本書はその体験記である。この期間にアメリカでは公民権運動、キューバ危機、ケネディ暗殺などが起きているが、江藤はそのアメリカ社会に「適者生存」という厳しい「現実」を発見する。そして、この社会で自分が何者でもないことを自覚し、深刻な「アイデンティティ」の危機に瀕していく。しかし、江藤は、アメリカで日本の古典に触れ、日本について考え、「適者」として自らの存立基盤を回復していくのである。続編に「日本と私」（『江藤淳コレクション2』所収）がある。

『成熟と喪失――〝母〟の崩壊』（河出書房新社、一九六七年）

江藤の最重要著作というべき評論。安岡章太郎、小島信夫、遠藤周作、吉行淳之介、庄野潤三ら「第三の新人」の同時代の小説を論じながら、その射程は戦後日本社会のみならず、日本の近代化それ自体に達しようとしている。江藤はエリック・エリクソンのアイデンティティ論を下敷きにして、戦後日本の「父」の不在と、「母」の崩壊を指摘する。敗戦によって「父」（＝秩序、国家）は失われ、占領によって「母」（＝自然）は失われた。だが、そこに江藤は「成熟」（＝近代化）の契機を見る。そして、「治者」（＝父）の回復を企図するのである。文学を論じることが文明批評になるということを示した一冊であり、その後の日本の批評に与えた影響は少なくない。

『漱石とその時代　第一部』、『漱石とその時代　第二部』（新潮社、一九七〇年）

江藤のライフワークとされる評伝。第一部、第二部では、作家漱石の誕生までを描いている。本書の意図は、「その時代」から漱石を捉えなおそうというものである。例えば第二部の「世紀末のロンドン」の章で江藤は、同時代の日本、イギリスの状況、ロンドンの様子、地理などを丹念に描き、そこに漱石を位置付けている。こうした背景としての「時代」が、漱石の輪郭をかたちづくっていく。だが、

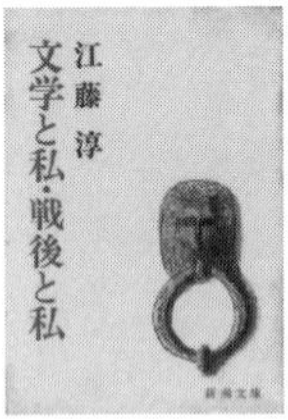

資料や膨大な引用によって裏付けられるこのような実証性がある一方で、漱石が嫂の登世に恋をしていたという説は激しい批判を招いたのだった。一九九一年以降、第五部まで書かれたが、江藤の自死によって未完のまま終わった。

『一族再会　第一部』（講談社、一九七三年）

自身の出自とともに、その一族の歴史を描いた作品。江藤は「私が母を亡くしたのは、四歳半のときである。つまりそれが、私が世界を喪失しはじめた最初のきっかけである」と書き起こす。そして、いま自分は「世界を喪失しつつあると感じている」、だから「私」とは何かを問わなくてはならない。それは自らの起源たる「母」との関係を確かめるところからはじめられなくてはならないというのだ。「母」の喪失はもとより、海軍中将であった祖父江頭安太郎、祖母、母方の祖父など一族の喪失の歴史を描きながら、近代日本のあり方までを問おうとする。既存のジャンルを超えた労作である。本書なくして江藤淳を語ることはできない。

『批評家の気儘な散歩』（新潮社、一九七三年）

一九六九年一月から六月までの連続講演をまとめた講演録。江藤は講演の名手であったと言われているが、本書の語り口からも、その様子は十分にうかがい知ることが出来る。加えて、本書に収められた六回の講演は平明でありながらも、示唆に富む内容のものばかりである。なかでも「自然と故郷のイメージ」は本書の中心をなす章で、デカルトやランボー、レヴィ＝ストロースなどを参照しながら、老子の「自然」理解へと及んでいる。そして、その「自然」は、「一切の始原であるかのような故郷」と重なるというのである。こうした議論は江藤自身の文学的「始原」である「母」へと接合されるのだろう。他にもアーレントの議論を起点にした「批評の原理について」など読むべきものは多い。

『文学と私・戦後と私』（新潮文庫、一九七四年）

本書の表題となる「文学と私」（一九六六）、「戦後と私」（一九六六）は、江藤のエッセーのなかでも必読のものである。その続編ともいえる「場所と私」（一九七一）までの三作が、同時に読めるようになったのは本文庫が初。「戦後と私」で江藤は、自分にとっての戦後が「喪失」の時代だったと率直に語っている。江藤が戦後になって、亡母の思い出がつまった生家の跡を訪ねると、そこは連れ込み宿が立ちならぶ歓楽街になっていたという。人々が平和や民主主義を謳歌しようとも、自分にとって戦後は「喪失」の時代に他ならなかった。それを江藤は「私情」だと認める。認めたうえで、なお癒しがたい悲しみがある。「私情」を語って自らの批評の足場とする江藤の本領というべき作品である。なお、現在この三作は、『戦後と私・神話の克服』（中公文庫）で読むことができる。

『海舟余波――わが読史余滴』（文藝春秋、一九七四年／講談社文芸文庫）

七〇年代の江藤には『漱石とその時代』、『一族再会』など、日本の近代史を扱った著作があるが、本書は江藤がは

塩谷昌弘

じめて本格的に歴史的人物を描いた評伝である。江藤は勝海舟を「政治的人間」とし、「政治的人間」には失敗は許されないという。また、「文学」とは異なり、決して完結することはなく、誰の称賛も求めない。こうして規定された海舟は、後年福沢諭吉によって批判されるような「痩せ我慢」の人ではなく、徒労に耐え奔走する「我慢」の人だという。この孤独に耐える「政治的人間」は、『成熟と喪失』で示された「治者」を体現した存在である。なお、本書と対になる評伝として西郷隆盛を描いた『南洲残影』がある。

『江藤淳全対話』全四巻（小沢書店、一九七四年）

対談、鼎談、座談会などが収録されている。「全対話」とあるが「全」ではない。江藤にはいくつか逸話があるが、そのいくつかは本書によって確かめられる。例えば、江藤がはじめて商業的な雑誌の座談会に参加した「日本の小説はどうかわるか」（第一巻）は、総勢十三名の大座談会で、参加者の多くは先輩作家であった。この座談会で年長の高見順と江藤は対立する。高見は「（憤然として）」江藤に意見するが、江藤は「感情的になられると困りますが」と冷静に対処している。「昂奮してごめんなさい。（笑）」という高見に、江藤はなお意見している。この他にも、大江健三郎と決裂したと言われる「現代をどう生きるか」（第二巻）や、三島由紀夫の自決を全否定して小林秀雄にたしなめられた「歴史について」（第四巻）など、貴重な対話が収録されている。

『なつかしい本の話』（新潮社、一九七八年）

『なつかしい本の話』という題名に騙されるが、単なる読書遍歴ではない。これは江藤の自伝である。木下雄三編の『アーサー王騎士物語』、春陽堂版「明治大正文学全集」の『谷崎潤一郎集』や、伊東静雄『反響』、『マンスフィールド作品集』、チェーホフ『退屈な話』などの読書体験とともに、亡母の影を追った幼少期、度重なる病に絶望した学生時代、そして『夏目漱石』でデビューする直前など、その時々の心境を語っている。いかにして、批評家江藤淳は誕生したのか。きわどい読書体験を語りながら、その誕生までの軌跡を描いた一冊。

『自由と禁忌』（河出書房新社、一九八四年）

『成熟と喪失』の続編と言うべき評論。現代文学を論じることを通して、戦後日本の問題を論じる手法は同じだが、本書には七〇年代後半から江藤が着手した占領下の検閲研究が反映されている。例えば、丸谷才一『裏声で歌へ君が代』を取り上げて、この小説の言葉が、占領軍民間検閲支隊（CCD）の規定した検閲指針の枠内にそのまま収まっていると批判する。さらにソシュールの言語学を援用し、戦後の言語空間は検閲によって「個人的な言葉（パロール）」が圧迫された時代だとし、それを復活させようとする小説として中上健次『千年の愉楽』を評価している。江藤のソシュール理解に対する批判はあったものの、「検閲と文学」という問題に先鞭をつけた重要な著作である。

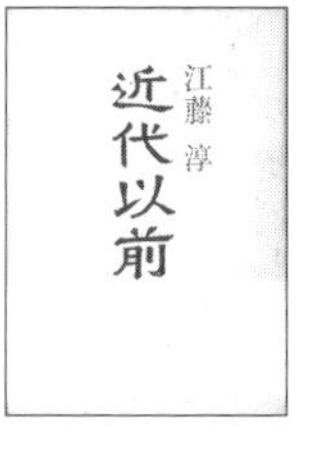

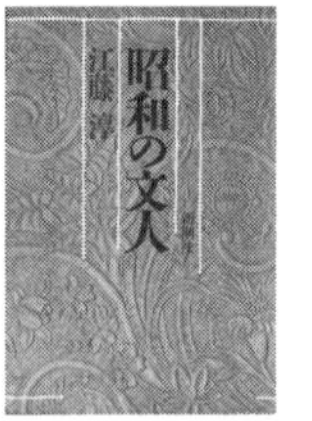

『近代以前』（文藝春秋、一九八五年／文春学藝ライブラリー）

一九六五年に「文學界」に連載した「文学史に関するノート」を改題したもので、江戸期の文学史論。藤原惺窩からはじまり、林羅山、近松門左衛門、井原西鶴、上田秋成を取り上げる。江藤は、関ヶ原の戦役によって荒廃した社会秩序が、惺窩や、惺窩を批判的に受け継いだ羅山の朱子学の合理主義によって再構築されたという。しかし、それは徐々に形骸化していき、秋成において朱子学的合理主義の逸脱を見る。だが、そこに秋成の「自己」発見の渇望があることを指摘する。こうして秋成は「近代」を先取りした存在として定位される。文学史論としては批判があるものの、日本文学の「自己」発見とともに、江藤の「自己」発見の主題が変奏されている。「日本文学と『私』」（一九六五）や、「リアリズムの源流」（一九七一）といった他の文学史論と併せて読みたい。

『昭和の文人』（新潮社、一九八九年）

平野謙、中野重治、堀辰雄という三人の昭和の文人を、福沢諭吉の「恰も一身にして二生を経るが如し」という『文明論之概略』の言葉を重ね合わせながら論じる。江藤は、明治の維新前後のように、昭和の敗戦前後も「一身にして二生を経る」ような時代だったというのである。平野については戦前の左翼活動と戦時中の情報局勤務、父と自らの出自の隠蔽を指弾する。中野には好意的で「二生」を生きざるを得なかった存在として論じ、江藤が若い頃耽読したという堀には批判的である。小説分析の箇所など、バフチンやバシュラールらの構造論を取り入れていて興味深いが、本書においてもやはり江藤自身が変奏されているのだろう。江藤が、どのような「二生」を生きたのかは、今後明らかにされなければならない。

『閉された言語空間』（文藝春秋、一九八九年／文春文庫）

江藤の大きな仕事の一つとして占領史研究がある。本書はその一連の研究の中心となる著作である。本書以前に本多秋五との無条件降伏論争を含む『忘れたことと忘れさせられたこと』（一九七九）や、憲法制定過程を検証した『一九四六年憲法――その拘束』（一九八〇）などがある。また、本書との関連で言えば、プランゲ文庫の調査からCCDの検閲を検証した『落葉の掃き寄せ――敗戦・占領・検閲と文学』（一九八一）もある。江藤の占領史研究は具体的には一九七九年にアメリカのウィルソン研究所に赴任して以降で、本書はその成果の全体像を示したものとなっている。江藤はCCDの検閲がいかに広範にわたって、戦後日本の言説空間を拘束してきたかを詳述している。今日では江藤の研究のあり方それ自体が問われはじめてはいるものの、これらの著作が検閲研究の基礎文献であることは変わりない。

『全文芸時評』（新潮社、一九八九年）

江藤は一九五八年から、途中数年間の休みはあったものの、ほとんど二十年余りにわたって毎月文芸時評を書き続けた。文芸時評といえば、戦前では川端康成、戦後は平野

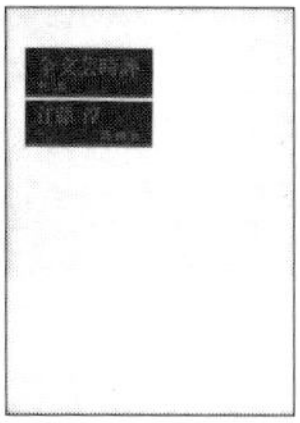

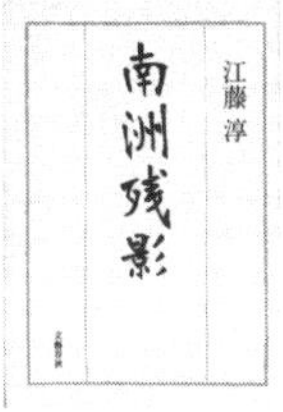

謙といわれるが、その後を継いだのが江藤であった。この時評家としての膨大な仕事を上下巻二冊にまとめたのが本書である。上巻では、大江健三郎「飼育」からはじまり、『成熟と喪失』で取り上げた諸作、論争に発展した倉橋由美子「パルタイ」など。下巻では川端康成の自殺にはじまり、老齢の瀧井孝作「俳人仲間」や、若手作家だった中上健次「岬」、サブカルチャーとして批判した村上龍「限りなく透明に近いブルー」などを取り上げている。下巻には人名索引があり便利だが、通読することで江藤の意外な一面があらわれ驚かされる。江藤淳研究においては必読の書となるだろう。

『荷風散策——紅茶のあとさき』（新潮社、一九九六年）

「三田文学」に一九八五年から一九九五年まで連載されたもので、完結までに十年を費やした。その間に改元があった。「散策」という題にあらわれているように、もともと大きな構想があったわけではなく、また途中に休載があったためか、前半と後半では断絶が見られる。前半部は、『昭和の文人』と執筆期間が重なっており、小説の分析は構造論的で、荷風の文体分析などを試みている。しかし、こうした分析を続く後半部では放棄し、戦中期に発表のあてもないまま書かれた荷風の『浮沈』執筆の背景や、同時代への視線などを描き、伝記的な筆致となる。かつて若年の江藤は「永井荷風論——ある遁走者の生涯について」（一九五九）を書いて荷風を全否定したが、齢を重ねた本書には荷風への共感が滲み出ている。

『南洲残影』（文藝春秋、一九九八年／文春学藝ライブラリー）

西南戦争における西郷隆盛の最期を描いた評伝。『成熟と喪失』以来、「治者」の復権を主張していた江藤は『海舟余波』において、その理想を海舟においた。しかし、江藤最晩年の本書では、「政治的人間」海舟の対局にある西郷を「全的滅亡」を主題として描く。西郷の失敗は近代日本が「滅亡」へ向かっていくことを予見していたとし、さらに西郷には昭和二十年の敗戦さえ見えていたとまで言う。田原坂戦跡に立つという蓮田善明の歌碑に共感し、三島由紀夫の自裁にさえも共感してしまう、この時点の江藤はあたかも「全的滅亡」を求めているかのようである。

『妻と私・幼年時代』（文春文庫、二〇〇一年）

江藤の遺作となった「妻と私」（一九九九）と、絶筆「幼年時代」（一九九九）をまとめて文庫化したもの。末期の癌におかされた最愛の妻との避けられぬ別れを描いた「妻と私」は、死が近づく妻と過ごした「死の時間」から、江藤がどのようにして「生の時間」へと回帰したのか、という回復の物語となるはずだった。しかし、その後、江藤は亡母との記憶をたどった「幼年時代」を絶筆にして自裁したのだった。「幼年時代」は、『一族再会』の続編とも言えるものだが、なぜか登場人物たちは自らも含め変名になっている。江藤淳最期の作品を同時に読むことができる本文庫には、江藤と時代をともにした吉本隆明や石原慎太郎などの追悼文も収録されている。

江藤淳　略年譜

（作成＝平山周吉・編集部）

一九三二（昭和七）年（〇歳）
一二月二五日、東京府豊多摩郡大久保町字百人町に、江頭《えがしら》隆・廣子の長男として出生、淳夫《あつお》と命名される。父は江頭安太郎海軍中将（大正二年歿）の長男。

一九三七（昭和一二）年（五歳）
六月、母が結核のため死去。

一九三九（昭和一四）年（七歳）
一月、父が日能《ひよき》千恵子と再婚。四月、戸山小学校に入学。不登校の日々が続き、自宅の納戸で文学全集などを読み漁る。

一九四一（昭和一六）年（九歳）
義母の父（日能英三元青山学院教授）の住む鎌倉に転居。一二月、日米開戦。

一九四二（昭和一七）年（一〇歳）
四月、鎌倉第一国民学校に転校。二度目の三年生となる。

一九四五（昭和二〇）年（一三歳）
五月、山手の大空襲で母の思い出が残る大久保の家が焼ける。八月一五日、玉音放送を聴く。

一九四六（昭和二一）年（一四歳）
四月、神奈川県立湘南中学に入学。辛島昇、石原慎太郎らを知る。吹奏班でチューバを吹く。作曲家を志す。

一九四八（昭和二三）年（一六歳）
三月、祖母・米子（海城高校の創立者古賀喜三郎の次女）歿。夏、父の勧める三井銀行の北区十条仲原の社宅に移る。伊東静雄の詩集『反響』に出会う。九月、東京都立一中（五〇年からは都立日比谷高校と改称）に転校。

一九五一（昭和二六）年（一九歳）
四月、肺浸潤のため、一年間休学。

一九五二（昭和二七）年（二〇歳）
四月、復学。生徒会雑誌「星陵」に「フロラ・フロラアヌと少年の物語」を寄稿。

一九五三（昭和二八）年（二一歳）
慶應義塾大学文学部に入学。一年生のクラスで、のちに妻となる三浦慶子と出会う。

一九五四（昭和二九）年（二二歳）
四月、英文科に進学。同人誌「Pureté」に「マンスフィールド覚書」などを寄稿。夏、肺浸潤が再発。チェーホフ「退屈な話」を読んだ後に自殺未遂。「文学的なもの」への嫌悪生じる。

一九五五（昭和三〇）年（二三歳）
井筒俊彦教授の「言語学概論」に傾倒する。五月、「三田文学」の山川方夫と出会い、夏目漱石論の執筆を勧められる。「江藤淳」という筆名で漱石論を「三田文学」に掲載。

一九五六（昭和三一）年（二四歳）
一一月『夏目漱石』を出版。同時に卒業論文「故ロレンス・スターンの生活と意見」を英文で執筆。

一九五七（昭和三二）年（二五歳）
四月から大学院修士課程に進学。五月、初めて商業雑誌（「文學界」）に寄稿。三浦慶子と結婚し、武蔵野市吉祥寺に住む。近所に住む埴谷雄高と親しくなる。六月、「文學界」大座談会で、高見順と応酬、悪名高まる。一二月、「文學界」に英文学紹介コラムの連載始まる。

一九五八（昭和三三）年（二六歳）
夏、書下ろし『作家は行動する』を執筆。秋、浅利慶太、石原慎太郎、大江健三郎、谷川俊太郎らとともに「若い日本の会」を結成。

一九五九（昭和三四）年（二七歳）
三月、大学院に退学届を送付。八月、シンポジウム「発言」を行う。秋、目黒区下目黒に居を移す。初代コッカースパニエル犬のダーキイが家に来る。コッカースパニエル犬は後に、アニイ、パティ、キティ、メイと五代に及ぶ。

一九六〇（昭和三五）年（二八歳）
一月「小林秀雄論」連載開始。二月、外祖父・宮治民三郎（元海軍少将）歿。六〇年安保で健康を害す。一〇月、小林秀雄を識る。一二月より、「朝日新聞」で文芸時評を二年間担当。

一九六二（昭和三七）年（三〇歳）
三月、麻布笄町、四月、渋谷代官山に転居。八月、ロックフェラー財団研究員として、夫婦で渡米、プリンストンに住む。一一月、『小林秀雄』で新潮社文学賞受賞。

一九六三（昭和三八）年（三一歳）
夏に一時帰国。秋より、プリンストン大学客員助教授として日本文学史を教える。

一九六四（昭和三九）年（三二歳）
八月、オリンピック直前の日本に帰国。転々としたのち、新宿区市谷左内町に居を構える。九月から「アメリカと私」を連載。一二月より再び「朝日新聞」で文芸時評を二年間担当。

一九六五（昭和四〇）年（三三歳）
二月、親友・山川方夫が交通事故により急逝。「文学史に関するノート」連載（のちに『近代以前』）。

一九六六（昭和四一）年（三四歳）
二月、慶子夫人が入院、人生上の危機を自覚する。七月より「成熟と喪失」連載開始。秋、漱石伝の書下しを始める。一二月、「日本と私」連載開始。

一九六七（昭和四二）年（三五歳）
四月、遠山一行、高階秀爾、古山高麗雄と「季刊藝術」を創刊し、「一族再会」の連載を開始。七月、講談社より『江藤淳著作集』全六巻刊行開始（一二月まで）。秋、大江健三郎と論争。

一九六九（昭和四四）年（三七歳）
八月、ダーキイ死去。一二月より、「毎日新聞」の文芸時評を九年間担当。

一九七〇（昭和四五）年（三八歳）
七月より「海舟余波」連載開始。八月、書下し『漱石とその時代』を刊行。菊池寛賞、野間文芸賞を受賞。一一月、三島由紀夫自殺。

一九七一（昭和四六）年（三九歳）
四月、東京工業大学助教授になり、社会学を担当。

一九七三（昭和四八）年（四一歳）
一月、『江藤淳著作集　続』全五巻刊行開始。「海は甦える」連載開始。二月、東京工業大学教授となり、文学を担当。

一九七四（昭和四九）年（四二歳）
四月、『江藤淳全対話』全四巻刊行（七月まで）。

一九七五（昭和五〇）年（四三歳）
一月、学位請求論文『夏目漱石「薤露行」の比較文学的研究』を提出し、文学博士号を得る。冬、大岡昇平と論争。

一九七六（昭和五一）年（四四歳）
脚本を担当したＮＨＫの大型番組「明治の群像」が放映される。四月、日本芸術院賞を受賞。

一九七七（昭和五二）年（四五歳）
対談「もう一つの戦後史」を連載し、戦後と占領研究始まる。

一九七八（昭和五三）年（四六歳）
五月、父死去。八月、本多秋五と〝無条件降伏〟論争。一〇月、福田赳夫内閣の要請で北京に赴き、鄧小平副総理と会談。

一九七九（昭和五四）年（四七歳）
一月、「落葉の掃き寄せ」連載開始。一〇月からワシントンに夫婦で滞在。占領史の一次資料の発掘と検討に没頭する。

一九八〇（昭和五五）年（四八歳）
三月、ウィルソン研究所にて“The 1946 Constitution — its Constraint”（一九四六年憲法――その拘束）と題した発表を行う。七月帰国。

一九八二（昭和五七）年（五〇歳）
四月、鎌倉市西御門に転居。一二月、「自由と禁忌」の連載開始。

一九八三（昭和五八）年（五一歳）
三月、小林秀雄の本葬で司会。海城学園評議員となる。

一九八四（昭和五九）年（五二歳）
六月、岳父・三浦直彦歿。一一月、『新編江藤淳文学集成』刊行開始。

一九八五（昭和六〇）年（五三歳）
一月号より、「昭和の文人」と「昭和の宰相たち」の連載開始。

一九八九（平成元）年（五七歳）
一月、昭和天皇崩御。この年、『閉された言語空間』『天皇とその時代』『全文芸時評』などを刊行。

一九九〇（平成二）年（五八歳）
四月、慶應義塾大学法学部客員教授となる。一一月より、「漱石とその時代」を二十年ぶりに再開。

一九九一（平成三）年（五九歳）
一二月、日本芸術院会員となる。

一九九二（平成四）年（六〇歳）
二月、慶應義塾大学環境情報学部教授となる。

一九九三（平成五）年（六一歳）
六月、従妹小和田優美子の長女・雅子が皇太子妃となる。

一九九四（平成六）年（六二歳）
六月、日本文藝家協会理事長となる。九月、「南洲残影」の連載開始。

一九九七（平成九）年（六五歳）
四月、大正大学大学院教授となる。

一九九八（平成一〇）年（六六歳）
二月、慶子夫人発病。七月、小渕恵三首相からの大臣就任要請を断る。一一月、慶子夫人歿。

一九九九（平成一一）年
四月、「妻と私」発表。「文學界」八月号より「幼年時代」の連載開始。七月二一日、連載の第二回を手渡したのち、自殺。

中島岳志（なかじま・たけし）
一九七五年、大阪府生まれ。東京工業大学教授。専門は政治思想。著書に『中村屋のボース』『パール判事』『朝日平吾の鬱屈』『秋葉原事件』『超国家主義』『保守と大東亜戦争』『保守のヒント』など。

平山周吉（ひらやま・しゅうきち）
一九五二年、東京都生まれ。慶應義塾大学文学部卒。「文學界」編集長の時に晩年の江藤淳氏を担当。現在は雑文家。著書に『昭和天皇「よもの海」の謎』『戦争画リターンズ——藤田嗣治とアッツ島の花々』『江藤淳は甦える』。

江藤淳
終わる平成から昭和の保守を問う

二〇一九年五月二〇日　初版印刷
二〇一九年五月三〇日　初版発行

監　修　中島岳志
　　　　平山周吉
発行者　小野寺優
発行所　株式会社河出書房新社
〒一五一－〇〇五一
東京都渋谷区千駄ヶ谷二－三二－二
電話　〇三－三四〇四－一二〇一（営業）
　　　〇三－三四〇四－八六一一（編集）
http://www.kawade.co.jp/

組　版　株式会社キャップス
印刷・製本　株式会社暁印刷

Printed in Japan
ISBN978-4-309-02801-9